王元忠 著

文艺民俗视野下的
鲁迅创作研究

中国社会科学出版社

图书在版编目（CIP）数据

文艺民俗视野下的鲁迅创作研究／王元忠著 . —北京：中国社会科学
出版社，2019.6

ISBN 978 - 7 - 5203 - 4683 - 2

Ⅰ. ①文… Ⅱ. ①王… Ⅲ. ①鲁迅著作研究 Ⅳ. ①I210.97

中国版本图书馆 CIP 数据核字（2019）第 136334 号

出 版 人	赵剑英	
责任编辑	郭　鹏	
责任校对	刘　俊	
责任印制	李寡寡	

出　　版	中国社会科学出版社	
社　　址	北京鼓楼西大街甲 158 号	
邮　　编	100720	
网　　址	http://www.csspw.cn	
发 行 部	010 - 84083685	
门 市 部	010 - 84029450	
经　　销	新华书店及其他书店	

印刷装订	环球东方（北京）印务有限公司
版　　次	2019 年 6 月第 1 版
印　　次	2019 年 6 月第 1 次印刷

开　　本	710 × 1000　1/16
印　　张	13.75
插　　页	2
字　　数	201 千字
定　　价	68.00 元

凡购买中国社会科学出版社图书，如有质量问题请与本社营销中心联系调换
电话：010 - 84083683

说　　明

　　本书的著述始于主持人博士阶段学习的思考，是本人在博士论文基础上所申报的 2011 年国家社会科学基金项目（西部项目）成果修订的产物。

　　将本书和博士论文进行对比，可以清楚显见二者之间的延续和衍生关系，但是作为博士论文基础上更进一步的研究，本书的写作体现出了较之先前研究更多的发展和创新内容：首先，扩展了原课题关注的范围和内容，增写了第一章、第二章和第八章的内容，让话题框架的建构更为周全和系统；其次，调整了原论文的内容，从相关的认知到具体的实践到意义的显现，将原先较为零散的论述重新整理和组合，凝聚成专门的章节，使论证更趋合理和紧凑；最后，深化了博士论文和项目研究所提及的一些话题，将原先一些未及展开的话题，结合新材料的搜集、梳理和理解、认知的提高，给予更为深入和具体的论述，显见出更多也更有价值的思考。

目　　录

引　言

　　作为 20 世纪中国的一种极为重要的精神文化现象，鲁迅本体以及因此而形成的鲁迅映象，使"鲁学"成为中国现当代学术研究中的一门显学。近百年的发展历史，几代人的不断努力，时至今日，鲁迅研究已然到了一种研究空间日益逼仄、研究话题愈来愈少的地步。有鉴于此，如何在新的历史条件下寻找新的途径，从而推动鲁迅研究乃至整个中国现当代文学研究的向前发展，也就成了极富学术和现实价值的选择。

　　客观地讲，鲁迅和民俗文化的关系并非一个全新的话题。从鲁迅在中国新文坛面世开始直到现在，近百年的学术研究发展历史中，基于各种不同的考虑，不同时代的学者对鲁迅及其创作和民俗文化关系的话题进行了多样且持续的关注：一是 20 世纪 20 年代初，以周作人、孙伏园等人为代表的一些亲近鲁迅的人从个人生活经验层面对于鲁迅创作的素材来源进行说明之时，对于民俗文化的有意无意涉及；二是 20 世纪 20 年代末 30 年代初，以苏雪林、茅盾和张定璜等人为代表的一些研究者，在考察鲁迅小说人物和乡土中国的关系以及鲁迅的创作对于其时乡土文学的影响时对于民俗文化的无意捎带；三是 20 世纪 30 年代末 40 年代初，随着民族矛盾的空前尖锐，左翼文艺阵营的一些作家以及国际友人如苏联的王希礼、日本的原野昌一郎和竹内好等在思考鲁迅创作中的国民精神形成和民族特色表现等问题时，对于民俗文化的有意无意介入；四是 1942 年之后，随着毛泽东《在延安文艺座谈会上的讲话》的发表并在中华人民共和国成立之后逐渐成为文艺的指导性政策，响应毛泽东要重视劳动人民"固有文化"的号召，很长一段时间之内，许多研究者如李希凡、李长之、陈涌等人在分析鲁迅和劳动人民的关系以及封建思想对于劳动人民的精神毒害之时有意无意对于鲁迅和民俗文化关系的指涉；五是新时期之后，随着新一轮思想启蒙运动的全面展开，在重新思考鲁迅创作中的反封建问题以及鲁迅在传统与现代、本土与外来、个体与群体复杂关系之中进行艰难的现代性思考和选择之时，学者王瑶、王富仁、汪晖、钱理群、王晓民等人对于鲁迅与民俗文化关系的有意无意涉及；六是20世纪80年代中期之后，随着全球范围内的文化研究热潮在我国的逐步流行，加之许多学者文艺民俗学意识的逐渐形成，我国学术界涌现出了许多批评者和研究家，开始较为自觉地对于鲁迅创作与民俗文化的关系进行这样那样的关注，其代表者如钟敬文、舒芜、王献忠、陈勤建、刘民凯、李景江、罗宗玉、邱国珍、陈漱渝、陈方竞、朱晓进、王晓初等，其中陈漱渝、陈方竞、王晓初等人从浙东民间文化对于鲁迅艺术修养的构成以及创作和学术风格形成产生重要影响之类的思考，为渐趋僵化的鲁迅研究带来了新的活力，为人们理解鲁迅及其创作提供了新的视野和方法。此外，在迄今为止的所有相关研究中，鲁迅的弟弟周作人和日本学者丸尾常喜的思考给人帮助和启示最大。前者立足于鲁迅作品和其生活经验的对照阅读，其所著的《鲁迅的青年时代》《鲁迅小说里的人物》和《鲁迅的故家》等文章和书籍，对民俗文化于鲁迅创作的沾养之功多所指陈；而后者在其所著的《"人"与"鬼"的纠缠》一书中，从浙东以及中国其他地区大量的民俗文化的考辨之中，重点分析了鲁迅几部比较重要的作品如《阿Q正传》《祝福》《伤逝》《在酒楼上》中"鬼"形象的来源及其在艺术处理过程中的变形和意义象征，其思考的方法和角度给人尤为深刻的印象。

　　不过，由于文艺民俗学理论和方法在中国学术界的推广不力，加之许多研究者因为视野和修养而产生的对于鲁迅和民俗文化所持的种种偏见误解，所以涉猎和关注虽然不断呈现，但是总体上讲，在鲁迅与民俗文化关系的研究中，目前已有的研究还是暴露出了如下一些明显的问题：第一，研究的不全面、不系统。受制于学术精力的投入和兴趣的局限，此前人们对于该话题的研究更多显现出了某种"文化客串"和"思想赞助"的性质，鲜有从时代语境、鲁迅的精神和思想构成、鲁迅的创作表现（包括他所有的文学非文学创作）及其所产生的历史影响等方面做通盘/整体考虑或持久研究的，大多数的研究只是局限于某一些、某一类或某一点，直到目前为止还鲜有比较重要的研究专著出现；第二是不专业。这一问题有两方面的具体表现：一是对民俗文化理解的不专业，不少研究者将民俗文化只看成是过去发生的已经僵死的文化遗留物，其认知从思想内部制约了他们对鲁迅和民俗文化的关系做进一步且有价值的学术思考。二是对鲁迅作为一个伟大创作者理解的不专业，其研究鲁迅与民俗文化的关系，为民俗而民俗，不能将民俗的表现和鲁迅的艺术创造联系起来进行文学或创作的专业思考，所以无论是对鲁迅的理解还是对鲁迅作品的理解，都脱离了文学或创作的本位，难以给人实际的启示；三是研究的不深入。许多的研究只重视民俗现象的举例和一般性的文化分析，不能将民俗文化的表现和鲁迅作品人物的精神构成以及他本人深刻的文化思考联系起来，不能将鲁迅的表现和整个中国现当代文学的发展以及20世纪世界文学的发展联系起来进行更大的思考，所以其对于鲁迅和民俗文化关系的分析也便往往浅尝辄止，难以触及问题存在的关键和深刻处。因缘于此，所以本课题以"文艺民俗视野下的鲁迅创作研究"为话题，力求通过对鲁迅和民俗文化关系的双向分析，在国内学术界惯常的政治和精英知识分子文化视野之外，别寻一种理解鲁迅并其作品的新途径，从而通过一己的扎实工作，推动鲁迅研究的向前发展。

本课题的研究意义主要有如下两点：第一，在惯常的政治和精英知识分子文化视野的考察之外，别立文艺民俗学立场，从民间文化这一独特视域，对于鲁迅和其创作进行新的理解，系统梳理鲁迅精神构成及其创作与民间文化的关系，推动鲁迅研究的新发展；第二，以鲁迅创作为研究个案，通过鲁迅对于民俗文化的主体处置和创作表现的描述分析，考察中国文学现代化的进程中中国作家对本土民间文化资源的作为，从一种特殊面向上重新梳理和描述中国文学的现代化历程或中国现代文学历史，反思现代化进程中民族作家所应持有的文化立场和实际作为，为中国文学的未来发展寻找一些经验和参照。

本课题以"文艺民俗视野下的鲁迅创作研究"为话题，主要思考这样三个问题：一是民俗文化是如何引起鲁迅的关注的？二是鲁迅是如何在其创作中对于民俗文化进行表现的？三是鲁迅的思考和表现发生了怎样的历史影响又具有怎样的现实意义？三个问题的思考具化于如下八个思维层面：一、鲁迅创作民俗文化选择的时代因素；二、鲁迅的民俗生活经验；三、鲁迅有关民俗文化和创作关系的理论思考；四、鲁迅创作的民俗文化表现（与周作人、沈从文和赵树理的比较）；五、鲁迅创作民俗文化表现的民俗学价值；六、鲁迅创作民俗文化表现的文学价值；七、鲁迅创作民俗文化取向的历史影响；八、鲁迅民俗文化表现的他者视域和域外反响。借助这样的思考，目的在于从新的视角对鲁迅及其创作进行审视，从现代作家和民间文化资源的关系建构中重新梳理和描述中国文学的现代化历程，反思文学的现代化历程中民族作家应有的立场和作为，为中国文学的进一步发展寻找一种可资借鉴的经验和参照。

本课题的研究，基本的思路是先以时代语境的还原和个人生活经验的介绍为主，具体思考鲁迅在新文化的建设和创作之时何以会对民俗文化发生兴趣；然后在此基础之上，将鲁迅与周作人、沈从文和赵树理三个代表性作家进行比较，具体分析鲁迅创作对于民俗文化的表现，揭示其所具有的民俗和文学价值；最后，将鲁迅的思考和表现放置于20世纪中国文学和世界文学发展的大的时空背景之上，不仅从纵的维度考察鲁迅的取向对于后来作家所发生的历史影响，挖掘其具体的文学史价值，而且也从横的面向将鲁迅的作为置之于世界文学现代化的格局之中，反思在现代化进程中鲁迅的作为所具有的文化象征意义，为中国文学的未来发展寻找一种参照。

本课题的研究以文献举证、文本分析和作家比较为基本的方法，其中文献举证主要用于时代语境的还原和个人生活经验的介绍；文本分析主要用于作家创作的具体表现描述和评析；作家比较主要用于民俗文化表现价值、意义的挖掘、揭示。三种方法统一于具体的文艺民俗方法的运用，整个研究不仅注意从民俗文化视角观照鲁迅及其创作，而且更注意从文学或创作角度审视鲁迅作品中的民俗文化表现，力求能够对鲁迅创作与民俗文化的关系进行民俗学和文学的双重观照。

鲁迅为什么会对民俗文化发生兴趣？在他的文学实践中又是怎样思考和处置民俗文化的？他的取向和作为给后来中国作家的创作以怎样的影响同时又显现着怎样的当下意义？这三个问题是本课题研究必须给予重点关注的问题，对于这三个问题解答的好坏，直接关系着本课题研究最终所能深入的程度和取得成绩的大小，所以可谓本研究的重点和关键。本研究的难点有三：一是鲁迅是站在什么样的立场上审视和观照民俗文化的？二是民俗文化的运用给予鲁迅的创作以怎样的影响？三是鲁迅借助于民族民间文化的资源所进行的民族作家个我形象的建构其所具有的文化象征意味是什么？他对于中国文学或发展中国家文学乃至当下文化建构的启示又是什么？因为鲁迅精神的丰富存在、鲁迅文本的多样表现以及民族国家现代化追求的复杂属性，所以在梳理与课题相关的话题时，本课题组成员深感上述三个问题涉及面广，构成复杂，极具难度和挑战意味。

通过上述的系统思考，本课题的研究所形成的基本观点为：鲁迅对于民俗文化的兴趣发生，既深受时代风气影响，又为个人生活经验所推动，但更与其独特的新文化和新文学思考关系密切。鲁迅对于民俗文化的思考虽然不专业但却显现出了异乎寻常的深刻，其对鲁迅的创作带来了极为重要的影响。和他人相比较，鲁迅的创作对于民俗文化的表现彰显了鲜明且突出的主体作为和个性色彩，缘此，这种表现不仅具有丰富的民俗学价值，而且更有十足的文学或审美意义，其对后来中国作家的创作发生了显著的影响。鲁迅的表现，作为一个典型的个案，从一个特殊的层面形象地示范了民族作家主体在借助民族民间文化资源参与世界文学现代性对话时应有的立场和方式，并为中国文学的进一步发展提供了一种极为重要的经验启示。

　　而其创新之处则在于：第一，在鲁迅研究领域第一次全面和系统地对于"鲁迅创作和民俗文化的关系"进行思考，在惯常的政治文化和精英知识分子文化视野之外，别立文义民俗学这一观照鲁迅和理解其创作的新视角，改变人们传统的思维观念，推动目前渐趋式微的鲁迅研究向前发展；第二，以鲁迅创作为研究个案，同时将个案研究的结果放置于更为宽广的时空背景，在对鲁迅的思考和其创作所发生的历史影响的梳理反思之中，从现代化过程中民族作家借助于民间文化资源参与现代性对话或现代文学构建这一特殊角度，重新梳理和描述中国文学的现代发生和发展历史，在更为复杂的世界一体化潮流之中，思考中国文学所应该具有的立场和选择，将研究的话题真正引入到有关中国文学发展的深刻和关键之处。

第一章 鲁迅创作民俗文化选择的时代因素

谈到民俗文化和"五四"一代文化人之间的关系，有学者曾言："不妨夸张一点说，五四时，差不多所有文化人都曾注意过民俗学问题。"① 他的话，说明了一个事实，对于民俗文化的兴趣，曾经是"五四"一代知识分子普遍所发生过的。为此，在梳理鲁迅创作与民俗文化的关系之时，本章首先将他的个人兴趣还置于"五四"新文化的整体语境，在时代文化和文学存活的整体背景下，揭示作为作家的鲁迅对于民俗文化发生兴趣的时代或外部动因。

一 "五四"新文化运动整体的"向下看"意味

从属性上讲，"五四"新文化运动可以说是从鸦片战争以来中国本土所发生的一系列爱国救亡运动的一种特殊表现。它的发生，有和此前同类运动大体相似的动机：即为中西冲突之时中国步步失败的现实所刺痛，精英知识分子奋发图强，希冀通过某种内部的变革，改变国家积弱不振的现状，从而在民族交往日渐频繁的世界新格局中，让民族和国人不再为他人所凌辱，赢得更多生存的机会和尊严。但也存在着认知观念及其变革思路上的明显差异：此前发生的诸多运动，无论是强调"富国强兵"的军事或经济的改革，还是提倡"国会立宪"

---

① 刘玉凯：《鲁迅的民俗学观》，见《河北大学学报》1994 年第 2 期。

的政治体制的改革，都显现出了这样一些基本的倾向：其一，更多是物质、实体层面的变革要求，用今天的话讲，就是更为强调硬件的建设；其二，更多是仰赖权力上层——某种意义上讲，也便有更多朝臣奏请、皇帝颁布实施的"自上而下"的意味。但和它们不同，"五四"新文化运动显然更为注重精神或文化面向的思考，通过对于此前一系列改革失败教训的沉痛反省，几代知识分子逐渐意识到了社会改革中人的因素的重要性，从梁启超的"新民说"到鲁迅的"立人说"，大家开始更为关注同时也更为用力于国民的精神教育和重建工作；此外，变求助圣君贤相忠臣为期待农民工人商贩，意识到上层人物以及他们所掌握的权力机构无可救药的孱弱和腐朽本质之后，现代知识分子开始变向上的仰望而为向下的俯瞰，注意从作为社会基层的广大民众身上寻找社会变革的力量。

（一）一个个案

于此一面，梁启超可说是一个典型的案例。参加戊戌变法运动之时，梁启超社会变革的思考，大体和康有为一致，意图即在于通过各种方式首先争得当朝皇帝的支持，从而将变革社会的意见，颁诏于天下，以期能够通过自上而下的行政命令方式得以贯彻实施。然而，他们的希望破碎于现实无情的击打：朝廷内部保守势力的不易撼动，皇帝的不能有所作为，周围其他大臣的临阵易帜，一场轰轰烈烈的变革，终了只换得几个同僚的血溅街头，社会却依然继续衰弱着它的衰弱，腐朽着他的腐朽，并不曾产生任何实质性的变化。接受了来自现实的惨痛教训，在逃亡异域之后的比较反省之中，梁启超的认知逐渐产生了质的变化：从实体的政治改革到无形的精神教育，从寄希望于皇帝到看重普通民众，他开始将自己意欲有所大作为的贤臣良相的头颅向下低垂，将自己的目光投注在了身边普通的国民身上。他的变化突出体现于他的"新民"思想，通过将中国和西方现代发达国家进行比较，他不仅意识到了国家和民众之间存有着的高度一体的依赖关系，以为"国也者，积民而成也。国之有民，犹身之有四肢、五脏、经脉、血轮也。……欲其国之安享尊荣，则新民之道不可不讲"①，而且由此进一步认识到"欲维新吾国，当先维新吾民"②。他的"新民"思想的实质，因此也就在于通过学习西方的新思想、新文化，改变和革新中国人的思想观念，培养自由、独立、有权力、守义务、讲公德的新国民，借此从根本上解决中国的现实问题，救民族于水火之中。为此，他不惜四处奔走，做倡导"新民"思想的演讲，办宣传"新民"的报纸，进行小说界和散文界革命，创建了其流布极广且影响甚为深刻的"新民体"文学写作。

梁启超的变化体现出的是其时中国知识分子所发生的普遍变化，翻译介绍西方诸般阐释民主、自由、独立、人道思想的文化学说，参与各种书籍的出版和报纸刊物的编辑事务，积极投身于各种公立私立的学校教育，大胆著书立说或进行社会批判，在从近代到现代的急剧历史变动过程之中，梁启超等为数不多的开明知识分子所逐步意识到的这些重精神教育、重国民培养的思想理念，为更为广泛的人群所接受，慢慢就演化成了一种能够体现一时代知识分子主要精神诉求的普遍认知，愈来愈全面也具化于时代生活的各个面向，对中国文化在新阶段的历史建构发挥出重要的作用。

"五四"新文化运动即是这种影响的直接同时也是进一步深化的产物。谈及梁启超"新民"思想对于"五四"一代知识分子的影响，胡适曾讲："梁任公为吾国第一大臣，其功在革新吾国思想界。15 年来，吾国人士所稍知民族思想主义及世界大势者，皆梁氏之赐，此百喙不能诬也。"③ 不过，因为自身文化建构以及主体社会活动历史占位的不同，所以作为传统中国向现代中国转型过渡人物的梁启超和作为基本完成了现代转型的"五四"一代知识分子，虽然二者之间的年龄差距并不显著——在"五四"运动发生的 1919 年，梁启超不过

---

① 梁启超：《新民说》（宋志民选注），辽宁人民出版社 1994 年版，第 2 页。
② 梁启超：《发刊词》，见《新民丛报》创刊号，1902 年 2 月 8 日。
③ 曹伯言整理：《胡适日记全编》（第 1 册），安徽教育出版社 2001 年版，第 180 页。

47 岁,而陈独秀已经 40 岁,鲁迅也 38 岁了,两者之间的差距不到
10 岁,但在本质上,他们却已然分属于判然有别的两代知识分子。
一者是近代的,一者是现代的,当陈独秀、胡适、李大钊和周氏兄弟
等逐渐亮相于历史的中心舞台之时,梁启超及其所代表的那一代带有
传统士大夫气息的知识分子也便难掩他们的暮气,渐渐从公众的仰望
之中悄然退身于幕后了。

相较于梁启超等近代知识分子对于君主立宪等政治改革的热衷,
"五四"新一代知识分子似乎更为关注和用心于国民精神文化改革方
面的工作。他们的选择,有着和梁启超等人基本一致的地方,他们都
注意到了"民"对于社会改革的重要性,都意识到了"民"在民族
复兴和国家重建过程中所扮演的角色,但是在认知的细节和具体的操
作环节,二者的认识却发生了方向性的分叉,梁启超等人所讲的
"民"更多是一种广义上的,包括所有的国民,而"五四"知识分子
所说的"民",则是较为具体的,带有非常突出的大众、下层民众的
意味。

(二) 两条路径

新一代知识精英们身上所发生的变化,首先是因为他们所了解和
接受了的西方自由、民主等内面精神作用的结果,此外,为外来的精
神参照所烛照或澄明,返身自顾,他们亦发现了中国传统政治文化本
质上的专制属性,清楚了由于内在机制上的腐朽僵硬特征,现存政治
以及上层权力机构在本质上的不可信任。由此,改变此前遭遇挫折和
危机之时习惯性地向上寻找力量的做法,在"五四"新文化运动发
生、展开的过程中,他们也便自觉地将向上看的目光落下来,开始从
一直被忽视的普通民众的身上寻找改革和革命的力量。

他们的认知因此具化为两条不同却又互补的路径:其一,以启蒙
为目的,注意观察和了解普通民众,希冀通过民众问题的解决推动社
会的向前发展。此一路的认知内含两种相关但却不乏差异的思考,一
种以李大钊为代表,受俄国民粹主义思潮特别是马克思主义思潮的影

响，立足于通过农民精神和乡村伦理塑型知识分子精神人格的立场，认为中国的问题，"非把知识阶级和劳工阶级打成一气不可"，力主知识分子特别是知识青年到民间或农村去，"做现代文明的引线"，不仅要感同身受地了解底层民众实际的生活和思想，清楚"他们若是不解放，就是国民全体不解放；他们的苦痛，就是我们国民全体的苦痛；他们的愚暗，就是我们国民全体的愚暗；他们生活的利病，就是我们政治全体的利病"①（《青年与农村》），而且还需积极投身于社会改革的洪流，扫除乡村的落后，担负起教育民众的重任，引导民众了解自己生存的实情，陈说他们的痛苦，摒弃束缚他们的传统落后思想，追求自我的解放，寻找生活的意义。这种认知虽然当时并未产生多大影响，但是其后随着无产阶级革命的逐渐展开和深入，它在不同的社会改革特别是革命文艺和文化的建设活动中则逐渐地显现出了它的重要功用。革命文学、左翼理论以及毛泽东《在延安文艺座谈会上的讲话》中有关革命文艺服务对象和知识分子思想改造的认知，溯本追源，都可以从中显见出其与李大钊等人思想之间存有的某种清晰的血缘关系。一种以鲁迅为代表，有感于底层民众愚昧、麻木、不自觉的精神存在状态，受以"人道主义"和"个人主义"为代表的欧洲近现代启蒙思想的影响，他们以国民性批判为突破口，力求通过国人个体的精神教育，"画出这沉默的国人的魂灵来"，"揭出病苦，引起疗救的注意"②，从而借助于内面强大的国民精神的培养，振民族于危亡，重建一个强大不再受人欺辱的现代民族国家。相比较而言，鲁迅所代表的这种认知，在"五四"时期产生了更为广泛的社会影响，其在当时的各种文化建设中显现出了更为突出也更为丰富的内涵，受其影响，从精神思想入手，以普通民众为基本和主要的分析对象，运用西方先进的近代和现代思想，审视并且剖析国民心理的构成，从而

---

① 李大钊：《青年与农村》，连载于《晨报》1919 年 2 月。
② 鲁迅：《我怎么做起小说来?》，见《鲁迅全集》（第 4 卷），人民文学出版社 1981 年版，第 512 页。

清算封建传统文化对于国民个体的精神负累，在社会和历史文化的双重批判之中，于个体的人的重建之中同时重建民族国家的未来，也便成了整个 20 世纪中国几代知识分子坚持不懈的主题追求。

　　其二，以救亡为目的，积极挖掘普通民众——特别是底层民众及其文化所内含的潜力和良性因素，用之于民族危机的应对和政治革命的推进。这一做法本自和启蒙一路相同，或者，换一种说法，其本来就是启蒙认知的一种构成。早在日本留学之时所写的一系列文化论文——如《文化偏至论》《摩罗诗力说》《破恶声论》等文中，在不断揭示出国民身上所存在的种种问题之时，鲁迅也表现出了他对于民众"纯白之心"的殷切期望，他以为正是在这种未经传统腐朽思想污染的"纯白之心"中，藏匿了国人主体内面精神可资良性发展的向上因素或者可能。而这一点，在面对西方文化整体的归化吸力和失望于中国主流传统文化既有经验的时候，显现出了异乎寻常的价值和意义。这一做法的可贵之处，在于一方面其承认并努力吸收着西方文化的先进和营养，但在承认和吸收的同时，另一方面却并没有完全寄希望于通过西方文化来解决中国的现实问题，相反，在清楚了中国上层文化业已坏朽之后，另辟蹊径，目光下移，从本土寻找，发现了一直被忽略但其实却别有内容的大众或民间的存在。"这说明他不是把人的价值作为来自知识和教养的外在物来看待，而是看作一种内在于无伪饰的赤裸裸的心灵"①，日本学者伊藤虎丸的话清楚地说明了鲁迅的思考所显现的特异价值，在当时知识分子普遍失望于本土既有资源的时候，鲁迅却将作为整体的本土概念分离，于下层民众最为基本和日常的生活中看到了可以引导或者开发的力量。

　　鲁迅所代表的这些思考其后从两个方向上得到了不同的发展。一个方向的发展主要体现于现实政治，特别是中国共产党所领导的无产阶级革命实践活动。中国共产党领导的无产阶级革命实践活动本质上是一种利用广大民众特别是底层民众的革命实践活动，从"劳动者"

---

　　①　伊藤虎丸：《鲁迅与终末论》，生活·读书·新知三联书店 2008 年版，第 70 页。

到"无产阶级"到"工农兵群众"，其用于指称对象的名号虽然不时发生变化，但是因为要开发和利用大众，所以在政治、经济和文化等一系列的政策制定中，党的领导人和领导机构也便始终围绕如何调动底层民众社会实践参与的积极性用力，依据发挥民众自己文化中"固有东西"的原则，在阶级意识的启蒙教育中，不断寻求和发掘着现实革命可资利用的力量和资源。只是，底层民众身上的积极性因素到底何在？如何才能将这种潜在的力量发掘出来并加以有效控制且用之于革命的实践活动？从对欧洲主观能动的内面精神的接受出发，将鲁迅和毛泽东关于中国社会改革的思路个案对比入手，伊藤虎丸分析说："关于鲁迅，现在如果做一个假说，那么可认为他具有双重构造。一是竹内好说的'儒教和佛教当中曾有过与之（精神）相似的东西'（《现代中国论》）那里的儒教教养，另一个是内包前者否定契机的（具体而言就是《破恶声论》中谈到的'朴素之民'所具有的'白心'和'神思'）堪称为农民之魂的东西。而且前面引过的'伪士当去，迷信可存，今日之急也'（《破恶声论》），其呼声之痛切，正在于这句话一方面表达了对'迷信'与卑琐的自我结为一体的嫌恶，另一方面又显示出，只有农民之心，才是中国人身上可以接受欧洲的主体性'精神'之所在。"由此他进一步指出："从鲁迅到毛泽东这个阶段，是很快从欧洲学到了主观能动精神，这使他们得以把成为他们武器的唯物论＝科学的马克思主义变为自己手中的武器。——可以认为，鲁迅与毛泽东的相似性刚好象征性地说明了这一点。"① 在中国现代革命的历史发展中，从孙中山到毛泽东，鲁迅是一个过渡的媒介，而在通过发动民众具体展开社会变革的认知思考上，鲁迅和毛泽东的相似性，就在于他们都意识到了民众身上原本就存有的"白心"或"神思"，所以，他们以为，进行社会变革的正确路径，自然就应该是通过积极的方式——无论是启蒙还是教育，引导他们意识到自己身上本然的力量，亦即"内曜"或者"内面精神"的发挥，从而合

①　伊藤虎丸：《鲁迅与终末论》，生活·读书·新知三联书店 2008 年版，第 129 页。

众力而成大势，实现中国社会的根本性变革。重视民众，注意利用和开发民众主体意识以及体现这种意识的民众文化中所内含的力量和价值，由此就成了"五四"新文化运动以及整个新民主主义革命所不懈坚持的方向。

另一个方向的发展则主要体现于新文化的建设。"五四"新文化运动的发生，有着途径不同但实质却又极为一致且互补的两个面向：一个是取道西方，向西方文化学习；一个是反省自身，对传统文化特别是以"礼教"为代表的主流上层文化施之以坚决的反对。两种路径面向不同，但殊途同归，目的却又非常趋同，那就是都希望重建一种能够驱动或者支撑民族与国家复兴的新的中国文化。只是，新的文化到底应该如何重建呢？完全地移借西方，一是水土不服，外来的经验不一定切合中国的实际。一是自尊心受不了，以他人的光荣——特别是给予自己深深伤害的他人的光荣做自己的荣光，新一代知识分子自然心有不安；而重新挖掘自身的潜力，作为社会中心、主流的统治者文化业已宣告腐朽，而所谓的士人精英文化，因为士人对于权力阶层的身份依附属性，其文化缺乏能够成为独立存在的先在条件，所以也难以完全依恃。问题由此浮现，难题也因之提出，程度不一，"五四"时期许多知识分子其时都产生过令人焦灼的选择烦恼。但令人欣慰的是，在以个体和自由为其特质的西方民主主义思想的烛照之下，对于本来整体划一的中国文化构成进行重新审视，不少现代知识分子从其构成的边缘或者被忽略的地带，发现了颇具发展潜力的异端文化和民间文化两种不同的文化构成，从而在中国本土内部找到了既可以呼应外来先进思想又可以满足知识分子自尊心的文化建设的新资源和新思路。

（三）三种做法

借力于异端特别是附身于民间，"五四"新文化建设的一系列工作由此也便井然有序地展开了。

首先是对于民间特别是农村社会人们生活的了解。李大钊以为苏联布尔什维克的胜利是庶民的胜利，今后的世界，也必然变成劳工的世界，由此他不仅主张人们积极投身于实际的底层工作，做一个工人，而且号召青年们到农村去，了解他们的生活，运用启蒙的思想开发民间，使广大民众自觉于他们生存的现状，从而通过思想的觉悟求得自身的解放；参照日本新村运动的做法，周作人积极倡导中国的"新村运动"，他的主张，虽然目的在于建立一个乌托邦似的理想生活世界，但却在客观上引发了其时许多青年对于农村以及农人生活的兴趣；借助于从西方所学习到的人类学和社会学等先进的现代理论武器，不少学者和革命者深入农村、工厂等社会生活区域，积极观察和调研普通民众的生活特别是精神生活现状，捕捉其中的问题，分析他们生活现状形成的原因，创建了一条从生活的底层了解和建构中国文化的别样思路。上述诸人的认知以及相关活动，不都称得上成功，但它们却在思路上引导了"五四"新文化运动俯身民间、关注点下移的方向选择，在这一点上，不妨说"五四"新文化运动就是面向民间、建构以大众文化为主体的中国文化的革新运动。

其次是以白话的运用为主的国语改造运动。立足于启蒙立场，在对封建传统文化与国人精神心理的形成进行关系分析之时，"五四"知识分子注意到了封建思想和作为其表述工具的文言之间高度一体化的存在关系。工具即思维或者形式也是内容，旧的文言说着旧的话、表述着旧的意识和思想，而且更为要命的是，时代变化，当新一代知识分子感觉到旧的思想意识对于民众的束缚因此必须对民众进行一场思想的教育以促其觉醒之时，他们却发现自己所掌握并且精熟的高度书面化的文言表达，和百姓的实际生活本质上脱离着，他们所说的话，老百姓听不懂，所以他们的思想也便自然很难进入到他们的耳朵，为他们所接受并产生实际的功效。"发表自己的思想，感情给大家知道的是要用文章的，然而拿文章来达意，现在一般的中国人还做不到。这也怪不得我们；因为拿文字，先就是我们的祖先流传给我们的可怕的遗产。人们费了多年的功夫，还是难以应用。因为难，许多人便不理它了，甚至于连自己的姓也写不清是张还是章，或者简直不会写，或者说道：chang。虽然能说话，而只有几个人听到，远处的人们便不知道，结果也等于无声。又因为难，有些人便当作宝贝，像玩把戏似的，之乎者也，只有几个人懂，——其实是不知道可真懂，而大多数的人们却不懂得，结果也等于无声"，因此，"中国虽然有文字，现在却已经和大家不相干，用的是难懂的古文，讲的是陈旧的古意思，所有的声音，都是故去的，都就是等于零的"①。鲁迅的话代表了许多人的意见，文言古字表达的是旧思想，它本身作为特权不为一般百姓所能掌握，所以从旧阵营中反戈一击走出来且欲对民众进行思想启蒙的文化精英们，自然便不能继续通过这业已被现实证明是应该淘汰的工具实现自己的新目标了。新的选择在哪儿？从活的人的活的生活出发，依恃"我手写我口"的新的表达原则，"五四"激进知识分子发现并发掘出了白话的潜力。配合胡适和陈独秀等人的文学革命主张，早在1915年调任教育部教科书特邀编审员及文科部主任之后，黎锦熙便撰文提出了"言文一致"和"国语统一"两个口号，并在他人的协助之下，通过发起成立研究会、做计划书、颁布注音字母和组建国语研究所、建立国语专修学校、进行国语宣传等方式，将原本沉潜的白话文运动迅速推到历史的前台，从而借助于思维工具的变革，真正将思想启蒙的重心坐实到了普通民众身上，——文言文的写作就是迎合着士大夫的期待而进行的，而以现代口语为基础的白话文亦即"引车卖浆者流所操之语"所写的东西，自然是希望服务于"引车卖浆者流"类的聆听对象的。新文化建设的方向由此也便得以清晰，不再是为统治者的，也不再是为文化精英们的，相反却是亲近普通民众，走向普通平民，着眼且服务于普通民众的。具体的表述虽然有着出入，但从开启民智、驾驭民众的立场出发，大多数的"五四"知识分子却较为倾向于这样一种认同，将来所要建设的新的中国文化，本质上应该是一种以通俗平易为其特征的平民或者大众的

---

① 鲁迅：《无声的中国》，见《鲁迅全集》（第4卷），人民文学出版社1981年版，第11页。

文化。

其三是对于民间文化的正面挖掘和利用。失望于权力阶层所从属的官方文化和依附于权力阶层的知识分子精英文化于现代生活的无效和负面作用，同时又不甘心于完全亦步亦趋于外来的西方文化，回身反顾，用所接受的西方现代民主科学思想重新审视本土文化，"五四"知识分子遂于本自混沌一块的传统文化内部，内分出了有着些许异质成分而且可作新文化建设有益养分的民间文化构成。谈到传统文化的构成，钟敬文先生曾经说："文化的范围很广泛，层次也不单一。它是一个庞大的复杂的综合体。我向来认为中国传统文化有三个干流。首先是上层社会文化，从阶级上说，即封建地主阶级所创造和享有的文化；其次是中层社会文化，城市人民的文化，主要是商业市民所有的文化；最后是底层社会的文化，即广大农民所创造和传承的文化。"① 于此基础上，他进一步分析说："在'五四'这个非常时期，那些青壮年的学者们的活动对象，正像我们今天所面对的一样，有着内外两个方面。内向的，主要是对待民族传统文化问题；外向的，是对待外国文化问题。在对待固有的传统文化这方面，大体上又可分为否定的、破坏的方面，和肯定的或积极地对待的方面。……多年来，我国学术界关于'五四'时期新文化活动对待传统文化的注意和评论多侧重在前一方面，即对于旧制度、旧伦理和旧文艺等的批判上。对于后者则很少或较少涉及，更不必说，把当时学者们对大众语言、口承文艺、通俗小说、民间风尚的借鉴和评价联成一个整体教义论述、评价了。"② 他的话说得很明白，在对待传统文化的问题上，"五四"知识精英的态度没有铁板一块，他们采取了灵活的二分方法，一方面否定，主要是针对上层主流文化，另一方面则别寻可再生资源，于民间下层文化身上发现了改革或再造中国文化的因素，方言和各种

---

① 钟敬文：《关于民间文化》，见《民俗文化学梗概与兴起》，中华书局 1996 年版，第 38 页。

② 钟敬文：《"五四"时期民俗文化学的兴起》，见《民俗文化学梗概与兴起》，中华书局 1996 年版，第 86—87 页。

活的口头语的重视，通俗白话小说和戏剧的入主文学殿堂，歌谣风俗的征集和研究，民间文艺的大力倡导，等等，周作人就曾讲："这种工作不仅是在表彰现在隐藏着的光辉，还在引起将来的民族诗的发展。"① 他的话的意思就是强调，民间文化和文艺的搜集和研究，目的不仅在于从学术上将过去所掩埋和遮蔽的一些东西敞亮出来，让它们得以重见天光，而且更在于借此推动新文化包括新文学的建设，为新文化包括新文学的建设寻找方向和借鉴。无独有偶，谈到民间文艺（文化）的功用，鲁迅也曾明言："旧文学衰退时，因为摄取民间文学或外国文学而起一个新的转变，这例子是常见于文学史上的。"② 可见，失望于传统内部主流上层文化的现实表现，俯身向下，转而从边缘的民间下层文化中寻找变革中国文化和建设中国新文学的新资源和新力量，事实上也便是"五四"许多知识分子较为趋同的认知和选择。

二　新文学的民间化取向

"五四"新文学是"五四"新文化的一种构成，对应于"五四"新文化运动整体"向下看"的态度变化，相较于中国古典文学，"五四"新文学在价值的建构中显现出了一种鲜明的民间化取向。

这一新的价值取向，不仅标示了中国文学在新的历史条件下的发展方向，使"五四"新文学显现出了某种区别于古典文学的现代性或新形态，而且也唤醒了新文学参与者们的民间底层意识，促发了新文学和民众民俗文化的联姻，使其在现实承载上抵近民众的精神内面，因由切实的国民性批判从而得以坐实其思想启蒙的旨意，竟而在强调和高扬反传统的主张之时，解除单向的西方参照所必然施之于作

---

① 周作人：《〈歌谣〉周刊发刊词》，见《歌谣》第1卷1号，1922年12月17日。
② 鲁迅：《门外文谈》，见《鲁迅全集》（第6卷），人民文学出版社1981年版，第94页。

家主体的"影响的焦虑",转而于本土文化内部或传统文化的边缘区域别寻变革的力量,为新文学的发展找到了些许源自于自身传统的能量和经验支撑。

(一)"平民文学"概念的形成

立足于精神启蒙和变革传统文化/文学的目的,"五四"新文学的民间化取向首先显现为新文学整体认知理念上的国民或"平民文学"概念的形成。

早在新文学发生伊始,1917 年 2 月陈独秀即在其宣告新文学成立的纲领性文件《文学革命论》中明确界定,"文学革命"的努力目标首先就是要"推倒雕琢的阿谀的贵族文学,建设平易的抒情的国民文学"①。他的"国民文学"概念,不尽等同于"平民文学",但他在使用这一概念之时,有意识地将其和"贵族文学"加以对照,而且从修辞效果和言说态度两个层面揭示了"贵族文学"和"国民文学"的不同——不,应该说截然相反的——特征,其潜在的暗示自然使"国民文学"之"国民"概念内含了走向"平民"理解的可能。其后,应和并深化他的表述,对于平民文学概念,胡适和周作人等人遂进行了更为深入和富有建设性的论述。其中,胡适主要从白话的提倡入手,主张废除文言,从通俗一路用力,将贵族文学和平民文学对立,以为"中国文学史没有生气则已,稍有生气者皆自民间文学而来"②。而周作人则更为辩证和理性,立足于人道主义精神指引下的新文学"人的文学"特质的确立,在有关贵族文学和平民文学的阐释之中,侧重于不同的生活态度和文学精神的比较,以为平民精神是求生意志的体现,其所强调的是有限的平凡的存在,以入世为原则,而贵族精神则是求胜意志的体现,以出世为倾向,强调的是生存的无限的超越。缘此,理想的存在便是二者互补,使人的精神构成趋于健

---

① 陈独秀:《文学革命论》,见《新青年》第 2 卷第 6 期,1917 年 2 月 18 日。
② 胡适:《中国文学过去与来路》,见《大公报》1932 年 1 月 5 日。

全。这种理解显现于新文学的建设，他得出的结论便是："我想文艺当以平民的精神为基调，再加以贵族的洗礼，这才能够造成真正的人的文学。"①

从学理分析，周作人的认知无疑显现了更为辩证和稳妥的成分，而胡适的看法则不免偏执和浮表，但是从新文学后来发展的事实看，因为认知内部深含的现实感和历史感，所以胡适的"浅"和"偏"显然较周作人的"深"和"全"更为时代所喜欢，所以无论在当时还是其后"五四"影响下很长一段历史时段中，新文学价值取向中的民间成分无疑更为突出。"白话的""通俗的""为人生"之类的话语因此也便自然成了新文学建构的基本关键词提示，而周作人"平民精神"和"贵族精神（其实将精神换作趣味，也许更贴合周作人的本意）"结合的"平民文学"理念，在其实际的历史接受之中，事实上也便不自觉地偏向了"平民"这一身份标示而非他所期望的文学自身理想形态的建构。

别样的声音当然还有，如借镜西方天才理论而重申新文学应该是"贵族"或"少数人"事业的主张，如认同世界文学发展趋向而强调新文学不断的现代性的认知等，但是，总的来说，因为对于传统社会权力阶层以及作为其附属的上层文学的不信任，所以"五四"知识分子所希冀建构的中国新文学，也便更多反传统、背身上流社会的民间属性。

这种民间意识的萌发，初始自然不乏西方"自由""民主"思想影响下个人立场的强调。传统文人信奉"学而优则仕"的自我价值实现模式，其意识深处寄植着"为相"或"为臣"的人生信条，痛心并警觉于这种自觉不自觉的人身"附属"意识，加之西方近现代以来"个人主义"理念的烛照，所以"五四"新文学的设计者们在其思维里，也便有了与那种"官文化"忤逆着的非官方的"个我"存在的强调。鲁迅曾说自己的思想原本就是"'人道主义'与'个人

---

① 周作人：《自己的园地》，见《晨报副镌》1923 年 8 月 1 日。

主义'的两种思想的消长起伏"①。他的情况不是个案，事实上，这种非官的、现代知识分子的独立主体意识强调，确乎曾是他们中很多人共同的精神诉求。从此出发，人们能够发现新文学历史建构中一种完全与传统主流文化异质的现代知识分子文化的存在，——他们在精神上不愿附属于任何权力，自觉于官方的对立面，于传统和社会的双重批判之中确立自己自主的价值态度和文化立场。

不过，在意识到这种非官方或者另一种民间的精英知识分子文化存在的同时，诚如一些学者所言，因为强大的"国民国家想象"意识的存在，所以"清末中国最大的课题是民族国家的形成"，缘此，"对中国现代'文学'的理解不能脱离想象和建构'中国'这个民族国家的现实需要"②。而正是受制于这种民族国家建构的现实需要，我们看到，这种对立于官方文化的个体独立的精英知识分子文化，在现代中国并没有获得一种适宜的发展气候和土壤，并没有做到真正的独自成为，相反，受制于外在社会语境的规约，个体混溶于周围人群，个体之人成为人国之民，其对立于官方的非官方属性也便和土地、和一般民众结合，转向或者趋向于社会底层，因之显现出了极为明晰的民间（国民的、俯身底层的）取向。

只有于这种倡言反传统的现代意识和精神诉求背景上用心，我们才能够真正理解立足于"国民文学"或"平民文学"的"五四"新文学区别于本质上为官方"帮忙"或者"帮闲"的传统文学的异质属性，——和服务于社会上层的贵族的、精致的古典文学不同，"五四"新文学本质上是一种旨在启蒙或发动一般民众，希冀通过国民的积极参与从而坐实建构民族国家想象的通俗的、新的文学话语实践活动，并因此清晰，正是通过这种异质属性的建构，白话化、通俗性、民间性等"五四"新文学的内涵界定才有了真正的理论支撑。

---

① 鲁迅：《两地书·二四》，见《鲁迅全集》（第11卷），人民文学出版社1981年版，第79页。

② 刘禾：《语际书写——现代思想史写作批判纲要》，上海三联书店1999年版，第122页。

（二）学术和文学的双面实践

观念引导行动，为身份属性上的"国民"或"平民"整体认知所指导，民间取向也便具化于"五四"新文学在学术书写和文学创作方面的多种历史实践行为。

先说学术的。虽然从自然进化历史发展观看，"一时代有一时代之文学"，"五四"新文学的出现，不用说是一种历史发展的必然结果。但是新文学取代旧文学，并且通过其"国民"或"平民"身份属性的认定，得以确立它在新的历史条件下成为中国文学在一时代的存在形态，这看起来极为自然的事情事实上还需要在学术上"验明正身"，举证充足的理由说明自己登堂入室的合理性和必然性。

为了说明新文学的"平民"身份属性及其相关的民间取向的合理性，于学术一途，新文学的倡导者们进行了多方面的阐释努力。

其一，白话升格和方言调查。语言是文学的本体，立足于思想启蒙的现实写作动机，检讨此前中国文学存在的问题，新文学的倡导者大都意识到了旧有的文言写作对于新思想传播的阻碍作用：一方面是太难，太过精致和含蓄，客观上造成了民众接受的障碍；一方面是高度的书面化，长久的承袭导致了表达与生活的脱节，缘此，在充分意识到了问题存在的严重性之后，新文学的倡导者们遂以语言为突破口，反文言而倡白话，确立了白话文学在新文学建构过程中的主体位置。"以今世历史进化的眼光观之，则白话文学之为中国文学之正宗，又为将来文学必用之利器，可断言也。"① 以此之故，他们不仅制作切音字母、简字谱录，积极推介普通话和白话文的应用，从文学的根本处建造新文学的审美机质。而且还着眼于文学和个性化语言的一体存在关系，积极对各地的方言进行调查和研究，补充和完善白话文的构成机制，不断升格白话文的审美表达水平。1922 年北大国学门成立之后，门中诸人，不仅收编本自独立的歌谣研究会，而且还在歌谣

---

① 胡适：《文学改良刍议》第 2 卷第 5 期，见《新青年》1917 年 1 月 1 日。

是"方言的诗"或"方音的诗"的认知基础上，成立方言调查会，周作人、董作宾、黎锦熙、魏建功、林语堂、沈兼士等都积极撰文，从明晰的学术层面，为白话文学的进行和展开提供必要的支撑。

其二，口承文学的发掘。口承文学如神话、传说、故事、歌谣、谚语等，是民族文学的最初形态，同时也是一个民族极为普遍的民间形态。相较于文人的书面写作，它们虽然显得简单、粗糙，但是换一种眼光看，因为它们大都是民众的一些随心随性之作，保持着"劳者歌其苦，饥者歌其食"的基本特性，较少专业作家的功利心和程式化的匠气，所以它们不仅更能显现民众生活的真相，表露他们内在的心声，而且也在表达上显得更为朴素和简洁，更富有生机和活力。"五四"知识分子对于民间口承文学的重视和发掘，一方面是其民族意识觉醒，鲜明的思想启蒙动机使然；一方面则是西洋新的学术思想如民族学、人类学、民俗学等烛照的结果。早在民国初年，受英国人类学派理论方法的影响，周作人即在其家乡的报纸上刊发广告，公开搜集民间歌谣和童话，其后又连续著文，撰写了《童话研究》《古童话释义》及《儿歌之研究》等论文，对于口承文学给予了特别的关注。他的兄长鲁迅也和他一样，不仅在自己的文章（如《文化偏至论》等）里积极评价口承文学的意义、价值和现实功用，而且还积极配合周作人采录歌谣并征集童话，在教育部起草文件（参见《拟播布美术意见书》），号召建立国民文艺研究会，对于以口承文学为主的民众文艺进行专门的搜集、整理和研究。他们兄弟的做法昭示了一个新的时代的到来，1918年春天，为"文学革命"的呼声所激发，在刘半农、沈尹默的积极建议和蔡元培的大力支持下，北京大学成立了歌谣征集处，并在1923年冬天编印出了《歌谣》周刊，一方面搜集选登各地歌谣，一方面对其进行整理研究，通过具体的学术研究为当时还处在摸索尝试时期的新文学特别是白话新诗写作提供了一种切实的文本参照和努力方向，具体践行了《歌谣》周刊《发刊词》中所倡导的学术和文学双重目的结合的意愿，显见了新文学民间取向的切实成绩。受其影响，从口承文学抑或民间视野重新审视，原先隐身于各种文学史叙述中的民间歌谣甚或民间文学的成分也便不断为人所指认并推崇。胡适的《国语文学史》讲义（1921）不仅将中国文学的发展归结为白话和文言两相较量离合的历史，而且更是在一些章节里极力凸显民间写作的重要性，如在汉魏六朝一章的讲解之中，他就只举当时的民歌乐府，而对于文人的写作则一概不论。徐嘉瑞的《中古文学概论》（上，1923）也将文学分类为"贵族文学"和"平民文学"两种，并且毫不回避他对于平民文学的重视。在谈到汉魏平民文学的相关章节里，他明确宣称："贵族文学，在文学史上，古人也有相当的（古典的）价值。现在作文学史的人是（以）词赋派文学为上，平民文学为附（谢无量《（中国）大文学史》，述乐府不过两页）。我现在反过来，以平民文学为重。"① 且在具体的编置中，叙述平民文学的第二编，设六章，篇幅占了90余页（第37—125页），而对于同时代的贵族文学进行叙述的第四编，设三章，只占区区十多页（第149—166页）。他们的做法，胡适总结说："最要紧是把这种升沉的大步骤一一点出来，叫大家知道一千五百年前也曾有民间文学升作正统文学的先例，也许可以给我们一点比较的材料，也许可以打破我们一点守旧仇新的顽固见解。"②。很明显，一反传统套路，他们就是要在学术上为新文学的平民属性或民间取向寻求历史的支持。

其三，俗文学的被重视。"五四"新文学之所以目传统文学为"贵族的文学"，很重要的一点，就是因为高度文人化的传统主流文学，太正，太雅，和普通人的生活特别是近现代以来剧烈动荡的中国老百姓的生活太隔，为此否决了传统文学发展的路径，从建设伊始，新文学便一路走向了通俗的方向。

这多少有点较劲的意味，传统太正太雅，他们就尽可能的俗白，矫枉过正，在许多新文学的开拓者心目中，似乎只有这样的"反其道而行之"的行径，才足以证明他们反传统的决心和态度。时过境迁，

---

① 徐嘉瑞：《中古文学概论》第 2 编第 1 章，亚东图书馆 1923 年版。
② 胡适：《序》，见徐嘉瑞《中古文学概论》，亚东图书馆 1923 年版，第 8 页。

人们自然可以发现其中的偏执，但是这种偏执在当时却是一种必需和必要，其促使了中国文学的现代性转换，使中国文学获得了一种异质的内容。而且，回到具体的历史语境，爬梳相关的文献材料，我们亦能够明白，他们通俗化的努力，并非一味只是激情的表露，其中也沉淀了他们在学术上对于俗文学扎实认真的研究和思考。

他们对于小说的研究即为其中典型的代表。中国是一个诗文大国，所以谈及文学，传统理解也便更多以"抒情言志"的诗歌和"文以载道"的散文为主要的举证对象。清政府编四库全书用以显示其"文治武功"的盖世成绩，其全书号称包罗万象，囊括所有，但是一般的白话小说却并不在其关注之内，即如《水浒》和《红楼梦》之类优秀作品，也被冠以诲淫诲盗之名而排除在外。这种情况至"五四"有了革命性的变化，一方面是为精英知识分子立足于思想启蒙立场意欲和普通民众进行对话的强烈愿望所驱使，一方面是文学革命和语言改革所引发的白话文运动的发生，所以描述新文学在文体认知上的见解，一反惯常的"诗文正宗"观念，贬诗文而抬小说戏剧，胡适有言讲："今人犹有鄙夷小说为小道者。不知施耐庵、曹雪芹、吴趼人皆文学正宗，而骈文、律诗乃真小道耳。"[1]（胡适：《文学改良刍议》，《新青年》2卷5号）陈独秀也说："元明剧本，明清小说，乃近代文学粲然可观者。"且以为中国文学发展至近代，前后七子及文派八家等使得"盖代文豪若马东篱、若施耐庵、若曹雪芹诸人之姓名，几不为国人所识"[2]。为了将小说抬进文学的正殿内堂，新文学的开创者们还倾其所学，对传统小说特别是白话小说进行了扎实的学术研究，在诗学、词学和文章学之外，别建小说之学问，通过切实的努力扩大了小说的社会影响。于此一面，胡适和鲁迅可作代表。其中胡适从1920年起到1925年末，接连进行了《水浒传》考证、《红楼梦》考证、《西游记》考证、《镜花缘》引论，同时还写作了《三国

---

① 胡适：《文学改良刍议》第2卷第5期，见《新青年》1917年1月1日。
② 陈独秀：《文学革命论》，见《新青年》第2卷第6期，1917年2月18日。

志演义》序、《三侠五义》序、《儿女英雄传》序、《海上花列传》序、《官场现形记》序等，不仅给书划分段落、新式标点，而且还对作者身世、成书过程、书的内容、意义价值和技术优劣等给予必要的考证说明，推介并指导了这些书的社会接受，引发了人们对于这类小说的阅读兴趣。鲁迅对于小说史写作的兴趣萌发极早，1912 年他就编成了《古小说钩成》并发表序言，此后又陆续编辑并刊行了《小说旧闻钞》和《唐宋传奇集》等，其中《中国小说史略》一书的撰写和不断的校订修改，显见突出的意义。这本书的出版发行，不仅改变了中国小说向来无史的尴尬，让小说这种原本不登大雅之堂的文学方式也成为中国文学史的重要内容，而且在撰写过程中，他还不断破旧翻新，如谈小说而从神话、传说立论，予传奇、话本以专门的论述等，凸显他鲜明的民间意识。

除了小说，其他如戏剧、童话等俗文学，新文学先驱们一并给予了热情的关注，他们或极力宣传，积极倡导，或绍介国外理论，旧材料做新审视，在理性的思考梳理之中，从民间文化表现这一特殊的本土经验层面，寻求着可资新文学发展的营养和支撑。

再说文学实践。作为一种整体的价值取向，除却学术上所做的证明之外，在具体的实践层面，对于民间取向，"五四"新文学也有着多方面的体现。

首先是题材或曰内容选择上的。"五四"之前，已经有不少近代先进知识分子意识到民众在政治革新运动中的重要性，为此，他们曾在诸多的言论中都谈到了关注和调动民众的必要性，不过，由于蒙昧于民众自身的生活和思想状况，即如鲁迅在小说《药》中所描写的革命者"夏瑜"一般，他们拼死斗争，将一切都献给了百姓的权力和利益谋求，因此他们响亮的革命宣言并不能为普通百姓所理解，他们的革命本身也演化成了一种悲剧，自己被杀头，自己所流的血也只能成为愚昧的底层民众制作人血馒头的无意义的材料。反省和总结此前改革特别是辛亥革命的教训，新文学的倡导者们由是特别强调新文学对于底层社会的关注。在《革命文学论》一文之中，着眼于国民文学建设的意愿，陈独秀明确提出了"平民文学"的理念，响应他的号召，周作人后来专门撰写了《平民的文学》一文，强调新的文学要突出表现"世间普通的男女的悲欢成败"，以达到"研究平民生活"，将"平民内生活提高"①的目的。胡适更是连续发表多篇文章，力主新文学要特别注意关注"今日的贫民社会，如工厂之男女工人，人力车夫，内地农家，各种小摊小贩及小店铺，一切痛苦的情形"②。受先觉者理论的影响，对于普通民众特别是底层民众生活的书写表达一时间也便蔚然成风，不说文学研究会作家们着意显示人生"血与泪"的"社会问题小说"的出现，鲁迅执着于"下流社会不幸"和对于"貌似无事的悲剧"的揭示，20世纪初一批蛰居于北京的乡土作家对于他们偏远故乡一般人黏滞生活的表现等，单是"五四"时期风行一时的"人力车夫"一题的不同书写，其时一些白话诗人诗作标题的制作，如刘大白的《卖布谣》《田主来》《劳动节歌》，如刘半农的《学徒苦》《卖萝卜》《铁匠》，康白情的《女工之歌》，等等，都可以清晰说明一个时代作家们在写作内容选择上的兴趣所在。

　　其次是文学语言和表达方式上的。从启蒙立场出发，在清晰了新文学在"表现什么"方面需得面向民间、关注普通民众疾苦的目标之后，新文学的先驱者们同时也意识到，新文学要吸引社会一般人，除了内容之外，在表现的形式方面也必须充分体现新文学民间化努力的方向，将新文学的艺术表达尽可能地和民众日常习惯的表达方式结合起来，使新文学能够真正取代旧文学，为大众所喜欢并接受。其形式层面的民间化表现，具化于两个方面：其一，语言方式选择上的白话化努力。文学是一种语言的艺术，语言是它表情达意的工具，同时由于文学表达中情意和语言高度一体化存在的特征，所以也是它的本体。反思此前黄宗羲、梁启超等人所发起的"诗界革命""文界革

---

　　① 周作人：《平民的文学》，见胡适编《中国新文学大系：建设理论集》，上海文艺出版社2003年版，第136页。

　　② 胡适：《新文学运动》，《胡适学术论文集》，中华书局1993年版，第44页。

命"等中国文学改良运动，有感于他们"旧瓶装新酒"的问题，所以新文学的倡导者和先行者们一开始就从语言开刀，将"五四"新文学运动目之为一种"白话文"运动，以白话的运行标示它鲜明的个体属性和自我身份。"逢新世界，新时代，新民族，当然同时要有新的舌头"①，如果说这还只是一种感性的、浅表的、自然而然的简单演绎的话，那么更进一步，胡适其后的发言——像"'工欲善其事，必先利其器。'旧文字，死文字，既没有法子表现新思想、新感情，怎么能够创造新文学呢"②，或"我们所提倡的革命文学，只是要替中国创造一种国语的文学。有了国语的文学，我们的国语才可算得真正国语"③ 之类，则显然有了更有建设价值的内容。言文一致，尽可能的通俗化、口语化，让汉字重新生动和活泼起来，让文学的表达真正能够贴近民众日常生活的面颊。沿着这一取向，胡适创作了《尝试集》，鲁迅发表了《狂人日记》，其他如李大钊、陈独秀、钱玄同、刘半农、周作人等的写作，虽然面貌各有不同，但也都通过切实的努力，让中国文学从大雅的庙堂书案落实在了通俗的民间，成为了新思想和新的审美情感的有力传播渠道。其二，诗歌体裁参照上的民谣化实践。诗是文学中的文学，作为文学性体现最为充分、审美要求最为严格的文学体裁，新文学能否和旧文学叫板进而取代它，极为重要的考量指标即在于新诗的表现能否取悦于一般受众。否定了既有的精致但又因为高度成熟而渐趋僵硬的古典诗歌表达，虽然有翻译的外来诗歌异样启示，但是一方面是翻译本身的数量的限制，翻译质量的不敢恭维，一方面是作为异质表达的翻译诗歌的水土难服，所以在不断寻求来自于异域经验参照的同时，新文学的开拓者亦不断在既有的本土传统中寻求着经验的支撑。他们所发现的就是民间歌谣。这种发现，源自于两种基本的考虑：第一，民间歌谣是一种异质、别样的中国诗

---

① 志希：《书报评论·少年中国月刊》，见《新潮》1919 年第 2 卷第 1 号。
② 胡适：《新文学运动》，见《胡适学术论文集》，中华书局 1993 年版，第 282 页。
③ 胡适：《建设的文学革命论》，见《新青年》1918 年第 4 卷第 4 号。

歌经验的构成，它区别于体现官方和精英知识分子意识诉求的主流、经典诗歌，显示出了更多非主流的民间、边缘属性，当新文学对于传统诗歌予以了"弑父"行为的反叛、否定之后，这种非正统的传统或者说中国诗歌内部的边缘性存在，其异端和本土的双重存在特征，因为吻合了新文学反传统同时又仍然隶属于中国诗歌的身份特性，所以也便自然引发了正在四处问道的新文学先驱者们的关注兴趣；第二，作为一种诗和歌高度一体化的民间传唱艺术形式，区别于文人诗歌高度书面化和精英化的存在特征，民间歌谣的口语化、通俗性审美特性，因其和"五四"知识分子立足于思想的启蒙而倡导的"白话文"运动有着本质上的一致性，所以向其学习，让诗歌成为表现普通民众情感和精神诉求的便利艺术方式，自然也就成了许多白话诗歌倡导和实践者们的自然选择。"这已是九年以前的事情了。那天，正是大雪之后，我与尹默在北河沿闲走着，我忽然说：'歌谣中也有很好的文章，我们何妨征集一下呢？'尹默说：'你这个意思很好。你去拟个办法，我们请蔡先生用北大的名义征集就是了。'第二天我将章程拟好，蔡先生看了一看，随即批交文牍处印刷五千份，分寄各省官厅学校。中国征集歌谣的视野，就从此开场了。"① 歌谣和文艺，北大歌谣征集活动最开始就存在的这种兴趣，其后进一步发展，明确成为胡适所言的"文学的新方式都是出于民间的"，因此"文学的生命又须另向民间去寻新方向的发展"② 的思考认知之后，新文学的许多发起者——如刘半农、沈尹默、刘大白等，便不仅积极搜集、整理和研究民间歌谣，而且也有意识地向民间歌谣学习和借鉴，创作出了许多具有鲜明的歌谣意味的新体诗歌，为现代中国诗歌的发展建立了最初的范本和努力的方向。

"五四"新文化运动整体的"向下看"意味以及在此大背景下新

① 刘半农：《国外民歌译》（第1集），上海北新书局1927年版，第1页。
② 胡适：《自序》，见《词选》，上海商务印书馆1927年版。

文学鲜明的民间取向，从内在营造了民俗学和文学结合的良好机遇和氛围，正是在这种情况下，借助于历史语境的还原，我们可以看到，现在并不为一般学人所关注的民俗学，和许多先进的思想和学问一样，在强烈的民族精神复兴和问道于西方的现实动机的推动下，原本是被当时许多知识分子目之为"显学"而加以引进的。为这种认知所导引，"五四"时期，很多的文化人都曾关注过民俗学问题，而且绝大部分关注的人都是进行文学创作活动的人。

　　身处这样的时代环境，加之鲁迅本来就是民俗文化研究的积极倡导者，而且早期进行民俗文化搜集和研究的人，又大多是他的同事、朋友或学生，他与他们在当时保持着较为密切的关系。基本一致的文化取向和话题视野，相互之间的熏染和促进，鲁迅写作——不管是文学性的创作，还是《中国小说史略》《汉文学纲要》等学术著作的写作——民俗文化兴趣的发生，也便是极为自然的事情了。

第二章　鲁迅的民俗生活经验

　　时代环境的外在影响之外，鲁迅创作时之所以会对民俗文化发生并保持一贯的兴趣，更为重要的原因还在他自身，他个人生命中本自拥有的丰富民俗知识积淀和持久的民俗关注热情，为他的创作提供了可能的条件和本原性的推动力。

　　鲁迅的出生地绍兴本就是一个民俗氛围极为浓郁的地方，懂事之后，或是通过聆听别人的讲述，或是通过对于民间民俗活动的积极参与，他因之在心中积存了不少的民俗文化知识和感性经验。离开家乡之后，为职业发展需求所推动，他不仅保持了对于民俗文化物象和事项的浓厚兴趣，或是广为搜求古籍、野史、民间故事和民间绘画等，通过各种非正式的阅读，广泛地积累民俗文化知识，搜集历史民俗材料；或是通过参与身边各样的民俗活动，积淀民俗生活的感性体验，捕捉民俗文化于当下生活中的新的表现形式和现实功用；而且因着实际工作的需求，他更是将这种浓厚的个人兴趣，转化成为一种有着较为具体目的的理性关注。

　　虽然因为其他事的干扰，加之鲁迅本来就志不在民俗文化的专门研究，所以终其一生，他始终未能以一种专业学者的身份，对民俗文化进行系统和深入的理论研究，但是他对民俗文化持续不断的热情和兴趣，作为一种被现实所压抑了的主体意识，积储而成为作者经验世界的巨大能量之时，也便得以以更为隐蔽和曲折的方式，不时地对鲁迅的写作发生种种潜在而深刻的影响。

　　这一章的写作，我们因此主要想从鲁迅个体出发，将其生活中的民俗遭遇和他的文本进行对比阅读，通过对于他的生命与民俗文化关系的梳理，探究他写作过程中民俗兴趣发生的个人原因。

一　生命初始时的民俗待遇

绍兴原是越州故郡，周家又曾是绍兴城的大户，鲁迅出生之时，其家虽然已不复先时之盛，但是"百足之虫，死而不僵"，单是鲁迅所属的覆盆桥智房之兴房一脉，其在乡下就有四五十亩上好的水田，城中还有一些殷实的店铺，加之祖父周福清本人又在京城做官，所以，声名自是颇为响亮。这样一个家族，何况鲁迅又是家族的长孙长子，他的到来使这个家族成就了难得的"四世同堂"的造化，所以，举家上下，对于他的出生自是格外重视和百般呵护。

（一）取名

鲁迅出生后家里并没有着急给他取名，父亲周伯宜是个不得志的秀才，多次科考尚未中举，避讳于自己的霉运，同时希冀承受祖父的恩护，故而写信转求于他。接到家信的那一日，适逢周福清正在会客，因为客人姓张，也是一个官员，所以他便将"鲁迅的小名定为阿张，随后再找同音异义的字取作'书名'，乃是樟寿二字，号曰'豫山'，取义于豫章"①。

鲁迅祖父的命名内含了两种民俗理念：一是孩子取名时的轻贱或随意原则。中国民间的认知，愈是轻贱的事物愈是生命力强，容易成活；此外，人生活的世界原本是一个人鬼混同的世界，孩子生下来，若炫示其金贵，讨命的游鬼便容易索其性命，所以最好的办法就是故意轻贱。或者见什么取什么，就如鲁迅祖父给鲁迅的取名，恰逢张姓客人来，就取名阿张，若是李姓客人来，自然就是阿李了；或者动物化、非人格化，如阿毛，阿狗，五十，八斤之类。对于这两种做法，

---

① 周作人：《鲁迅的青年时代》，河北教育出版社 2002 年版，第 3—4 页。

鲁迅日后在其写作之中给予了极为广泛的运用，前者如阿Q、小D以及女人的嫁谁随谁的杨二嫂、单四嫂子、八一嫂、祥林嫂之类，后者则如阿长、七斤、六斤等，以此对深蕴于其中的民间文化心理给予貌似随意但其实却极为深刻的揭示。二是攀附心理。在谈及民间文化的实质之时，鲁迅曾多次提到了野蛮人的蛮性文化对于民众意识心理的潜在而又普遍的影响。蛮人的文化，颇多巫术的表现，其中触染一条即讲，一个事物若是无意接触了另外一个事物，冥冥之中，前一个事物自然也就会沾染后一个事物的属性。鲁迅祖父给鲁迅的取名，虽然貌似随意，但也未尝不含这种心理，因为说到底，这种做法的实质，也就像周作人所讲："大概取个吉利的兆头，因为那些来客反正是什么官员，即使是穷翰林也罢，总是有功名的。"对于这种取名上的借光攀附心理，鲁迅后来在其作品中不断地加以利用，借此对于传统文化和民众心理构成之间的关系予以生动和深刻的揭示。

除了祖父的命名，为了避鬼，家里人还让鲁迅拜和尚为师，讨了一个法名。在《我的第一个师父》一文中，鲁迅曾就这件事做过专门的说明。他说："还有一个避鬼的法子，是拜和尚为师，也就是舍给了寺院了的意思，然而并不放在寺院里。我生在周氏是长男，'物以稀为贵'，父亲怕我有出息，因此养不大，不到一岁，便领到长庆寺里去，拜了一个和尚为师了。拜师是否要赟见礼，或者布施什么的，我完全不知道。只知道我由此得到一个法名叫作'长庚'，后来我也偶尔做笔名，并且在《酒楼上》这篇小说里，赠给了恐吓自己的侄女的无赖。"①

童年的这种经验，为时间所沉淀，积储了丰富的情感和信息，遂为鲁迅所利用，成了他写作极富意味的素材。在小说《故乡》中，我们可以清晰地看见这件事的痕迹："我的父亲允许了；我也很高兴，因为我早听到闰土这名字，而且知道他和我仿佛年纪，闰月生的，五

---

① 鲁迅：《我的第一个师父》，见《鲁迅全集》（第6卷），人民文学出版社1981年版，第575页。

行缺土，所以他的父亲叫他闰土。""他的父亲十分爱他，怕他死去，所以在神佛面前许下愿心，用圈子将他套住。"①

（二）其他

除却取名，为了躲避恶鬼妖魔的干扰，从而让这个家族的长孙长子健康成长，鲁迅出生之后，家里人还依照旧俗做了许多的事。首先是尝味。据鲁迅自己的回忆，他一出生就置身在了浓郁的民俗氛围之中，按绍兴的习惯，家人依次给他尝了五种东西：醋、盐、黄连、钓藤、糖，象征他在未来生活道路上要先备尝酸辛，经历苦痛和磨难，最终才能品尝到人生的甘甜；此外还有记名，即将出生的孩子挂在神的帐上，求其护持，以免为恶鬼所害，并且在每一年特定的时期去祭祀还愿，感谢它的恩泽。鲁迅所记名的神是当地的一位地方神，这位地方神，据周作人的回忆，就是大盘桶（当地一个大湖的名称）的主管神九天玄女；还有拜和尚，就是上面鲁迅所说的认一位和尚为师傅，名义上就是将孩子舍给了寺院。这样做的动机有两重，一是如鲁迅言："和尚这一种人，从和尚的立场看来，会成佛——但也不一定——固然高超得很，而从读书人的立场一看，它们无家无室，不会做官，却是下贱之流。读书人意中的鬼怪，那意见当和读书人相同，所以也就不来搅扰了。这和名孩子阿猫阿狗，完全是一样的意思：容易养大。"② 二是和尚乃修道伺佛的人，寺庙又是神的安歇处所，二者都是和神相关的事物，所以，拜了和尚，将孩子舍给寺庙（虽然仅仅是名义上的），当事人的心里便都内含了求神保佑，借冥冥之中神的力量以护持孩子生命的意思；还有穿"百家衣"，挂"牛绳"。在上述的《我的第一个师父》一文中，谈过了拜和尚之后，鲁迅还说："还有一件百家衣，就是'衲衣'，论理，是应该用各种破布拼成的，

---

① 鲁迅：《故乡》，见《鲁迅全集》（第 1 卷），人民文学出版社 1981 年版，第 478 页。

② 鲁迅：《我的第一个师父》，见《鲁迅全集》（第 6 卷），人民文学出版社 1981 年版，第 575 页。

但我的却是橄榄形的各色小绸片缝就，非喜庆大事不给穿；还有一条称为'牛绳'的东西，上挂零星小件，如历本，镜子，银筛之类，据说是可以避邪的。"① 于这两件民俗物象，从民俗学立场出发，周作人有更为准确和详尽的述论。他说："百家衣即是其一。这是一件斜领的衣服，用各色绸片拼合而成，大概是在模仿袈裟的做法吧，一件从好些人家拼凑出来的东西似乎有一种什么神力，这在民俗上是常有的事情。……牛绳本身只是一根索子便足够了，但是它还有好些附属品，都是有避邪能力的法物，顺便挂在了一起。"②

　　因为鲁迅其后的成绩以及近现代中国特殊的历史语境，对于鲁迅及其精神世界的描述，人们更多愿意将其置之于现代政治或现代精英知识分子文化视野，但是，借助于上述的梳理，我们有理由相信，鲁迅首先是大地之子，是民之子，是从传统文化土壤之中生长出来的生命个体，他身上黏附和凝聚了太多的传统与民间的元素，而这元素，从根性上标示了他的民族印记，同时，也给了他深入国民沉默的魂灵、反思和批判国民性的有效通道。了解了鲁迅生命如此这般的故事，读者也便自然能够理解鲁迅对于中国人生存的问题和传统文化的批判为什么总喜欢从一些看起来毫不起眼的小事入手，却常常能臻至他人所远远不能的深刻和紧要处。即如《故乡》的写作，作者笔下出现的似乎只是些生活的琐碎，闰土名字的来历，他的银项圈，海边名叫"观音手"和"鬼见怕"的贝壳，性急的张飞鸟，孩子们的游戏，他后来的要香炉和烛台，他的孩子名水生等，但是，正是从这些琐碎入手，慢慢体会，读者却能够惊异地发现，闰土悲剧的形成，不独是因为兵乱、歉收、多税和多子，而且更在于从一睁眼就已然置身其中的文化环境的熏陶。不幸固然不好，但是不幸之后却没有任何的不满，处处悲剧但是却处处无声，"哀其不幸，怒其不争"，这才是

① 鲁迅：《我的第一个师父》，见《鲁迅全集》（第6卷），人民文学出版社1981年版，第575—576页。

② 周作人：《鲁迅的青年时代》，河北教育出版社2002年版，第7页。

让文中的"我"深感绝望而觉得故乡已然陌生的真正原因。

二　成长过程中的民俗事项

梳理鲁迅生命早期的历史，可见如下几条对其精神世界构成及其日后写作产生重要意义的民俗事项。

（一）祭祀

古时中国人视人的生存世界为阴阳两界，阳界是活人的世界，也是生命现住的世界，阴界是死人的世界，也是生命将去的世界。人死后虽然脱离了阳世，但是他们的生活却依然要依赖于阳间儿女的供奉，若有人供奉，他们便自得安宁，于丰衣足食中静候轮回转化；若无人供奉，他们就成了孤魂野鬼，难得如期超生轮回。祭祀活动由此昭显出它的意义，孔子不谈鬼神力乱，但却极为重视祖先祭祀，一部《论语》，其中甚多祭礼的阐释，而儒家典籍《礼记》的《昏礼》篇章，述及婚姻的意义，亦清楚解释："昏礼者，将合二姓之好，上以事宗庙，而下以继后世。"

鲁迅为绍兴鱼化桥周氏家族第十四代孙，鱼化桥周氏从始祖逸斋公由江苏吴江烂溪迁至浙江绍兴会稽县始，经十四代衍生扩展，赫然而成一个拥有二十几个分支的大家族。家族大了，为了联络感情，凝聚人心，其对于祖先的祭祀也便格外重视。这种重视不仅表现于祭祀的规模，周氏族规规定，除了出远门不在者之外，男子 16 岁即被看作成年，必须参加春秋两次在周氏祠堂举行的祖先祭祀，当其盛时，参加祭祀的人可达 70 人左右；① 而且也体现在祭祀的种类上，单是"祠祭"，除了所有祖先的公祭之外，还有专门的"佩公祭""致公祭"等。墓祭更是，通例是每年三次，新年一次叫"拜坟岁"，清明

---

① 松刚俊裕：《鲁迅故家的宗祠——鱼化桥周氏宗祠考》，《绍兴师专学报》1991 年第 3 期。

一次叫"清明上坟"，十月一次叫"送寒衣"，但夏至、冬至以及称为"七月半"的中元节，加上重要祖先的"生忌"（即诞辰）与"讳忌"（忌辰）等祭祀，所以，实际的祭祀活动甚是繁多。① 据周作人日记记载，单是1889年这一年的清明节前后，他就先后参加了十几处的墓祭，从中可见祭祀的频繁。因为早年日记的散失，加之鲁迅18岁时就离家求学去了，所以和周作人相比，鲁迅关于自己参加家族祭祀活动的记载材料是非常少见的。但是少见不证明缺乏，更不能说明鲁迅于此的陌生。读《祝福》和《故乡》等作品，在极为纯熟并且精到的描写之中，读者还是可以极为分明地感觉到早年的民俗经验在鲁迅记忆中更为内化的积存。

鲁迅的民俗经验有许多来自于听闻和旁观，但有一些则来源于他对祭祀活动的直接参与。如其《庚子送灶即事》一诗，据周作人的介绍，即写就于1901年2月鲁迅在南京学堂放年假归来家中祭灶的那天，诗歌中所描写的内容，也正是当时在家中生活极为窘迫的状态下他们祭祀的情况。再如庚子年祭书神的事。周作人日记留存了难得的旧事："晴，下午接神，夜拜像，又向诸尊长辞岁，及毕疲甚。饭后祭书神长恩，豫才兄作文祝之，稿存后，又闲谈至十一点钟睡。"② 日记中所言文稿即《祭书神文》，从中可见鲁迅对于祭祀古俗的熟稔，也可见民俗文化对于鲁迅写作初步的膏泽润饰之功。

（二）看戏

除却参加祭祀活动之外，青少年时期，鲁迅所参与的另一项重要的民俗活动便是看戏，具体点说，就是看社戏。

鲁迅爱看社戏，一方面是因为社戏本身，一方面则与戏无关，于

---

① 详见丸尾常喜《"人"与"鬼"的纠葛——鲁迅小说析论》第一章之《"人"与"鬼"的关系——祖先祭祀》和周作人《鲁迅的故家》之《祭祀值年》《做忌日》《忌日酒》《风俗异同》《扫墓》《祝文》《上坟船里》《祝福》等篇章。

② 孙郁等编：《年少沧桑——兄弟忆鲁迅》（一），河北教育出版社2001年版，第84页。

此二者，周作人有很好的说明。他说："鲁迅在乡下常看社戏，小时候到东关看过五猖会，记在《朝花夕拾》里，他对于民间这种娱乐很有兴趣，但戏园里的戏似乎看得不多。"① 日本学者丸尾常喜的研究也提供了两点补白：一是绍兴地方戏多为鬼戏。庙会戏不用说，它们本身是各神庙在所祀的神的诞生日等日子为谢神、娱神而表演的。目连戏源自古老的祭祀演剧，目的也在于超度祖先的魂灵。即便是大戏，因其演出的动机依旧在于镇抚给村镇带来疾病和灾祸的冤鬼，所以其依然多以目连戏的"鬼戏"为主要框架。② 一是孩子视角。鲁迅接触社戏等地方戏的时候，主要是他的童年和少年时期，这一时期，他还是个孩子，所以，自觉不自觉的，其描述的内容便附着了一层典型的孩子心理："开首是一个孩子骑马先来，称为'塘报'；过了许久，'高照'到了，长竹竿揭起一条很长的旗，一个汗流浃背的胖大汉用两手托着；他高兴的时候，就肯将竿头放在头顶或牙齿上，甚而至于鼻尖。其次是所谓'高跷'，'抬阁'，'马头'了；还有扮犯人的，红衣枷锁，内中也有孩子。我那时觉得这些都是有光荣的事业，与闻其事的即全是大有运气的人，——大概羡慕他们的出风头罢。我想，我为什么不生一场重病，使我的母亲也好到庙里去许一个'扮犯人'的心愿的呢?"③ 能够参加，即使如《女吊》所言，为父母责打也在所不惜；而不能参加，便有如《社戏》中的怨气、沮丧，甚至如《五猖会》中所写的无以释然的永久的伤痛："我却并没有他们那么高兴。开船以后，水路中的风景，盒子里的点心，以及到了东关的五猖会的热闹，对于我似乎都没有什么大意思。"④

弗洛伊德经过多年的心理观察后发现，童年的故事往往就是一个

---

① 孙郁等编：《年少沧桑——兄弟忆鲁迅》（一），河北教育出版社 2001 年版，第 129 页。

② 详见丸尾常喜《"人"与"鬼"的纠葛——鲁迅小说析论》第一章之《"人"与"鬼"的渗透——目连戏》。

③ 鲁迅：《五猖会》，见《鲁迅全集》（第 2 卷），人民文学出版社 1981 年版，第 262 页。

④ 同上书，第 264 页。

人一生故事的种子。有意识地选用童年视角叙写当年故乡种种风俗的细节，这种表现反过来也说明了鲁迅大脑里对这类经验和知识记忆的深刻。

三　婚俗的顺从和背叛

鲁迅一生先后缔结过两次婚姻：一次是旧式的，是由其母亲所选择并确定的；一次是新式的，是自己选择并经过恋爱而完成的。鲁迅生活在一个新旧过渡的时代，他有新观念新思想，但又不能不生活在旧文化依然强势的现实之中，反抗和顺从，由此也便形成了其矛盾复杂的婚俗体验心理。

（一）第一次婚姻

鲁迅的第一次婚姻发生于 1906 年的 6 月，其时鲁迅 26 岁，正在日本留学。母亲当时听信了一位也在东京留学的同乡谎报的军情，他说鲁迅已在日本结婚，并且和一个日本女子有了孩子，自己曾在东京野田区的街上看见一家三口，等等。缘此，未征求鲁迅的意见，她便自作主张地答应了鲁迅的叔祖父、私塾老师周玉田儿媳的做媒，和绍兴丁家弄朱家的女儿朱安定了婚约。

母亲的做法自有她的理由。她寡居多年，深爱着自己的孩子，不愿他遥远在异地他乡。何况鲁迅是长子，父亲早故，弟弟尚小，一家人还指望着他支撑门户。对于母亲所定的婚事，鲁迅反抗过，毕竟他上过洋学堂，出了国在留学，他知道了人世间还存在着和母亲们习以为常的生活不一样的另一种生活，所以对于母亲选择的这份婚姻，远在日本的他，自然的反应首先是要求退婚。但是母亲不同意，母亲的想法是婚约已定，朱家也自有他们的脸面，怎能说毁约就毁约，给他人以污蔑的口实。没办法，他只好退后一步，提出具体的条件：一要朱安放脚，不要缠小足；二要她进学校念书，学认字。虽然不能自己选择，但他还是希望能通过改造，让对方不和自己的理想逆悖。可是母亲的来信却再一次否决了他的希望。母亲在信中传达了朱安的意见：一、脚已经缠了多年了，放不大了；二、不愿意进学校去念书。很显然，朱安是一个旧式的女人，鲁迅没有立刻回信，他陷入了艰难抉择的困境。不容他多想，1906 年的夏天，母亲接连来信，说自己病情十分严重，要求鲁迅速速返回。爱母心切，鲁迅匆匆赶回，但是进门一看，母亲却好好的，母亲诳了他，这样做的目的，只是要他回来，尽快地完婚。

母亲一生太为不易，绍兴又是完全不同于东京的另一个世界，各种关系和力量的牵掣，无法反抗，又不能拖延，鲁迅只好接受母亲所给他安排好的这份婚姻。他如期地出席了婚礼，并在已经剪了的头上临时装了一条假辫子，婚后第二天，也按着当地的习俗随朱安去娘家"回门"，循规蹈矩，完全顺从了礼俗的要求。

鲁迅所走的路，是当时许多青年都走的路。旧时民间礼俗，儿女的婚姻，向来都是"父母之命，媒妁之言"，父亲殁了，母亲做主，自是合情合理。不过，和许多青年不同，对于自己和朱安婚姻的屈从，在一般的民俗理由之外，联系一个女子当时真实的生存境遇，从其所心持的人道主义立场出发，鲁迅还有为朱安考虑的一面。

朱安是一个旧式的女人，她生命的一切言行都受制于环境和父母，她所受的教育使她只能明白：过去如此，现在如此，将来还是如此，父母是儿女的主人，所以，儿女的事——包括婚姻的事，自然只能完全听凭父母的意见。所以，虽然也有不满，譬如当鲁迅的母亲抱怨她们结婚几年了还没有孩子的时候，她辩解说，大先生总不和我在同一房子睡，我们怎么可能会有孩子呢？但是埋怨归埋怨，辩解归辩解，深层的意识中，她却总是完全依从传统道德所制定的各种妇道，尽心地服侍鲁迅的母亲和鲁迅本人。没有要求，很少言语，默默地做活或独自地歇息，自责于自己没能为周家生儿育女，她甚至希望鲁迅能因此早一点"纳妾"。因缘于此，1926 年鲁迅和许广平南下却将她留在北平之时，她也没有表露任何不满，依照旧习，她在潜意识里将许广平看成是鲁迅娶的小，称呼许广平为"妹妹"。在得知了海婴诞生的消息之后，她甚至和自己生了孩子一样高兴，心想："现在有了海婴，是大先生的儿子，自然也是她的儿子。她自己无端加给自己的罪名，现在得到赫然赦免，怎不高兴呢！另外她还想到有了海婴，死后有海婴给她烧纸、送庚饭、送寒衣……阎罗大王不会认为她是孤魂野鬼，罚她下地狱，让她挨饿受冻的。于是精神上得到安慰，所以很高兴。"① 在听到鲁迅逝世的消息之后，她也流着泪说："我生是周家人，死是周家鬼。"② 这样的一个人，你还可能希望她在给自己解除了枷锁之时同时也给对方还以自由吗？

从日本回到了绍兴的家，回到了母爱以及各种既定的礼俗所构成的真实的人际关系之时，鲁迅身上展现出了许多矛盾复杂的表现：不愿意甚至憎恶，结婚四天后他就回了日本；而后，从绍兴到了北洋政府教育部任职之后，好些年的时间，他宁可忍受一个人独处的寂寞，却始终不肯将朱安接到北平。但不满是不满，很长一段时间里，他却并没有想过放弃这段自己并不愿意的婚姻，甚至，当他后来有了自己选择的婚姻之后，他还是没有放弃对朱安的责任。

鲁迅的态度，我们固然可以从变化的时代去理解，时代虽然在变化，但他却是从旧时代走来的人，他所从出的旧的生活因之不能不给他以影响；可以从他当时的心境去理解，热爱着母亲而又绝望于生活，所以，母亲喜欢，就权当作是给母亲的一份礼物；可以从他所持从的人道主义思想去理解，相比较而言，朱安是更为不幸的弱者，所以宁肯牺牲自己，也不忍心将她抛弃。其中，后一面向的考虑，仔细分析，内存极为具体的民俗文化观念基础。

首先，按照绍兴其实也是中国当时普遍的习俗，订了婚而又被退回的女人，自己甚至其家庭要为人所轻蔑。这一习俗的形成，表层的理由是被人退回，就是被人看不起，因为某种不能明言的原因被人不

---

① 俞芳：《封建婚姻的牺牲者——鲁迅先生和朱夫人》，见《我记忆中的鲁迅先生——女性笔下的鲁迅》，河北教育出版社 2002 年版，第 257 页。

② 唐弢：《〈帝城十日〉解》，《新文学史料》1980 年第 3 期。

要了。而深层的原因则在于，婚姻的事情，一经"父母之命，媒妁之言"，便已然成为事实，女子订了婚，其实也就已经许了人，许了人而又被人不要了，她便不能不面临再次许人的处境，而按照封建理学的思想，"好女不嫁二夫"，她可能的命运也足以使她成为为别人所不齿的对象。其次，依据旧礼俗的观念，退婚或离了婚的女人，她们死后，既不能享受娘家的祭祀，又不能享受夫家的祭祀，无人祭祀，所以只能成为孤魂饿鬼，四处游荡，灵魂永远不得超生。

　　了解了这样的民俗理念，读者自然也就能够明白《离婚》一文中爱姑虽然"老畜生""小畜生"地咒骂她的公公和丈夫，但实际上她却是极不愿意离婚的；明白《祝福》中祥林嫂第二次再嫁的时候，为什么要拼死反抗，她后来为什么要向"我"问灵魂有无的事；明白《明天》中阿宝死了之后，单四嫂子为什么觉得生活一下子被抽空了，明天虚空得不能等待了；明白现实中的朱安为什么在知道许广平生了海婴之后，自己却喜不自禁，以为生活一下子有了某种慰藉；明白在小说《伤逝》之中，在听闻了子君在娘家死了之后，个性而现代的涓生为什么会忏悔说："但我的心却又觉得沉重。我为什么偏不忍耐几天，要这样急急地告诉她真话的呢？现在她知道，她以后有的只是他父亲——儿女的债主——的烈日般的严威和旁人的赛过冰霜的冷眼。此外便是虚空。负着虚空的重担，在威严和冷眼中走着人生的路，这是怎么可怕的事呵！而况这路的尽头，又不过是——连墓碑也没有的坟墓。"

　　——"连墓碑也没有的坟墓"，说得明白一点，就是孤魂野鬼的坟墓。她们就是那样的人，站在对方的立场上思考，没有爱情的婚姻固然不是她们想要的，但是，回去，似乎更为艰难和不幸。深悟着这种民俗文化现实演绎的实质，而且清楚着这样的文化和当时一般妇女实际生活的关系，所以，对于自己和朱安无爱的婚姻，很长一段时间之内，鲁迅也便选择了顺从或者默然地承受。

（二）第二次婚姻

鲁迅的第二次婚姻发生于20世纪20年代中期，和上一次别人做主的婚姻相比较，这一次的恋爱带有更多个人和主动的成分，契合了鲁迅更为内在的精神需求，所以个人价值的实现也更为充分。

但是，就是这样一次个人之间两情相悦的自由恋爱，因为其发生时鲁迅和朱安的婚姻关系并未解除，因为鲁迅的名人身份及其和许广平之间的师生关系，更为重要的一点，因为鲁迅的选择，是对根深蒂固的"父母之命，媒妁之言"传统婚俗的叛逆，加之当时名人身上常常发生而实际上却为鲁迅（事实上也是新知识分子整体）所不齿的讨小、娶妾风习的存在，担心于别人的误解，所以，从恋爱到二人婚姻的缔结，其过程显得异常曲折和艰难。

对于许广平的示爱，鲁迅起初不敢接受，觉得自己已经是待死堂中待死的人了，囚缚于旧婚姻的车马，所以无权也不配再去享受爱的自由。但架不住许广平火热和大胆的追求，加之许广平的爱也激活了他生命本能的热情，所以后来他还是接受了许广平的感情。不过接受归接受，在行动上他却甚为谨慎。他明确告诉许广平，他无意和他正式结婚，在名分上，也还得保持原来的婚姻。他也不想马上和许广平在北平同居，因为离母亲和朱安太近，情理上觉得不太合适。1926年春，他的南下厦门，具体的理由有很多，但远离母亲和朱安，在她们看不见听不到的地方寻求爱的轻松和自由，显然是诸种理由中很重要的一条。即使是离开了北平，即使到了母亲和朱安看不见的南方，因为无形的历史和普遍的传统意识所构筑的生活环境，所以鲁迅还是表现得顾虑重重。他先是让许广平去广州，自己赴厦门，约定先分开两年，各自做点工作，攒点钱，然后再作见面的打算；而后到了广州，接受了中山大学的工作要求，希望对方也接受许广平时，也只以助教称呼；即使是后来和许广平已经同居在了一起，他也左顾右盼，谨小慎微。他和许广平的事，是迟至1929年的5月——也即许广平已经有了五个月的身孕的时候，才慢慢向亲人和朋友们透露的。

　　鲁迅的态度不能不影响到许广平。面对鲁迅的犹豫，许广平曾极为不满地分析说："你的苦痛，是在为旧社会而牺牲了自己。旧社会留给你痛苦的遗产（按：指朱安），你一面反对这遗产，一面又不敢舍弃这遗产，恐怕一旦摆脱，在旧社会里就难以存身，于是只好甘心做一世农奴，死守这遗产。有时也想另谋生活，但又怕这生活还要遭人打击，所以更无办法。"①

　　鲁迅的担心和紧张，和其生存的环境密切相关。当时文化界的一些人，特别是鲁迅的敌手们，极愿意以鲁迅和许广平的事情为有利的把柄，将它与那个时代一些名人"玩女学生"和追求时髦女性的恶习连接在一起，并以"新生活"之语加以讽刺。1928 年，一位署名周伯超的人，给鲁迅写了这样一封信："鲁迅先生：昨与××××××诸人同席，二人宣传先生讨姨太太，弃北京之正妻而与女学生发生关系，实为思想落伍者，后学闻之大愤，与之争辩。此事关系先生令名及私德，彼二人时以为笑谈资料，于先生大有不利，望先生作函警戒之。后学为崇拜先生之一人，故敢冒昧陈言，非有私德于××二人，惟先生察之。"② 通过这封信，并将这封信所体现出的用心和当时一些不明就里的人的言行结合起来作整体思考，我们就可以清楚鲁迅在重新选择自己的婚姻之时所遭受的社会压力：不管他怎么想，一般人还是会习惯性地将他的作为和讨姨太太等恶俗等同，会对他的选择予以种种曲解、歪解或者误解。

　　他人之闲话，已然可畏，更为要命的还有他家里人的误解。朱安自可不论，她就是那样的一个旧式女人，她只能以旧眼光看待一切事情。让人难以理解的是鲁迅的弟弟周作人，鲁迅的婚姻，是依据旧俗由家长包办而产生的，其中的无爱和非人道属性，一向主张个性自由和健康的性道德的周作人，本应该是非常清楚的，然而，具体到鲁迅

---

　　① 　许广平：《两地书·八二》，见《鲁迅全集》（第 11 卷），人民文学出版社 1981 年版，第 219—220 页。
　　② 　王德后：《〈两地书〉研究》，天津人民出版社 1995 年版，第 270 页。

和许广平的结合，他却似乎极不以为然，不断施之于挖苦和讽刺。在 1929 年去北平看望母亲时写给许广平的信中，鲁迅曾述及羽太信子在母亲和朱安面前说鲁迅和许广平坏话的事情，从中可见周作人夫妇对于鲁迅自主择偶的不满之情。而在《中年》《志摩纪念》《周作人书信·序言》《论妒妇》《责任》《蒿庵闲话》《家之上下四旁》《谈卓文君》《记杜逢辰君的事》《知堂笔谈》等文章中，他更是变换花样，不指名地指责鲁迅纳妾、色情、多妻等。其中 1930 年 4 月 17 日发表于天津《益世报》的《中年》一文最为典型，其中的话看起来似乎说得很婉转，议论也感觉妥帖入理，但用意却甚为险恶，句句都含沙射影，针对着中伤鲁迅而去。甚至到了生命的晚年，在为自己的当汉奸辩护之时，他还不忘对别人强调，自己的两个兄弟，都抛下前妻不管，所以他必须留在北平照料，为一大家人的生计考虑，意识里依旧把鲁迅和周建人的再婚看作是不负责任、违背伦理的"弃妻"行为。

在周作人的言论之中，我们可以清楚地感觉到鲁迅个人的重新择偶所造成的和家族及其传统的冲突。一种传统和文化所支持的规范，必然是大众所普遍遵守的日常言行的标准，旧传统要求依从"父母之命"，新思想要求"牺牲"和"奉献"，新旧之间，鲁迅的选择违逆了旧礼而又不符合新俗，所以，夹杂在新旧之间，他的艰难和不安也就可想而知了。

"什么叫'惊弓之鸟'？莫非在下意识里，他们自己也有点心虚？一个人受多了压抑，就会丧失从自己的角度看事情的能力，甚至连评价自己，也会不自觉地仿照周围人的思路。尤其当与社会习俗发生冲突的时候，他就是再明白自己应该理直气壮，心理上还是常常会承受不住，不知不觉就畏缩起来。"① ——这是王晓明先生对于鲁迅和许广平于自己婚姻的犹豫所发表的评论，评论中清楚地揭示了个人在和

---

① 王晓明：《无法直面的人生——鲁迅传》，上海文艺出版社 1993 年版，第 128—129 页。

一种广泛的民俗冲突之时，力量的悬殊对比所引发的当事人心理不安和紧张的必然性。说到底，习俗是大家所传承的，大家往往没有具体的名目，但你若忤逆了大家的意愿，不以它的传承为传承，你也便自觉不自觉地得罪了大家，成了大家的敌人。

四　风俗纠葛中的疾病与中医

　　鲁迅的一生似乎总是和疾病脱离不了干系，先是在少年时期遭遇了父亲的病，自己的牙疼，而后是北京时期周作人和周建人孩子的病，再后来是上海时期儿子海婴和自己的病：牙，胃，肺等等，他生命的后期，日记中充满了关于疾病的描述。

　　对于周围亲人和自己的疾病，鲁迅大都借助于西医的疗法而进行处置。鲁迅是个中国人，当时的中国人看病，大都以中医为主，但是鲁迅缘何却不信任中医呢？这是一个有趣的问题，由此梳理鲁迅和中医的关系，并观照他对于各种疾病的描述，可以发现他生命中许多的民俗文化内容。

（一）鲁迅有关中医的描述
　　关于中医，鲁迅的表述主要有两类：一类形象间接，主要表现于他的小说；另一类则更多直接的呈示，散见于各类散文和杂文。

　　他的小说多写病，其中有三篇正面写到了中医，即《狂人日记》《明天》和《弟兄》。有一篇间接涉指，即《药》，说偏方的。在《狂人日记》的第四小节里，鲁迅写了一个姓何的中医以及他看病的情状。书中说，姓何的医生，"他满眼凶光，怕我看出，只是低头向着地，从眼镜横边暗暗看我。""老头子坐着，闭了眼睛，摸了好一会，呆了好一会；便张开他的鬼眼睛说：'不要乱想。静静地养几天就好了。'"这不是一副怎么好的形象，故意营造的神秘之中，隐现着一种阴谋和做作。类似的情况同样表现于《明天》。这篇小说中的医生也姓何，人称何小仙。他看病和前面的医生差不多，"伸开两个手指，指甲足有四寸多长"。"他中焦塞着""先去吃两帖""这是火克金——"何小仙说了半句话，便闭上眼睛。""在何小仙对面坐着的一个三十多岁的人，此时已经开好一张药方，指着纸角上的几个字说：'这第一味保婴活命丸，须是贾家济世老店才有！'""店伙也翘了长指甲慢慢的看方，慢慢的包药。"他对于其中人物的描述，貌似客观平和的描写，但给人的感觉，也是很不舒服的故弄玄虚。《弟兄》与上述两篇作品似乎不同，出于文本的特殊语境，叙述人"我"因为为弟弟看病的具体需求，所以对中医的态度便温和许多，描写也要客观许多。但即使如此，一些言词还是在不经意之间将鲁迅对于中医的真实感受透露出来了。作品中有这样两段话，"同寓的白问山虽然是中医，或者病名倘还能断定的，但是他曾经对他说过几回攻击中医的话"，"我想还是去请一个西医来，好得快一点"。其中的话还是很分明的，西医要比中医好，在私心里，"我"对于中医还是有微词的。故事后来的发展也证明了这一点，弟弟是出疹子，白问山却误诊为发痧，即猩红热。白问山，白问，鲁迅给这位中医所起的姓名，本身即是隐含着他对于中医的看法的。

除了小说，鲁迅还有许多文章指涉到了中医。其中较为典型的首先要数《朝花夕拾》中的《父亲的病》。在这篇文章里，鲁迅较为详细地给我们介绍了他早年所接触到的中医和他关于中医的一些感受思考。文章中写了两位绍兴城的名中医。一位有如下的传说：

　　"他出诊原来是一元四角，特殊十元，深夜加倍。有一夜，一家城外人家的闺女生急病，来请他了，因为他其时已经阔得不耐烦，便非一百元不去，他们只得都依他。待去时，却只是草草地一看，说道'不要紧的'，开一张方子，拿了一百元就走。那病家似乎很有钱，第二天又来请了，他一到门，只见主人笑面承迎，道，'昨晚服了先生的药，好得多了，所以再请你来复诊一回。'仍就引到房里，老妈子便将病人的手拉出帐外，他一按，冷冰冰的，也没有脉，于是点点头道：'唔，这病我明白了。'匆匆容容地走到桌前，取了药方纸，提笔写道：

'凭票付英洋壹佰元正。'下面是署名，画押。

'先生，这病看来很不轻了，用药怕还得重一点罢。'主人在背后说。

'可以，'他说，于是另开了一张方。

'凭票付英洋贰佰元整。'下面仍是署名，画押。

这样主人就收了药方，很客气地送他出来了。"

另一位是这一位引荐的，名字叫陈莲河，他的看病，一张药方上，总兼有一种特别的丸散和一种奇异的药引，如芦根和经霜三年的甘蔗，破鼓皮丸，等等。其中最著名的就是我们所熟知的蟋蟀一对，并且旁注小字道："要原配，即本在一窠中者。"奇方异药之外，更有许多的奇谈怪论，说"舌乃心之灵苗"，说"医能医病，不能医命"，用药若总不见效，可能就是有什么"源怨"，"也许是前世的事"。

对于这篇文章中提到的一些相关细节，周作人虽然存有疑义，但鲁迅父亲的病与中医的误治，却是大家都认定的事实。这些事实及其它们在鲁迅心中投下的阴影，成了鲁迅后来谈论中医时的基本经验参照。看了这篇文章，再回想前面鲁迅小说中关于中医的描述，其间的渊源关系我们也就清楚了。

除此而外，在《论照相之类》《从胡须说到牙齿》《论"废厄泼赖"应该缓行》及《〈呐喊〉自序》等文中，鲁迅还一而再再而三地对中医发表过自己的看法。

（二）鲁迅对于中医的态度

鲁迅对于中医的看法非常清楚，那便是"渐渐的悟得中医不过是一种有意的或无意的骗子"。之所以如此，鲁迅自己有话，"我还记得先前的议论和方药，和现在所知道的比较起来"①。

"先前的议论和方药"，具体涉指两件事。一件是前文已经提到过的鲁迅父亲的病及其医治。父亲生病的时候，鲁迅还小，他的身心还难以承受过重的生活压力，然而父亲的死，不应该的却成了事实，鲁迅因此而遭受的心灵创伤，确实是有点太过于巨大。这一创伤成了鲁迅一生都难以抚平的情结，他后来的学医，他自己说了，"我的梦很美满，预备卒业回来，救治像我父亲似的被误的病人的疾苦，战争时候便去当军医"②，这一情结的隐性作用无疑是很明显的。

另外一件则是鲁迅自己的。在《从胡须说到牙齿》一文中，鲁迅提到了这样一件事。他牙痛，用了许多中医甚或偏方的治疗方案，但都没有解决问题。这事给别人留下了指责他的口实，从"牙损"源自"肾亏"的理论出发，就有家族中的长者呵斥他不检点。鲁迅几十年没有解决的牙痛问题后来在日本通过看牙医很快就解决了，这件事给了鲁迅至为深刻的启发，他因此总结说："我这才顿然悟出先前的所以得到申斥的原因来，原来是它们在这里这样诬陷我。到现在，即使有人说中医怎样可靠，单方怎样灵，我还都不信。自然，其中大半是因为他们耽误了我的父亲的病的缘故罢，但怕也很挟带些切肤之痛的自己的私怨。"③

鲁迅为何看不起中医？答案现在似乎很清楚了，鲁迅自己说是挟带些切肤之痛的私怨，这私怨换成我们自己的话，那就是个人的经验。

心理学上有这样一种说法，人只能看到自己所能看到的，人也只能说自己所能说的。看鲁迅的书，我们也发现这样种种的事例，鲁迅对于世事人生的看法，多半是有着一些切身的个人体验的，即一些研

---

① 鲁迅：《〈呐喊〉自序》，见《鲁迅全集》（第1卷），人民文学出版社1981年版，第416页。

② 同上。

③ 鲁迅：《从胡须说到牙齿》，见《鲁迅全集》（第1卷），人民文学出版社1981年版，第248—249页。

究者所说的一丝个人的血肉气的。就像他对中医的态度，表面上看起来太过偏颇，很不正确，但是换一个角度，亲人生命被误的情感上的伤，个人道德上被侮辱的愤怒，立足于当事人的立场，鲁迅的反应，却又有其情之所至理之所至的必然。

（三）　鲁迅中医审视中的西学因素

考察鲁迅与中医的关系，他的西学知识背景也是我们所不应该忘记的。翻看相关资料，极易了然，鲁迅对于本土传统文化知识的了解是先于对西方文化知识的了解的，然而，一方面是年龄太小，一方面是了解时的被迫性质，所以，鲁迅早期对于传统之学所属东西的印象便既模糊且缺乏好感。在《五猖会》《从百草园到三味书屋》还有《二十四孝图》等文章中，鲁迅都曾对自己的了解进行过描述，内容离不了惨烈、苦痛、荒诞而又枯燥乏味的属性，方式又是有悖于孩子求知的娱乐天性的，鲁迅对于它们的回忆因此显得极不愉快。与此不同，他对于西方文化知识的接触却是充满着内心的喜悦和激动的。他的《琐事》一文曾描述过他的这种喜悦和激动，他说：“哦！原来世界上竟还有一个赫胥黎坐在书房里那样想，而且想得那么新鲜？一口气读下去，‘物竞’‘天择’也出来了，苏格拉第，柏拉图也出来了，斯多噶也出来了。学堂里又设立了一个阅报处，《时务报》不待言，还有《译学汇编》，那书面上的张廉卿一流的四个字，就蓝得很可爱。”① 这段话记述的是鲁迅初到江南水师学堂时通过一些新办报纸杂志接触西方世界的事，它们距今已经很遥远了，然而再次拜读，我们依旧能够清晰地感觉到扑面而来的热烈之气。

西学知识给鲁迅提供了一个全新的认知视野，以所了解的西学知识为依据，对中西文化进行比较分析，鲁迅敏感地注意到了二者在对现实进行关注和描述时品性上所具有的差异。以读书为例，在《青年

---

①　鲁迅：《琐事》，见《鲁迅全集》（第 2 卷），人民文学出版社 1981 年版，第 296 页。

必读书》一文中鲁迅讲："我看中国书时，总觉得就沉静下去，与实人生离开；读外国书——但除了印度——时，往往就与实人生接触，想做点事。"①

"与实人生离开"，中国人有关生存的知识经验描述，鲁迅缘此感觉有着一种整体上的"瞒"和"骗"的意味。西方讲科学，而我们重人伦；西方求真，而我们说善；西方谈现在，而我们总是说过去和将来。立足于特殊的弱国子民的位置，鲁迅因此以为中国的文化大都是一些"瞒"和"骗"的东西，中国人也大都是一些做戏的"虚无党"。具体到中医，鲁迅以为其中内含着一种"敷敷衍衍"②的不负责任的做人态度，具体地讲，就是"医者意也"，行诊就医较少一种科学的依据，但凭看者的主观意志，神秘、随意、玄乎，听起来似乎合理，但实际上却难免误诊误治。

一种知识或曰文化有所不足本来是极其正常的，但是，明明不足却缺乏自觉，缺乏自觉之后的改进，就像中医对待西医的态度，先是拒绝，后来是勉勉强强地接受，但接受之时，仍旧不忘说一些"西医长于外科，中医长于内科"的话，不肯好好地向西医进行学习，不但不学，还常常人为地进行误解或误读。③ 中医在其发展中所表现出来的这种做法，也是鲁迅对中医轻视的一个重要原因。在鲁迅看来，这事实上是一种更深更要不得的"瞒"和"骗"，以此昏昏之理行世，小以误人，大以误国，危害是极大的。以牙痛为例，鲁迅讲，"牙痛了二千年，敷敷衍衍的不想一个好办法，别人想出来了，却又不肯好好地学"④，所以牙痛也就只好再继续痛了。

① 鲁迅：《青年必读书》，见《鲁迅全集》（第3卷），人民文学出版社1981年版，第12页。
② 鲁迅：《忽然想到（一）》，见《鲁迅全集》（第3卷），人民文学出版社1981年版，第14页。
③ 鲁迅：《父亲的病》，见《鲁迅全集》（第2卷），人民文学出版社1981年版，第287页。
④ 鲁迅：《忽然想到（一）》，见《鲁迅全集》（第3卷），人民文学出版社1981年版，第14页。

　　和对中医的了解相比较，鲁迅对于西医的了解显然要更为丰富和到位，在日本留学时，他曾在仙台医科学校进行过专业的学习，以这样的知识背景，他重西医而轻中医原本是非常自然的。然而事情却不这样简单，西医的学习对于鲁迅的影响，不止于知识背景的构成，它还给予了他一种对具体事物进行判断的意识理念。西医以对对象的客观特征和规律的了解为前提，以科学的分析为其依据，它在实践上特别强调一个真字，所以真实的情况，一如鲁迅所讲，西医行医，遵循的医道是"可医的应该给他医治，不可医的应该给他死得没有痛苦"①，然而中医呢？"凡国手，都能够起死回生的，我们走过医生的门前，常可以看见这样的匾额"，医着医着医不好了，就推诿到祖上的荫德或命运上。②

　　鲁迅一生以真为做人的根本，留学时他和许寿裳讨论国民性之不足，即认为"诚"的缺乏就是其中很重要的一点。后来，他不遗余力地反对各种类型的瞒和掩饰，呼唤真的人、真的知识分子、真的勇士，都是很好的证明。缘此，将西医和中医进行比较，主观、随意、模糊而又常常因为掩饰而失实的中医不被他看好，也就很自然了。

（四）鲁迅关于中医的文化思考

　　除此而外，于鲁迅而言，更多情况下，中医是作为一个与传统文化相关的话题而被谈论的，所以，鲁迅所说的中医，便和现实生活中真正的中医之间存有一定的差距。它不纯粹是一个病人或病人家属眼中的中医，也不纯粹是一个学过医的人眼中的中医，它更多是一个现代文化人眼中的中医，是作为一种传统文化的承载而存在的中医。

　　所以，鲁迅谈论中医，多半不是就事论事，就好像他谈论古书和梅兰芳，它们只是鲁迅关于国民性问题和传统文化思考的一些敏感点

　　① 鲁迅：《父亲的病》，见《鲁迅全集》（第2卷），人民文学出版社1981年版，第288页。
　　② 同上书，第287页。

和切入口，鲁迅对于它们的谈论，是有着一点"借景抒情，托物言志"的意味的。

作为一种中国人对于自己特殊生存经验和智慧的表达，毋庸置疑，中医在其形成过程中积淀和凝聚了中国人的许多聪明和才智，它的许多内容都是经得住时间和科学的检验的。然而，一方面由于中医在表达上的含混、玄虚和随意，使它在被别人接受时也便留下了可以被人为改造的空间；另一方面则由于漫长的历史发展中中国民众整体上文化素养的低下，民众利用其大脑中积存的落后愚昧的思想观念不断地误解和误用，它因之也便自然成了封建迷信思想的黏附物。

于中医和民间文化关系一方面的表现，鲁迅在他的文章中给予了极为充足的书写。小说《药》中有对于生痨病和"吃人血馒头"以救治之旧俗关系的描述，《论照相之类》一文中有对于 S 城人生眼病则给庙中的眼光娘娘挂布或绸做的眼睛一对的行为及"月精可以延年，毛发爪甲可以补血，大小便可以医许多病，臂膊上的肉可以养亲"等奇谈怪论的介绍。这些书写使得读者看到了中医在其实际运用中的复杂表现，它们往往和一些荒诞不经的偏方以及迷信观念（如阴阳风水、五行八卦、静坐炼丹等）杂处一室，其身上附着或者沾染上了许多极其有害和落后的思想观念，客观上成了一种蛮性和封建文化藏污纳垢的处所。

除了对于来自于民间的落后愚昧思想观念的承载之外，由于中国封建社会超稳定社会结构的漫长运行，因此作为社会主流意识的统治阶级的各种道德意识也得以从容地对中医实施其文化改造，让它和民间固有的习惯、规则同流合污，逐渐地成为封建思想对于民众进行奴役和统治的一种渠道和媒介，成为一种它在民间的代言，具体而隐蔽地规范和引导民众的日常言行。这一面最为突出的例子当举鲁迅在《〈呐喊〉序言》及《父亲的病》中所提到的那种让人难以忘记的药引——蟋蟀一对，要原配。封建道德思想在婚姻观念上要求女子从一夫而终，其忠以及贞洁之道德要求不仅鲜明地体现于人们生活的公共层面，而且也即如此般地通过中医具化于生活的隐蔽处和细节处，民众和中医打交道，潜移默化地也就为这些观念所影响。鲁迅还在其他文章中，多次叙写了在中医的具体运用之中，民间偏方所常以为的臂膊上的肉可以养亲、病人病最终可否治好与其命及祖上的荫德紧密联系的认识中所潜藏的封建道德心以为然的"孝"及"天命"意识。

　　立足于启蒙的动机，鲁迅在意欲通过寻找国民之所以沉默的原因从而使民众引起疗救的注意之时，他注意到了中医以及旧戏等本属民间的经验方式不自觉地对于封建道德意识的承担，他认为这种祖传的相以为习的模模糊糊的东西，它们渗透在国民的血管里，其危害性是要远远大于封建思想的正面教育的。鲁迅由此断然对中医和旧戏等民众的旧有经验方式给予了否决，他的态度和看法，表面上看起来偏执简单，但事实上却有着远远超出于一般人及通识的深刻。

五　死亡事件的民俗参与

　　梳理鲁迅的生命流程并参照他的作品，我们可以发现，在他的生命历程中，有三个人的死亡曾给了他特殊的意义。这三个人，依照死亡的时间排列，依次是：父亲伯宜公，弟弟椿寿，祖母蒋氏。

（一）父亲之死

　　父亲的病以及死，给了少年鲁迅至为深刻的印象。这印象的形成，其中的原因，有亲人离去的自然反应，有来自于药店和质铺的侮蔑，还有一点，就是利用一些民间礼俗文化，本家亲族所给予的捉弄以及伤害。

　　关于此一面家族之人所给予的捉弄和伤害，叔祖玉田的夫人衍太太可以看作是突出的代表。在《琐记》一文中，鲁迅曾介绍了这样两件事：一是她当着自己男人的面，利用孩童的无知，诱导他看黄色图画书并以此作乐。事情本身也许很小，然而还原场景并通过心理学分析去解读，一个大人，准确点说一个女性的长辈，当着自己的男人，给一个少不更事的孩子推介色情的图画并愉悦于事前已经可以想到的对方的反应时，其中的下流、猥亵、险恶，不用说对于本就敏感的鲁迅必然会带来某种伤害。一是父亲故去后，她于不经意中挑拨作者寻找母亲的钱或值钱的东西，复又于背后散布有关作者偷窃的流言。和上一回相比，这一次显然更为恶劣。唆使不成，而后利用流言再将一个孩子预先置放于众人的审视和自我的不安之中。这样的亲族，这样的大人，仔细品味其中的人性内涵，读者自会明白鲁迅为什么后来要决意到异地，走异路，寻找别样的人类和世界，而且，离开家乡之后便很少再回来。

"S 城人的脸早经看熟，如此而已，连心肝也似乎有些了然"①，或者，"有谁从小康之家而坠入困顿的么？我以为在这途路中，大概可以看见世人的真面目"②，鲁迅的失望和愤怒，原是建立在真实的人生经验基础上的。

除却这两回之外，在《父亲的病》之中，鲁迅还记载了在父亲临终之时，自己如何在"精通礼节"的衍太太的引导下，给父亲手里塞纸锭和《高王经》烧的灰包（依旧俗观念，纸锭即阴间的货币，拿上它死者可以沿途贿赂游魂恶鬼，顺利到达冥界；而后者据说可以让死者到阴间之后少受刑法之苦），以及高声叫魂挽留亲人生命的事情。衍太太当时的言行，依照俗礼，原本没有什么特别的不是，而且，以周作人的看法，"说她指挥叫喊临终的父亲，那在旧时习俗上是不可能有的"③。但是不管别人怎么看，因为这样的举动给予临终的父亲额外的痛苦，所以，时日愈久，愈是细细反刍，鲁迅便愈是内心感觉到对于父亲的内疚和悔恨，对于有悖人性的礼俗和所谓的精通礼节的精明人的憎恶。

经过一番小说的艺术加工之后，生活中的衍太太的形象后来又变

① 鲁迅：《琐事》，见《鲁迅全集》（第 2 卷），人民文学出版社 1981 年版，第 293 页。

② 鲁迅：《〈呐喊〉自序》，见《鲁迅全集》（第 1 卷），人民文学出版社 1981 年版，第 415 页。

③ 周作人：《鲁迅小说里的人物》，河北教育出版社 2002 年版，第 259 页。

形出现在了鲁迅的小说《明天》之中。小说写的依旧是病人临终并至埋葬的情景，虽然人物从鲁迅的父亲换作了一个叫宝儿的小孩，衍太太的名字也不再叫衍太太而变成了王九妈，但在她于各种礼节熟稔地操作运营的过程中，特别是在这样的片断描述之中："王九妈便发命令，烧了一串纸钱"，或者"下半天，棺木才合上盖：因为单四嫂子哭一回，看一回，总不肯死心塌地的盖上；幸亏王九妈等得不耐烦，气愤愤的跑上前，一把拖开他，才七手八脚的盖上了"，读者还是能够比较容易地辨别出她的影子的。

（二）小弟之死

鲁迅的父亲亡故于光绪丙申（1896 年）九月初六日，两年之后，鲁迅还在南京学堂读书之时，他的小弟弟椿寿又因病而夭折。

椿寿是周家的第四个男孩，生前甚得鲁迅母亲的喜爱，所以他夭亡之后，老太太也便极为念想。关于这一点，周作人在《小照》一文中举了一个例子给予了清晰的说明："母亲永远忘记不了这小人儿，她叫我去找画神像的人给他凭空画一个小照，说得出的只是白白胖胖，很可爱的样子，顶上留着三仙发，感谢画师叶雨香，他居然画了这样的一个。母亲看了非常喜欢，虽然老实说我是不能说这像不像。"①

老太太的念想，有一点源自于这个生命的不幸。椿寿 1893 年 6 月 30 日生，1898 年 11 月卒，他在这个世界上活了也就短短的六年。

六岁的生命已经是很可爱的生命了，鲁迅是大哥，父亲故去，他对于自己的弟弟自是有一种一般兄长所没有的关爱。但是，就这样的一个活蹦乱跳的生命，突然一下子就没有了，这种打击对于敏感而且深情的鲁迅来说，自然是别人难以想象的。鲁迅后来的小说，其中便多有对于幼小孩子死亡的叙写，《祝福》中祥林嫂的阿毛，《明天》中单四嫂子的宝儿，《狂人日记》中狂人的妹妹，《在酒楼上》中吕

---

① 周作人：《鲁迅小说里的人物》，河北教育出版社 2002 年版，第 209 页。

纬甫的弟弟,《药》中的小栓,甚至像《野草》之《立论》中谈到的小孩的无端死亡等,在他作品的诸多地方,读者都可以发现作者个人经验的重重变形表现,感受到留在他内心深处抹不去的隐隐伤痛。小弟弟的死亡,仿佛成了一个化解不开的情结,让他不时地感觉到那些无可诉说的灵魂的期待。

鲁迅对于弟弟之死的念念不忘,有着个人的情感因素,但还存有别样的文化关怀。按中国民间的礼俗文化的规定,除了被休的女人之外,夭亡的孩子也不能贸然进入主坟,和大人一样正式安葬。他们的棺木大都比较简单,就像《明天》中宝儿所使用的,有的人家甚至不备棺木,用破席子或草带子草草一卷、胡乱一扔就了事。鲁迅的母亲甚爱她的小儿子,所以,椿寿死去之后,安葬还是比较正规的。但即使是这样,因为是孩子,迟迟不能入主坟,所以,他死后坟茔的状况,也便慢慢成了一个问题。关于这一点,周作人有过说明:"椿寿也葬在那里,离开她的坟西南约二十步。那地方虽非义冢,大抵也是官地吧,在那南方面有一个庵址,大殿早已没有,只在门口西边曲尺形的留下房屋,作为停放棺材的地方,伯宜公的生母殁后就殡在那里,伯宜公把爱姑埋在那里,大概是为了这个缘故。椿寿的坟因为已在十一二年后了,所以位置更往南移,渐近土坡的边沿,那地方下面乡人挖黄土,掘成岩壁模样,年月久了就有坍圮之虞。"[①]

这"坍圮之虞"也便成了鲁迅后来在小说《在酒楼上》中所记述的一段有关迁葬的民俗经验内容:

> 我曾经有一个小兄弟,是三岁上死掉的,就葬在这乡下。我连他的模样都记不清楚了,但听母亲说,是一个很可爱念的孩子,和我也很相投,至今提起来还似乎要下泪。今年春天,一个堂兄就来了一封信,说他的坟边已经渐渐的浸了水,不久怕要陷入河里去了,须得赶紧去设法。母亲一知道就很着急,几乎几夜

---

① 周作人:《鲁迅小说里的人物》,河北教育出版社 2002 年版,第 207—208 页。

睡不着，——她又自己能看信的。然而我能有什么法子呢？没有钱，没有功夫：当时什么法也没有。

　　一直挨到现在，趁着年假的闲空，我才得回南给他来迁葬。

迁葬是民间旧俗，其事项，简单叙说，就是给死去的人换一个安葬的地方。为什么要换呢？因为民间的意识，死亡其实是另一世界的生存，阴阳之间的差异，说穿了也就是地上和地下的区别。坟茔是阴间的住所，人活着须得安居乐家，死了也依然，所以，坟茔倾塌或入水，死人之阴魂便只能纠缠依旧活着的亲人，求其变通，否则，居无所安，他们便只能成为游魂，饱受冷寒之苦。迁葬由此也便非常类似活人的搬迁，其中的过程因此也便往往甚为烦琐，此种情形，鲁迅小说《在酒楼上》一文中保留了较为详细的记述。鲁迅所记，自然不免小说家之言，所以，事实之外，更重叙述者心理的揭示，或抒情，或自嘲，主体意念的表达是其语言主要的旨意。但是，指事的切实，不能不说也是他小说文字所以丝丝入扣的一个重要因由。于这小弟迁坟之事，在回忆性文章《小兄弟》一文中，周作人由此有话说："本文说是河边，取其直接明了，但由此可知这里是以他的坟为目标的。坟前竖有一块较大的石碑，生刻'亡弟荫轩处士之墓'，下款是'兄樟寿立'……这件事是鲁迅于民国八年末次回乡时所办的，其中大概迁坟的印象最深，所以这里特别提出来记述一番吧。"①

　　生活不必尽为写作，但写作却缘生活而出，翻检鲁迅和其作品之间的关系，自会知道，这话是有它的真理成分的。

（三）祖母之死

　　鲁迅于民间生活体察的细致，周作人是深感钦佩的。他曾将鲁迅和一般的台门子弟进行比较，并且追其渊源，以为他的作为是沿袭了他们的父亲伯宜公的作风的。他说："台门的子弟本来都是少爷，可

---

　　①　周作人：《鲁迅小说里的人物》，河北教育出版社 2002 年版，第 208 页。

是也有特别的人，会得这些特别的事。伯宜公就是其一人。在这上边可以同他相配的，是中房的一位族兄慰农，他们两人有一回曾为本家长辈（大约是慰农的叔伯辈吧）穿衣服，棋逢敌手，格外显得突出，好些年间口碑留在三台门里。他们别的事也都精能，常被邀请帮忙，但是穿衣服这种特别的事，非自告奋勇，人家不好请求，只有甲午八月他赴金家妹子之丧，由他给穿衣服，这是一生中最后的一次了。他在那里也是母家的亲人，可是并不挑剔什么，只依照祖母的意见，请求建设了一个水陆道场。伯宜公平常衣着都整齐，早起折裤脚系带，不中意时反复重作，往往移晷，这是小事情，却与穿衣服的事是有联系的。鲁迅服装全不注意，但别有细密处，描画，抄书稿，折纸钉书，用纸包书，都非常人所能及，这也与伯宜公是一系的，虽然表现得有点不同。"①

他是从生活的习性立论的，但其实，一种习惯的形成还和经验有关系，常言说熟能生巧，只有对一件事情观察非常细致，又能在内心反复修习，并最终实现于手脚的动作的人，始才能在细节处将一件事做到位。

特别是像死者大殓之前为其穿衣服这样的事情，其中的民俗讲究和规矩是非常复杂的，所以做这样的事情，没有相关的民俗知识，自然是很难进行的。关于这一点，周作人自己也承认："祖母大殓之前，鲁迅自己给死者穿衣服。这穿衣服的事，实在很不容易，仿佛要一种专门本领，其实也只是精细与敏捷，不过常人不大能够具备或使用罢了。别的情形不知道，乡下的办法是死者的小衫裤先穿好，随后把七件九件以至十一件的寿衣次第在一支竹竿上套好，有的是由孝子代穿的，拿取从下向上的将手放在袖子里，整理好领口，便可以一件件裹好，结上替代纽扣的带子，大事就告成了。在殡仪馆出现以前，大殓专家计有两种，其一是裁缝，其一是土工。但是用裁缝的须得是大绅

---

① 孙郁等编：《年少沧桑——兄弟忆鲁迅》（一），河北教育出版社 2001 年版，第 44 页。

商，他们要用丝棉包裹尸体，使得骨骼不散，有如做木乃伊之大费功夫，不是一般人所能担当，土工则善于收拾破碎变作的尸体，又是别有一功的。所以平常人家总是由亲人动手，亲族加以帮助，在这中间会得穿衣服的人虽然不是凤毛麟角，总之也是很不容易的了。"①

　　这段话提到了鲁迅在祖母大殓之前给她穿衣服的事。鲁迅的祖母蒋老太太是一个极为不幸的女人，女儿和儿子都先她而去，有一段时间，鲁迅的祖父又严命她不得和娘家人交往。据周作人的回忆，她于辛亥前一年去世，其时"鲁迅正在杭州两级师范学堂做教员，所以丧葬的事都由他经理"②。在经理丧葬事情的过程中，鲁迅的表现有点出乎人们的想象。他本是一个新派的知识分子，人们本以为他会有不同寻常的举动，然而他却什么也没做，一切都依了亲族的意见，对于礼俗旧规表现出了想象不到的顺从和熟稔。很明显，这是新知识分子身上的某种矛盾或复杂性体现，他后来将这种矛盾或复杂写在了小说《孤独者》中，在主人公魏连殳形象的生动塑造过程中，揭示了新一代知识分子在新与旧的多重纠葛关系中精神的软弱和复杂。

　　对于鲁迅的写作，他人多作非关自身的种种引申，但立足于经验本原，周作人却以为其实也是一种自我的写照。在《祖母（二）》一文里，谈及鲁迅经理的祖母的丧葬和小说《孤独者》写作之间的关系，他说："那时的事情本来我不知道，在场的人差不多死光了，可是碰巧在鲁迅的小说里记录有一点，在《彷徨》里所收的一篇《孤独者》中间。这里的主人公魏连殳不知道指的是什么人，但其中这一件事情是写他自己的。连殳的祖母病故，族长，近房，祖母的母亲的家丁，闲人，聚集了一屋子，筹划怎样对付这承重孙，因为逆料他关于一切丧葬仪式是一定要改变新花样的。聚议之后大概商定了三大件，要他必行，一是穿白，二是跪拜，三是请和尚道士做法事。总而

---

① 孙郁等编：《年少沧桑——兄弟忆鲁迅》（一），河北教育出版社 2001 年版，第 33—34 页。

② 同上书，第 42 页。

言之，是全部照旧。哪里晓得这吃'洋教的新党'听了他们的话，神色也不动，简单的回答道，'都可以的。'大殓之前，由连殳自己给死者穿衣服。'原来他是一个短小瘦削的人，长方脸，蓬松的头发和浓黑的须眉占了一脸的小半，只见两眼在黑气里发光。那穿衣也穿得真好，井井有条，仿佛是一个大殓专家，使旁观者不觉叹服。寒石山老例，当这时候，无论如何，母家的家丁总是要挑剔的，他却只默默地，遇见怎么挑剔便怎么改，神色也不动。'入殓的仪式颇为繁重，拜了又拜，女人们都哭着说着，连殳却始终没有落过一滴泪，只坐在草荐上，两眼在黑气里闪闪发光。大殓完毕，大家都怏怏地，似乎想走散，但连殳还坐在草荐上沉思。'忽然，他流下泪来了，接着就失声，立刻又变成长嚎，像一匹受伤的狼，当深夜在旷野中嗥叫，惨伤夹杂着愤怒和悲哀。'这篇是当作小说发表的，但这一段也是事实，从前也听到鲁老太太说过，虽然没有像这样的叙述得有力量。"①

这段话包含了许多的意思，一段旧事的说明，写作和生活的关系，但是，在此之外，也极为具体地说明了鲁迅平日对于民间习俗的体察和修习，只有在这样的基础上，读者才能够理解鲁迅为何总是说自己是一个"老人"，一个很"世故的人"，一个"历史的中间物"，也才能够明白鲁迅的写作为什么能够"叙述得有力量"，能够如投枪匕首，刀刀见血。

---

① 孙郁等编：《年少沧桑——兄弟忆鲁迅》（一），河北教育出版社2001年版，第43页。

第三章 鲁迅有关民俗文化和创作关系的理论思考

既有的经验只能提供一种可能，民俗文化最终能引发鲁迅写作时的关注兴趣，对其具体的创作发生实际的影响，最为重要的原因自然还在于通过对民俗文化形态和功用的分析，鲁迅在其身上发现了有助于其写作的价值，换句话说，因为民俗文化及其在现实生活中所具有的生动的生活表现形态，能够从不同层面对他的创作提供必要的支持，所以鲁迅才予其以格外的关注。

本章的思考，我们因此主要就是将民俗文化和鲁迅的写作思考联系起来，也就是站在主体写作的立足点上，观察和审视鲁迅民俗文化兴趣发生的依据和理由。

一　鲁迅关于民俗文化和创作关系的认知层面

不管是纯文学性的，还是文学性不那么强的，鲁迅的写作都表现出了一个天才艺术家应有的审美自觉。在他早期的一些文章如《拟播布美术意见书》和《摩罗诗力说》等中，他极为强调文艺的审美功用。但是从根本上讲，由于对民族积弱不振的生存现实的深刻担忧，因此他的创作也便自然和文学史上很多希望借助于写作而成名成家的人不同，显现出了更多表现人生，"而且改良这人生"，实现他"思想启蒙"的动机和目的。

在确立了"改良人生"、着意进行"思想启蒙"的创作目的之后，借助于一个医者的眼光，在具体设置意欲通过自己的创作进行思想启蒙的程序之时，鲁迅的思考大体具化在了这样两个层面：一是切脉问诊——寻找国民之所以沉默的病根之所在；一是开方取药，在"将旧社会的病根暴露出来"以后，"催人留心，设法加以治疗"①。需要特别强调的是，无论在哪一个层面，鲁迅的思考都充分注意到了民俗文化所具有的作用。

（一）民俗文化对于国民精神构成的作用

前已述及，鲁迅创作的根本动机和目的，就是揭示国民精神问题形成和灵魂沉默的缘故，而在对此类问题进行具体思考之时，鲁迅吃惊地发现，中国民众精神整体所显现出的愚昧麻木，固然与历代统治者所推行的严酷专治统治不无关系，但若于此种基础上作进一步深究，则还可以看到在一般人所理解的"法"的严酷之外，统治者的统治，实际上还常常更多借助于一种并不显见的"血腥"或"暴力"的"心治"手段而完成。而这种无形隐蔽的"心治"手段的施行，则多假借或依赖民俗文化之力。

作为一种文化存在形态，民俗文化原本"是民间文化的重要组成部分"，而民间，依钟敬文主编的《民俗学概论》一书的解释："顾名思义，是指民众中间。它对应官方而言。概而言之，除统治集团机构以外，都可称作民间。"② 据此推论，民俗文化原本应该是站在官方文化的对立面而且与其保持天然距离的"民"的文化，但极具吊诡意味的是，通过认真的分析，鲁迅发现在历史的实际演化发展之中，由于统治者长期以来处心积虑的奴化政策的推广，加之普通民众对于这种奴化政策的施行缺乏必要的警觉，因此本为"民"之文化的民俗文化，不知不觉之间也就为代表统治者意愿诉求的官方文化所

----

① 鲁迅：《〈自选集〉自序》，见《鲁迅全集》（第4卷），人民文学出版社1981年版，第455页。

② 钟敬文：《民俗学概论》，上海文艺出版社1998年版，第2页。

渗透，逐渐转化成为一种附属于封建文化本体的存在，成为统治者得以对民众顺利实施其"心治"的便利手段和途径。

而且让人更感意外的是，与封建权力阶层的制度和典籍文化相比较，因为民俗文化自身的高度生活化以及实施之中的历史承继性和社会普遍性特征，所以它对民众精神思想的钳制腐蚀，作用实较封建正统文化更胜一筹。这种情况在封建正统文化因为封建统治者统治地位丧失而渐呈式微之时，表现得更为明显和充分。当此之时，民间文化便不仅是一种手段和途径，使统治者的意识得以从经典走向生活，从官方走向民间，而且更成了封建正统文化最为基础的载体，以习惯和经验的方式，全方位地对民众个体从日常言行的细节处实施规范和控制。

有鉴于民俗文化如此这般的功用，所以鲁迅不仅在自己的创作中对于民俗文化与国民性形成之间的关系多所形象的揭示，而且在论及民族文化重建与传统旧文化改革之间的关系时，亦不乏直接的理论分析，在不同的场合，他曾反复告诫人们："真正的革命者，自有独到的见解，例如乌略诺夫先生（即列宁），他是将'风俗'和'习惯'都包括在'文化'之内的，并且以为改革这些，很为困难。我想，倘不将这些改革，则这革命即等于无成，如沙上建塔，顷刻倒坏。"①无论是形象的描述还是理论的分析，我们看到，由于民俗文化对于国民现实人生至为重要的建构作用，因此对于民俗文化和创作的关系，鲁迅也便产生了格外的兴趣。

（二）民俗文化对于新文学乃至整个新文化建设所具有的作用

鲁迅此类思考的价值，集中体现于他对民俗文化与作家创作关系多角度多层面的辩证审视态度。从现实功效上，他先判分民俗文化有良俗和陋俗之不同，以为以"坏经验""老习惯"等形态为代表的陋

---

① 鲁迅：《习惯与改革》，见《鲁迅全集》（第4卷），人民文学出版社1981年版，第224页。

俗，饱浸了民众的愚昧和封建礼教的毒素，构成了众精神文化的根基，所以，文化的改革者，若不首先慎重地对待它们，一切美好的设想便不免最终"如沙上建塔，顷刻倒坏"。但同时，他也指出，民俗文化并非俱在坏旧之列，许多民俗事项，即如节日、赛神报会之类，因为其能够调节民众心体，使其"精神体质，两愉悦也"①，本质上是民众日常艰辛生活的一种补充，是其精神"上征"的一种表现，所以当所谓的"志士"借口迷信，欲以取缔之时，鲁迅便深表其不满，以为"农人之慰，而志士犯之，则志士之祸，烈于暴主远矣"②。

以此为据，虽然在现实效用上，从民俗文化与封建传统礼教文化一体化存在的特性出发，鲁迅常常将其视为传统文化的基础构成，揭示其较之于传统礼教文化对于民众精神生活所给予的更隐蔽因而危害也更巨大的腐蚀作用，从而于整体判断上对其施之以决绝的否定。但是，否定之外，因为鲁迅本人即是一个极善于通过否定之否定而显见思想的深刻和复杂的人，所以，剥离内容，在对民俗文化的表现形式进行审查之时，鲁迅亦从中发现了它迥异于士人文化的真诚、通俗、质朴、刚健之特性，并因此将民俗民间文艺看成是和外国文学一样可以给中国文学带来新的发展的营养源或推动力。

鲁迅在理性认识上对于民俗文化所采取的这种具体问题具体分析的认知态度，和其实践层面于民俗文化的复杂处置一样，俱为鲁迅一贯灵活机动而非单一僵硬的思维方式的具体体现。以此为据，鲁迅遂对民俗文化和作家写作的关系予以积极的价值定位，以为无论是在思想的表达还是形式的现代革新层面，民俗文化以及体现这种文化的民俗民间文艺，其对于作家写作的意义都是不能轻视的。

此外，和他人将民俗文化视为静态的、来自于传统的存在不同，在对民俗文化和写作的关系进行审视之时，鲁迅始终强调民俗文化存

---

① 鲁迅：《破恶声论》，见《鲁迅全集》（第 8 卷），人民文学出版社 1981 年版，第 29 页。

② 同上书，第 30 页。

在的现实性，将它更多地视之为一种生动地表现于当下人们生活的活的社会相。鲁迅的这种认识给了他民俗文化和创作关系思考中的一种活的现代意味，民俗民间创作中的平民意识强调，民俗文化和国民性以及人性关系的特殊审视视角，还有地方色彩论中所体现的个性化创作期待，以及"愈是有地方性，便愈是容易成为世界的，即为别国所注意"① 的世界性眼光等，都是其典型而具体的表现。从实际的效果看，这种现代意味不仅使鲁迅相关的理论表述具有了某种感知上的现实性，而且也使得他的创作表现出了一种现实的热度，因为贴近于人们日常和眼下的生活，所以容易为当时和后世的人所认同。回忆自己的创作，沈从文先生即说："鲁迅先生起始以乡村回忆做题材的小说正受广大读者欢迎，我的学习用笔，因之获得不少勇气和信心。"②

　　还有一点，就是将鲁迅此类的思考放置于近现代以来中国知识分子整体取道于西方的历史背景之时，我们亦可以发现，在积极主张对异域文化采取"拿来主义"的态度之时，鲁迅借助于民俗文化而对于写作的民间、地方、民族意识的强调，其中潜藏了一种问道于西方之时一个现代中国知识分子所应具有的健全且极为可贵的主体或本土立场。反思中国文学乃至文化现代化的建构、发展之路，近现代知识分子最为明显的一种努力，就是不断地以发达的西方为参照，对于中国文学和文化进行西方化的改造。这种努力有其可以理解的现实动因，同时也真的从质地上变革了中国文学和文化的性质，但是它也带来了不少的问题，其中之一就是民族个性的淡化乃至消失。在中国文学界和文化界整体倾心西方之时，鲁迅借助于民俗文化特别是民间文艺良性或正面的价值挖掘而展示出来这种从自身寻找发展潜力的做法，无疑要更为健康和健全，因而也更具建设意义。

　　通过对民俗文化功用和价值的考察，鲁迅不仅认识到了"刻画沉

---

　　①　鲁迅：《340419 致陈烟桥》，见《鲁迅全集》（第 12 卷），人民文学出版社 1981 年版，第 391 页。

　　②　沈从文：《题记》，见《沈从文选集》，人民文学出版社 1957 年版，第 69 页。

默的国人的魂灵",表现富有地方特点和民族色彩的东西,是中国文学走进世界发展之大潮的必经之途,而且也由此发现除了外国文学之外,民间创作也是中国文学得以发生新的变化的一种极为重要的营养和推动力。由此,在对中国传统文化和旧文学给予了基本的否定之时,我们看到通过灵活机动的可分性或辩证态度,在中国本土文化的母体之中,鲁迅也觅寻到了某种可以生长的种子。

"外之既不后于世界之思潮,内之仍弗失固有之血脉"①,或者"和世界的时代思潮合流,而又并未桔亡中国的民族性"②,从青年时代一直到自己生命的晚年,在文化心态上,换种说法,也就是在对民族文化的理性认知上,鲁迅其实并不像许多激烈的言辞中所给人印象的那样,仅止于反对和破坏,他的本意其实更趋向于外补内固的辩证和健全。许多的极端,原本更像是特殊情境中的策略、权宜之计,其目的,正如他自己所言,中国的改革太难,所以往往是不矫枉便无以过正。

二　鲁迅有关民俗文化和创作的理论思考

从可能性上讲,民俗文化和鲁迅有关创作的思考两者之间发生关系的地方自然是比较多的,但回到鲁迅个人思考的实际,因为作者兴趣和需求的潜在规范,所以二者发生关系的实际范围其实是相对固定而且有限的,其主要的表现有:

(一) 民俗文化和创作发生理论

文学创作的发生问题是文学理论中的一个古老且基本的话题,理论上对于它的表述,一般更多为文学起源论所覆盖,但事实上它们原

---

① 鲁迅:《文化偏至论》,见《鲁迅全集》(第 1 卷),人民文学出版社 1981 年版,第 56 页。

② 鲁迅:《当陶元庆君的绘画展览时》,见《鲁迅全集》(第 3 卷),人民文学出版社 1981 年版,第 550 页。

本是两个不同的话题，文学起源论主要追溯文学产生的原始或最早形态，即它从何而来？而创作的发生论一般意义上讲，研究者的注意力则更多聚焦于追问和论证创作作为人类的一种特殊活动或行为的原初动机，即它为什么会发生？

鲁迅关于创作发生问题的思考较为多元的，其既关乎一般意义上的原始发生问题，又连接着一些特殊创作现象——如某种具体文类或特殊写作风潮等——的现实发生问题。

在创作的原始发生问题上，理论界习惯的理解方式就是套用马克思主义"劳动创造一切"的观念，机械推演出"创作起源于劳动"的一元结论。泛泛而言，这自然没什么问题，因为从人类行为的本质看，诚如马克思所讲，"劳动创造了一切"，人类的发展本身即是劳动的结果，所以人类现有的一切物质和精神的存在（包括写作活动），自然也莫不是劳动的产物。但是这种宏观宽泛因而几近绝对真理的意见，因为其思维的简单和绝对，所以难免表现出一些问题。和这种简单和绝对的认知不同，立足于文学实践活动复杂的存在形态，和一般人的理解不同，鲁迅的思考显现出了既全面同时又机智的灵动。

首先，在对创作发生问题的认知上，因为论述对象的不同，所以他的看法也便不一而足。一方面，遵从一般之论，关于创作原始发生问题的思考，无论是生命活动的前期特别是后期，鲁迅的言论中都有过明确的"劳动说"主张。其"杭育杭育"之名论，《门外文谈》一文中所言的"诗歌起于劳动"之观点即其证明。但是另一方面，对于创作的原始发生问题，于不同的时间场合，他还别有"神话说""宗教说""休息说"等说法。

其次，对于创作的原始发生问题，鲁迅虽然提出了多种说法，但在考察不同说法身后的文化归属之时，他的思考，都不约而同地保持了与民俗文化的某种关联。举例如"神话说"的表述。就世界民俗文化研究的历史看，从汤姆斯到邓迪斯，从外国到中国，无论其间各个研究者、学术流派所持的观念标准如何不同，但在神话的民俗文化身份认定这一问题上，大家的看法却基本上保持了一致。由英国民俗学会主编的、反映人类学派研究观点和成就的《民俗手册》一书，即将神话归置于"故事、民谣和俗语"一栏。而美国人类学家威廉·巴斯寇姆在其1953年发表的《民俗学与人类学》一文中，更是明确指出："对于人类学家来说，民俗是文化的一部分，但不等于整个文化，它包括神话、传说……"① 我们没有确切的资料证明鲁迅曾系统地研习过民俗学理论，但个人感性经验的积淀，加之"民俗学研究也是五四时期的'显学'之一。……鲁迅尽管没有像周作人那样集中精力关注民俗学研究，但却是周作人有关研究的积极支持者，这恐怕绝非偶然"②，受时代氛围的游历推动，所以在论及创作的原始发生之时，鲁迅也便自觉不自觉地将其关注的目光投向民俗民间文化。在谈及小说的起源时，他力挺"小说起源于神话"的意见，以为"探其根本，则亦犹他民族然，在于神话传说"，"故神话不特为宗教之萌芽，美术所由起，且实为文章之渊源"。并且解释说，因为原始初民在叙述对神的想象之时，往往对所叙述之神渐生"信仰敬畏"，并进而"歌颂具威灵，致美于坛庙，久而愈进，文物遂繁"③。其中便谈到了民俗的信仰问题，揭示了崇神拜灵仪式演化的功用，以及神话、民俗和文章写作三者之间密不可分的关系。又如宗教说。在与小说创作的原始发生进行比较时，鲁迅曾以为"在文艺作品发生的次序中，恐怕是诗歌在先，小说在后的"，并且说"诗歌起源于劳动和宗教"。依据已有的人类学和早期宗教的研究资料看，原始宗教原本就是和原始的民俗崇神信仰胶合在一起的，因此，其具体的表现过程，总是伴随有祈禳祭供等民俗文化仪礼和内容。宗教和民俗文化之间的这种关系为鲁迅所认知，因此在谈到诗歌创作的原始发生和宗教

---

　　① ［美］威廉·巴斯寇姆：《民俗学与人类学》，见《美国民俗学杂志》（第66卷），1953年，第28页。

　　② 钱理群：《走进当代的鲁迅》，北京大学出版社1999年版，第59页。

　　③ 鲁迅：《中国小说史略》，见《鲁迅全集》（第9卷），人民文学出版社1981年版，第17页。

活动之间的关系时，鲁迅便以为"因为原始民族对于神明，渐因畏惧而生敬仰，于是歌颂其威灵，赞叹其功烈，也就成了诗歌的起源"①。话语中对于原始宗教信仰中所含的民俗崇神信仰与诗歌创作发生之间的关系便有着清晰的揭示。

　　就是劳动说这种看起来和民俗文化比较疏远的说法，比照于相关的情境，又何尝真的能与民俗文化不发生牵连？体现鲁迅"劳动说"观点的"杭育杭育"名论，话语的直指自然首先是对劳动者劳动时呼号情状的真实摹写，但是，佐之以原始部落或偏远乡村人群实际的生活材料，人们自会清楚，劳动者的劳动一俟其具有了艺术成分之时，它便已然成为一种带有明显表演性因而高度形式化了的东西，亦即它更多的是一种节庆或敬神的仪式而非劳动本身。其具体状况即如我国许多少数民族打夯歌、插秧歌、打场歌等艺术形式的实际表演场景，它们虽然脱胎于具体的劳动实践，但其作为为群众所观赏的表演活动之一种，却更多地附着了节庆和崇神的意味，内含许多的规矩、讲究和禁忌等民俗文化内容。

　　鲁迅的思考印证了我国当代民俗研究者秦耕先生所持的一种识见："民俗不仅伴随着人类的起源，而且伴随着原始艺术文学。这是由于从民俗学角度看，原始艺术文学是一种民俗的反映，属于民俗学的重要研究范畴。"②

　　在创作发生的第二种意义亦即创作的现实发生问题的理解上，民俗文化作为一种高度生活化了的文化形式，它对于一时代人们精神世界构成所具有的特殊而且重要的意义和功用，亦给予鲁迅的思考十分重要的启示。

　　梳理一时代文学创作的历史发展轨迹或观照一时代文学创作的面貌特征之时，为其深邃的历史眼光和广阔的社会学视野所潜在支配，

---

　　①　鲁迅：《中国小说的历史的变迁》，见《鲁迅全集》（第9卷），人民文学出版社1981年版，第302页。

　　②　秦耕：《文艺民俗学》，安徽文艺出版社1993年版，第68页。

所以鲁迅异常重视对时代环境与具体创作现象之间关系的考察。他极为赞同古人所提倡的"知人论世"之观念，并在具体的实践中又引申推衍出"知文论世"之意见，力求在时代语境的还原之中全面、准确地把握对象之特征。即如生活与创作的关系考察，无论言说对象是来自于异域还是本土，也无论评述的对象是古人还是今人，他往往都能在"论世"的大的着眼点之下，将对象还置于其所存活的环境，并在生活与文学密切交互的地带，注意到民俗文化作为一种一时代民众所操持且具有生活和文化双重属性的意义生活而对人们新的精神需求的产生以及新的创作发生的意义和功用。典型的事例如论述魏晋志怪小说的发生形成，从时代和社会生活的变迁两方面着手，鲁迅以为："中国本来信鬼神的，而鬼神与人乃是隔离的。因欲人与鬼神交通，于是乎就要巫出来。巫到后来分为两派：一为方士，一仍为巫。巫多说鬼，方士多谈炼金求仙，秦汉以来，其风日盛，但六朝并没有熄，所以志怪之书特多。"① 话语中显见在历史和社会双重观照之中对时尚变迁与具体创作发生关系的敏感。又如对于唐传奇创作发生的论述，从实际出发，鲁迅虽然也承认这种新的文学形式的发生，与前代文艺如变文的影响和当时散文创作的兴盛等密切相关，但是在此基础上进行更为深入的考察，他则以为当时科举考试中极为炙热的"行卷"风习，自然也是不能不提的重要原因。他分析说，天宝以后，朝廷"以诗文取士，呈现诗文，冀其称誉，这诗文叫作'行卷'。诗文既滥，人不欲观，有的就用传奇文，来希图一新耳目，获得特效了，于是那时的传奇文，也就和'敲门砖'很有关系"，这样一来，致使"从前不满意小说的，到此时也多做起小说来，因之传奇小说，就盛极一时了"②。依然是时代风尚，依然是历史的分析，一时代习俗风尚与一时代创作之间的关系考察，已然成为鲁迅文学史研究的惯常

---

① 鲁迅：《中国小说的历史的变迁》，见《鲁迅全集》（第9卷），人民文学出版社1981年版，第307页。

② 同上书，第314页。

做法。

新的生活产生新的需求，需求还归于生活而成为一种模式化了的行为，其也就渐渐成了一种时代的风尚。风尚之力，起初可能只是一种"至微之力"，但是后来的人不断参与重复，"至微之力"而成一种普遍之势，终而至于"举国之人，习以为然"之时，作为一种无形的规范，它也就常常从精神的内在支配制约着置身于民俗氛围中之人的言语心理和行为活动。受此影响，一时代文学的创作作为人的一种特殊的精神活动的表现，也就不能不相应在内容和形式上产生新的变化，出现新的写作种类或现象。作家写作和民俗文化之间这种相伴相依的情景，鲁迅在其文学史著述之中多所揭示。如在论及《金瓶梅》一类"时涉隐曲，猥黩者多"的言情小说的生成时，分析了当时社会从皇帝到一般权贵都无不荒淫无耻，方士乃至士人不少也都以献房中术而获高位的时代背景之后，鲁迅便以为此类情况"实亦时尚也"，并且解释说，"瞬息显荣，世俗所企羡，侥幸者多竭智力以求奇方，世间乃渐不以纵谈闺帏方药为耻。风气即变，并及方林，故方士进用以来，方药盛，妖心兴，而小说亦多神异之谈，且每叙床笫之事也"①。此虽一斑，但民俗文化与新的创作现象发生之间所存有的密切关系，据此也可略知大概。其他种种，如玄言诗的创作与魏晋谈玄风尚，讲史小说的写作与宋时瓦舍说书习俗等等，其间关系，俱同此理，故而不再赘言。

（二）民俗文化和创作发展变化理论

对于民俗文化的关注，不仅影响了鲁迅关于创作发生问题的思考，而且也自然扩及到了他关于创作发展变化问题的论述。在《汉文学史纲要》第四篇《屈原及宋玉》一章中，谈到《离骚》与《诗经》的不同，鲁迅即分析说："实则《离骚》之异于《诗》者，特在形式

---

① 鲁迅：《中国小说史略》，见《鲁迅全集》（第9卷），人民文学出版社1981年版，第182—183页。

藻采之间耳，时与俗异，故声不同；地异，故山川神灵动植皆不同；惟欲婚简狄，留二姚，或为北方人民所不敢道，若其怨愤责数之言，则三百篇中甚于此者多矣。楚虽蛮夷，久为大国，春秋之世，已能赋诗，风雅之教，宁所未习，幸其固有文化，尚未沦亡，交错为文，遂生壮采。"① 话语之中即含民风民俗于时世变异和南北环境差异之间对于二者变化之影响：时代不同，世俗变化，加之南北山川神灵动植特别是道德风尚不同，所以，楚国虽为蛮夷之国，但因其固有文化——包括蛮夷之地特殊的民间民俗文化——的影响，因此二者在表现的内容和形式方面也便发生了明显的变化。其后，沿此思路细化深化自己的思考，论述时与地和两大文本之间形式文采不同的原因时，鲁迅进一步分析说："古者交接邻国，揖让之际，盖必诵诗，故孔子曰：'不学《诗》无以言。'周室既衰，聘问歌咏，不行于列国，而游说之风寝盛，纵横之士，欲以唇吻奏功，遂竟为美辞，以动人主"，世有此风尚，众人相习，"余波流衍，渐及文苑，繁辞华句，故已非《诗》之朴质之体质所能载矣。况《离骚》产地，与《诗》不同，彼有河渭，此则沅湘，彼惟朴樕，此则兰茝；又重巫，浩歌曼舞，足以乐神，盛造歌词，用于祭祀。《楚辞》中有《九歌》，谓'楚南郢之邑，沅湘之间，其俗信鬼而好祀……屈原放逐……愁思怫郁，出见俗人祭祀之礼，歌舞之乐，其词鄙俚，因为作《九歌》之曲'。而绮靡杳渺，虽曰'为作'，固当有本。俗歌俚句，非不可沾溉词人，句不拘于四言，圣不限于尧舜，概荆楚之常习，其所由来者远矣。"② 其间处处可见创作的发展与时尚风俗变化以及具体文化地带上存在的神鬼祭祀、民间歌舞之间极为紧密的动因关系。

　　这样的关注思考在鲁迅似乎是一种熟稔之极的习惯。在名文《魏晋风度与药及酒之关系》之中，界定了汉末魏初的文章风格为"清

---

　　① 鲁迅：《汉文学史纲要》，见《鲁迅全集》（第9卷），人民文学出版社1981年版，第372页。
　　② 同上书，第372—373页。

峻通脱华丽壮大"之后，鲁迅即分析说，但到汉"明帝的时候，文章上起了一个重大变化，因为出了个何晏"。何晏是"空谈的祖师"，又"喜欢吃药，是吃药的祖师"，世人仿其行径，便有了清谈、吃药之风尚习俗。吃药之后，身体发热，皮肤发痒，于是时人又有了"行散"习性，冷水浇身，热酒挥发，穿宽衣，着木屐，甚至如刘伶似的裸露其身，习俗体现于精神，精神表现于诗文，与以前时代不同，晋代文人的创作因之一变而有了清奇、飘逸、玄虚之特征。据其好友许寿裳先生回忆，鲁迅生前曾有自撰一部中国文学史之志，其书的内容，"六朝文学"一章他初步拟名为《酒，药，女，佛》，唐文学一章则为《廊庙与山林》①，设想虽终未成书，但其抓住时代特征，巧妙从风尚习俗入手寻求创作变迁规律的思路则昭然可见。

　　鲁迅的做法无疑吻合着文学活动自身的规律。文学的发展从根本的意义上讲，无谓乎是在顺应既有创作传统的基础上所产生的变化和创造。创作传统也总是显现为一系列从实践经验中凝结而成的惯例，它高度类型化或模式化的特征，使它极像是文学自身的习俗。缘此意义，承继传统事实上也就是顺应文学既有的习俗，而创造变化则自然更像作家依据时代的发展所做的习俗的移易。"文变染乎世情，兴盛系乎时序"（见刘勰《文心雕龙·时序》），中国文论本自有从世情风俗的变异考察创作发展动因的思路，更何况鲁迅亦极善于在历史的动态发展和社会的大的结构之中去理解认知对象，民族传统和个人习惯结合，在论及创作的发展变化之时，民俗文化的功用自然也就为鲁迅所注意。

　　没有资料能够清晰地说明鲁迅如此这般理论批评之所以形成的学术背景和知识谱系，但是考虑到丰富的民俗文化积淀所形成的经验认知基础，还有"五四"时期一代学人关注民间文化（包括艺术）时自觉的文艺和学术结合的价值取向风尚的熏染，特别是对于民间文化与民众精神改造、民间文艺与新文学建设之间紧密的动力资源关系高

---

① 　许寿裳：《挚友的怀念——许寿裳忆鲁迅》，河北教育出版社 2001 年版，第 30 页。

度自觉的理性认知，我们有理由相信，在论述一时代创作发展变化问题之时，鲁迅自觉不自觉地便将论述的话题置之于其与民俗文化的关系之中，于民众生活和文化的基本处寻求规律和动因的做法，应该是有着其思想上深厚的思想启蒙的"支援意识"的。

（三）民俗文化和民间创作理论

民间创作是一个外延很大的理论范畴，它的构成包括许多具体的形式，如歌谣、故事、童话、寓言、地方戏剧，等等。因为民间创作在选材上较多涉及民俗文化的内容，加之在具体的表现、传承和流播之中，又往往连带或附着种种规范、讲究、信仰和德范，所以民俗学家也便多目其为民俗研究的自然对象。

鲁迅对民间创作的关注，因缘之一即在于记忆深处感知经验的蛊惑。他早年曾在家乡接触了一些民间艺术形式，这些艺术形式的形成特别是具体的展现，给了他极为深刻的印象。除此而外，极为自觉的思想启蒙意识，也使鲁迅在意欲通过文艺改变并引导国民精神之时，理性地感知到了民间创作在民众的教育和新文学的建设层面所可能具有的重要意义。

分析具体的材料，鲁迅认识到了作为一种特殊的文学存在类型，民间创作既承载着具体的民俗文化内容，是民众深层精神和心理存在的载体，同时又常常演化表现为民俗文化现实存在的具体形态，成为民众精神得以体现的基本和集中的形式——亦即其文化的基础和典型的构成。缘此，立足于整体的思想启蒙目的，鲁迅便以为新一代知识分子，如果想认识民——特别他们的心，民间创作自然是一个极好的切入口；而意欲给他们说话——亦即要对他们进行启蒙，民间创作理所当然也便是一种极其有效的手段。

思想启蒙之外，作为一个职业写作者，立足于写作与民俗文化关系的思考，鲁迅也充分意识到了民间创作作为民众文化之一种，其对于作家写作甚或整个新文学建设所可能具有的作用。

首先，在把民间创作和文学的起源及其发展连接起来进行思考时，鲁迅以为一切文学创作的开端及其后来的发展，其实都和民间创作的关系至为密切。在《门外文谈》一文中，谈及创作的起源，鲁迅分析说："我们的祖先的原始人，原是连话也不会说的，为了共同的劳作，必需发表意见，才渐渐的练出复杂的声音来，假如那时大家抬木头，都觉得吃力了，却想不到发表，其中一个叫到'杭育杭育'，那么，这就是创作；大家也都佩服，应用的，这就等于出版；倘若用什么记号留存下来，这就是文学；他当然就是作家，也是文学家，是'杭育杭育'派。"① 其中一人偶发，而大家佩服应用的生产过程猜想和描述，就极好地说明了原始创作所蕴含的民俗文化形成过程中的集体性或民众性特点，以及其对后世创作所具有的原始生发意义。在他生命的后期，顺随对于无产阶级历史作用愈来愈看重的认知变化，加之因为现实的遭遇而逐渐加深的对于官方和绅士文化的愈来愈强烈的方案和厌恶，所以对于民间创作于文学发展的萌发促进之功用，鲁迅也便愈来愈给予格外的强调。他曾讲，我国文学史上第一部诗歌总集《诗经》中的《国风》，"好多也是不识字的无名氏的作品，因为比较的优秀，大家口口相传的。……东晋到齐陈的《子夜歌》和《读曲歌》之类，唐代的《竹枝词》和《柳枝词》之类，原都是无名氏的创作"，② 并在此基础上断言："一切的文物，都是历来的无名氏所逐渐造成。"③ 言谈虽不无特定语境所造成的偏执夸饰，然而他对于民间创作的褒扬嘉奖之意，归置于上述认知背景，也便自有其深意存焉。

其次，在对民间创作进行考察时，因为对于既有文人文学的失望，所以鲁迅总是有意识地将民间创作和文人创作进行对比，在其关系变迁发展的过程梳理之中，别立民间创作对于新文学建设的价值和

---

① 鲁迅：《门外文谈》，见《鲁迅全集》（第6卷），人民文学出版社1981年版，第94页。

② 同上。

③ 鲁迅：《经验》，见《鲁迅全集》（第4卷），人民文学出版社1981年版，第539页。

意义。

鲁迅的意见与其对文人创作的精神实质的思考密切相关。立足于中国思想史发展的实际，分梳传统文人价值实现或认定的方式，鲁迅注意到了由于从根性上缺乏健全和独立做人的精神支撑，因此无论是儒家所强调的积极致用，还是道家所强调的消极避世，其所导致的结果都是知识分子主体精神的自我迷失。儒家倡导"学而优则仕"，仕的结果就是将自己的身心交付于所仕之人主，无论达时的兼济天下，还是穷时的独善其身，本质上都使其在精神上自觉不自觉地成为主人的"奴"或"臣"。在这样的心态下进行创作，鲁迅以为，中国传统的文学因此本质上"可以分为两大类：（一）廊庙文学，就是已经走进主人家，非帮主人的忙，就得帮主人的闲；与这相对的是（二）山林文学。唐诗即有此二种。如果用现代话讲起来，是'在朝'和'下野'。后面这一种虽然暂时无忙可帮，无闲可帮，但身在山林，而'心存魏阙'"①。老庄虽有不以物易性，不丧己于物的清醒之语，开创了中国思想史上个体人格和自由思想的先河，但在其思想的本质上，由于面对专制政治，力倡"不撄人心""不遣是非"，因此，他们在成为"人的价值的高扬者"的同时"又是人的价值的自觉的扼杀者"。"齐生死""归混沌"，受他们的影响，许多文人在讲'高扬人的价值'的原始起点之时，其追求其实已然萎缩为封闭的矜持的利己主义，沦落为从奴隶生活中寻闲适的苟活主义。这种缺乏生命真实内涵的"价值的高扬"，不仅使自身的"个体自由于是只剩下失去灵魂的生命存在"，而且也因此"为失败者和被奴役者找到了一条精神胜利法"②。

如此这般的依附或萎缩性精神人格，决定了中国传统文人创作与统治者意识形态之间高度一体化的存在本质。也正因为这样的认识，

---

① 鲁迅：《帮忙与帮闲》，见《鲁迅全集》（第 7 卷），人民文学出版社 1981 年版，第 383 页。

② 王乾坤：《鲁迅论中国文人》，见《鲁迅研究的历史批判——论鲁迅（二）》，河北教育出版社 2001 年版，第 263—264 页。

所以，虽然鲁迅亦承认，许多"无名氏的创作，在经过文人的采集和润色之后，流传了下来"，① 并且以经典作品《三国演义》《水浒传》和《西游记》等为例子，指出它们原本都是一些流传在民间的传说、诗话，成就并不怎样高，然而它们为文人加工再造之后，却旧貌换新颜，成了我国文学史中的精品佳作。但是，立足于人格精神的自由独立的"立人"原则强调，在考察民间创作与文人创作的关系之时，鲁迅更为注意的，则显然是民间的创作总是被"文人取为己有，越做越难懂，弄得变成僵尸，他们就又取一样，又来慢慢的绞死它"② 的事实。

鲁迅的警惕使他格外看重民间创作的"庶民朴纯，心志郁于内，则任情而歌呼"的真诚品性，以为民间创作"比起士大夫文学的细腻，或者会显得所谓'低落'的，但也未染旧文学的痼疾，所以它又刚健，清新"③。也因此，当意识到以文人创作为代表的中国旧文学由于其本质上的"瞒"和"骗"而在新的时代渐趋腐朽、死亡之时，为其思想启蒙的根本写作动机所驱动，着眼于中国新文学的重建目的，总结文学发展的规律，鲁迅遂别有深意地指出："旧文学衰退时，因为摄取民间文学或外国文学而起一个新的变化，这例子是常见于文学史上的。"④ 论断的形成，虽然因缘于过往的文学发展事实，但是知古鉴今，真正的目的却在于为新文学的建设别寻一条可能的路径。

（四）民俗文化和简洁风格理论

写作中的简洁，既是鲁迅写作自身美学风格的一种具体体现，也

---

① 鲁迅：《门外文谈》，见《鲁迅全集》（第6卷），人民文学出版社1981年版，第94页。

② 鲁迅：《略论梅兰芳及其他（上）》，见《鲁迅全集》（第5卷），人民文学出版社1981年版，第539页。

③ 鲁迅：《门外文谈》，见《鲁迅全集》（第6卷），人民文学出版社1981年版，第100页。

④ 同上书，第95页。

是鲁迅生前常常论及的一种写作理念，而且就其存在形态而言，较之于一般的理论表述，这种理念因为表现得比较完备和成熟，所以，它也可以说是鲁迅有关写作的言论表述中理论纯度较高的一种理念。

依据话语所涉指意义的不同，鲁迅此类的表述可以分述成几个既存有差异但同时又保持着内在统一性的认知层面：

首先，在写作的态度上，鲁迅的简洁之论表现为一种"以传意为主"的"实写"主张。站在明确的启蒙主义的立场上，鲁迅认为中国的问题首先是人的问题，而人的问题——也即国民性中根本的缺陷，就是"诚"与"爱"的缺乏，与此相应，中国传统文人的写作也便扭捏造作，成为一种不敢正视存在真相的"瞒"和"骗"的文学，其给人的整体印象，也就一如做戏的国民，厚厚的外壳包裹着，人们很难相互感觉到对方的心。因为这样的缘故，所以鲁迅极力主张作家写作时，要尽力"不要陪衬拖带"。他的主张，典型地表现于他的《我怎么做起小说来？》一文。在这篇文章中，谈及自己的写作，他直言："我竭力避行文的唠叨，只觉得能够将意思传给别人，就宁可什么陪衬拖带也没有。"① 其次，在写作的方法技巧层面，根源于以"传意为主"的整体艺术表达目的，鲁迅便格外倾心于花费笔墨比较少，但却又能准确呈现事物主要特征的"白描"手法在写作的运用。他先后多次对人谈及写作中的"白描"，并在肯定其所具有的美学品格和价值的基础上，分析其实质和要义说："'白描'却并没有秘诀，如果要说有，也不过是和障眼法反一调：有真意，去粉饰，少做作，勿卖弄而已。"② 这其实也就是他极力倡导的真诚经济原则，从此出发，将"白描"在实际运用中表现出来的真诚经济原则做进一步的引申，他便将其简洁论述提升到了"画眼睛""写灵魂"的更高一层的写作要求。他曾讲："忘记是谁说的，总之是，要极省俭地画出一

① 鲁迅：《我怎么做起小说来？》，见《鲁迅全集》（第4卷），人民文学出版社1981年版，第512页。
② 鲁迅：《作文秘诀》，见《鲁迅全集》（第4卷），人民文学出版社1981年版，第614页。

个人的特点，最好是画他的眼睛。我以为这话是极对的，倘若画了全
副的头发，即使细到逼真，也毫无意思。"① 以此为据，他于是极为
推崇陀思妥耶夫斯基等人的创作，以为其写作真正可以说是刻画出了
民族和个人灵魂的深，并以能"刻画沉默的国人的魂灵"为其写作
的追求目标，在其写作实践中，贯彻并躬行陀思妥耶夫斯基所主张的
写作理念："我但是在高的意义上的写实主义者，即我是将人的灵魂
的深，显示于人的。"② 此外，这种认识还具体到了行文的安排。以
简洁为原则，鲁迅不仅颇悔于他早年如《摩罗诗力说》般的长文写
作，说那"简直是生凑。但在这几年，大概不至于那么做了"③。而
且极力主张写作时要"力避唠叨"，"写完后至少看两遍，竭力将可
有可无的字，句，段删去"，并且强调写作者要"宁可将可作小说的
材料缩成 sketch（即速写），决不将 sketch 材料拉成小说"④。并告诫
青年写作者，一切但以简洁有力为主，切忌无病呻吟，在所谓的描龙
画角、婉转悠扬之中，使作品伤于"冗长"，以为与其这样，还不如
将"无之亦毫无损害于全局的节，句，字删去一些，一定可以更精
彩"⑤。

　　鲁迅有关写作应该力尽简洁的意见的形成，既与他个人的生活作
风、创作动机相关联，——鲁迅本就是个生活极为简朴的人，立足于
启蒙的目的，其写作也便自然含有高度的功利性，并因之更为专注于
思想的表达，而对于能不能进文苑则不是特别用心；而且也暗合了中
国文学本就提倡的"尚用""求简"传统，吻合着现代艺术力求"以

---

　　① 鲁迅：《我怎么做起小说来?》，见《鲁迅全集》（第4卷），人民文学出版社1981
年版，第513页。
　　② 鲁迅：《〈穷人〉小引》，见《鲁迅全集》（第7卷），人民文学出版社1981年版，
第103页。
　　③ 鲁迅：《坟·题记》，见《鲁迅全集》（第1卷），人民文学出版社1981年版，第3
页。
　　④ 鲁迅：《答北斗杂志社问——创作要怎样才会好?》，见《鲁迅全集》（第4卷），人
民文学出版社1981年版，第364页。
　　⑤ 鲁迅：《330201 致张天翼》，见《鲁迅全集》（第12卷），人民文学出版社1981年
版，第143页。

小见大"的美学原则。但是，除此之外，民俗文化——特别是民俗民间文艺创作在情感和意识深处对于鲁迅的影响，也是不能不提及的因素。

这种影响主要体现于鲁迅关于创作与生活关系的论述。通过对文人写作与民间创作本性的比较分析，鲁迅发现并肯定了民间创作所体现的"饥者歌其食，劳者歌其苦"的坦诚和质朴态度，并结合自己已经形成的对于艺术的见解，将民间创作所显示的这种"坦诚"和"质朴"，发展成为一种以"直面人生""以传意为主"的理论要求。

作为不同类型的创作方式，文人写作与民间创作本自有不同的品性。然而，立足于中国文学特殊的发展历史，特别是 20 世纪初中国文化界所处的特殊的时代背景，鲁迅对于二者的价值评判，便自然表现出了某种富有意味的"偏执"。这种偏执就像他对正史和野史的看法。作为一种对历史存在的不同叙述，正史和野史本来是各有千秋，甚至前者的重要性要远远大于后者的。但是，由于鲁迅对于历史的考察，关注的重心在于人的精神存在真相的表现，因此，在将正史和野史进行对比分析时，他便以为因为中国历史上封建统治者所实行的高度专制的统治，无形之中使封建士大夫都成为统治者变相的"家臣"，缘此，无论自觉不自觉，这些家臣们所撰写的所谓的正史，在实质上也便成为奴才为主子歌功颂德的"家书"。仔细思量，这原本是无可奈何也很好理解的事，为人臣也罢，为人奴也罢，因为要啖饭于君王或主人，所以，面对具体的是非，虽然"历史上都写着中国的灵魂，指示着将来的命运，只因为粉饰太厚，废话太多，所以也不容易察出底细来"[1]。而和正史的写作不同，野史虽然大都出自民间野民之手，但是因为不直接在他人屋檐下乞食，利害较少，所以写作者的个性和真情反倒分明。由此，鲁迅作评说，民间的创作，"虽然不及文人细腻，但却刚健，清新"，而文人的写作，虽然精致典雅，但

---

① 鲁迅：《忽然想到》，见《鲁迅全集》（第 3 卷），人民文学出版社 1981 年版，第 17 页。

由于粉饰太厚，因此免不了陷入于"瞒"和"骗"的境地。两相比较，民间创作所体现的"有真意，去粉饰，不做作，勿卖弄"的直写态度自然也就为他所看重。

此外，在思维方式和艺术趣味上，民俗民间艺术亦给予他的简洁理论的形成以极为重要的影响。通过鲁迅的回忆，可以知道青少年时代接触到的一些民俗民间文艺的表现曾给了他至为深刻的记忆，这些记忆在鲁迅的成长过程中经过主体的不断反刍和消融，也便逐渐内化为他的美学思考，显现于他有关写作的思考。

在具体的言论之中，鲁迅曾多次谈到了他对于民间创作简洁特征的深刻印象。他曾著文描述了女吊形象出场时"开门见山"式的镇场效果，言词中对其人物表现时的"直截了当"甚存好感。在《无常》一文中，他再次追溯了民间戏剧创作在人物形象设计上的这种简洁便当的美学风格，并表达了自己对于这种风格的由衷欣赏和价值认定："无论贵贱，无论贫富，其实都是'一双空手见阎王'，有怨的得伸，有罪的就得罚"，干净利落，赏罚分明，不夹杂半点的拖泥带水。这样的风格，不仅接近于鲁迅所营造的"如粉如沙，绝不粘连"的朔方之雪的意象特征，和其如"投枪匕首"样的短小精悍的杂文写作保持了高度的一致性，而且也让我们情不自禁地联想到他反复强调的"不要陪衬拖带""去粉饰""但以传意为主"的理论主张。

即使在表达的技巧和语言层面上，通过对既有生活经验的体味和省察，我们亦能够发现民俗民间文艺创作对于鲁迅简洁理论形成所发生的影响。譬如我们多次提及的"白描"手法，谈及它的出处，鲁迅就曾明言自己之所以注意到它，就是因为看到"中国旧戏上，没有背景，新年卖给孩子看的花纸上，只有主要的几个人（但现在的花纸却多有背景了），我深信对于我的目的，这方法是适宜的，所以我不去描写风月，对话也绝不说到一大篇"①。鲁迅的认知不仅凝结而成

① 鲁迅：《我怎么做起小说来?》，见《鲁迅全集》（第4卷），人民文学出版社1981年版，第512页。

具体的写作思考，而且也确实指导了他具体的写作。在论及鲁迅小说写作的特点之时，作家孙犁就曾分析说："鲁迅的小说，是白描的杰品。研究起来，他的作品，没有过多的风景描写，没有过长的人物对话。不用抽象地代言人物的心理，不琐碎地描写人物的装饰。对话、心理、环境和服装，都紧紧扣在人物的行动性格上，一切描写都在显示人物的形象，绝不分散或掩蔽人物的形象。"① 将他的分析和鲁迅前述的说明加以对照，我们就更能够清楚民俗民间文艺创作对于鲁迅写作以及和写作相关的理论思考的影响。

甚至在写作的语言材料的使用上，着眼于新文学语言改革和思想启蒙目的的实现，鲁迅亦注意到了民间歌词、市井俗语以及方言土语等民俗文化用语所蕴含的简洁传神精神，对于新文学的建设所可能具有的作用。在谈及新文学写作的语言革新问题时，鲁迅曾说："方言土语里，很有些意味深长的话，我们那里叫'炼话'，用起来是很有意思的，恰如文言的用古典，听者也觉得趣味津津。各就各处的方言，将语法和词汇，更加提炼，使它发达上去的，就是专化。这于文学，是很有益处的。"② 鲁迅的文章——特别是他的杂文，即多精句炼句，个中原因，自然远非一种，但民间俗语的运用与其认识表达之间的密切关系，无疑应该是其中重要之一种。

（五）民俗文化和地方色彩理论

写作的地方色彩理论是鲁迅写作理论中常常被研究者所提及的一个话题，在具体论述创作的地方色彩之时，鲁迅的话语多所指涉，其中牵连到许多重大的理论问题，如民族性和世界性，个性和共性，单调和创新等等，但是复杂的指涉简单概括，地方色彩的形成对于作家创作功用的关系论述，却无疑他最为用力的。不同的场合，他曾反复

---

① 孙犁：《鲁迅的小说》，见《孙犁文集》（第4卷），百花文艺出版社1981年版，第419—420页。

② 鲁迅：《门外文谈》，见《鲁迅全集》（第6卷），人民文学出版社1981年版，第97页。

告诫年轻一代的艺术家，"先生何不取汕头的风景，动植，风俗等等，作为题材试试呢。地方色彩，也更能增加画的美与力"①；"我想，现在的世界，环境不同，艺术上也必须有地方色彩，庶不至于千篇一律"②。

　　在作品地方色彩的表现上，民俗（亦即鲁迅所言的风俗）文化何以会有如此重要的功用？其中的原因，鲁迅的表述所明晰显现出的认知大体有如下几点：首先，从创作的题材层面看，鲁迅以为地方民俗生活的描写可以为创作提供富有新意的写作内容。以现代民俗学家的意见，民俗原本是生活之一种，生活在某种意义上讲，其实也就是一种民俗化了的存在，而民俗的存在，单在地域上讲，即如常言所说，"十里不同风，百里不同俗"，地方与地方之间，就存在着很大的差异。民俗文化在空间地域上表现出的差异，以其非常突出的个性色彩，使得作家写作中的地方生活描绘，因此常常天然地具有了一种因差异而致的新鲜陌生的审美感受和文化价值。民俗生活和文化所具有的这种功用为鲁迅所感知，他便不仅将这种感知作为明确的意见，推荐于年轻的艺术家，指出"多表现地方色彩，一定更有意思"；而且将其内化，提升成为一种稳定的美学标准，频繁地用之于对于他人作品的译介品评。早在《摩罗诗力说》一文里，论及拜伦及其作品，他即言拜伦"……漫游，始于波陀牙，东至希腊突厥及小亚细亚，历审其天物之美，民俗之异，成《哈洛尔游草》（*Childe Harold' Pilgrimage*）二卷，波谲云诡，世为之惊艳。"③"民俗之异"，在那时的他看来，无疑是拜伦《哈洛尔游草》作品之所以"世为之惊艳"的极重要的因素。其后，在翻译《裴多飞诗论》时，他亦言自己确有

---

　　① 鲁迅：《331226 致罗清桢》，见《鲁迅全集》（第 12 卷），人民文学出版社 1981 年版，第 308 页。
　　② 同上书，第 317 页。
　　③ 鲁迅：《摩罗诗力说》，见《鲁迅全集》（第 1 卷），人民文学出版社 1981 年版，第 75 页。

"冀以考见其国之风土景物"① 之意。据此，他不仅极为看重萧军《八月的乡村》和萧红《生死场》两部极具地方风俗色彩的作品，而且在谈及蹇先艾的作品《水葬》之时，也特意指出，其揭示了"老远的贵州的乡间习俗的冷酷"，对其从民俗文化出发刻画民性特征的做法，给予了明确的嘉许。

其次，一如当代风俗乡土作家汪曾祺所言，"小说里写风俗，目的还是写人。不是为了写风俗而写风俗，那就不是小说而是风俗志了"②。因此，民俗生活和文化对于作品地方色彩形成的作用，依鲁迅的意见，更为重要的地方还在于通过对作品中的人物和具体的民俗事项关系的描写，作者发现并刻画出富有特点的民众个性和心理。谈及自己的创作，鲁迅多次坦言目的就是要"刻画国民沉默的魂灵"。这是他写作之时自觉追求的一种境地，由此出发，在论及他人的写作之时，他也便常常自觉不自觉地将眼光投注于作品所描绘的人物的个性上，将能不能刻画出鲜明的个性看作是作品是否有可观的价值的重要依据。他为萧红的《生死场》作序时即言："然而北方人民对于生的坚强，对于死的挣扎，却往往力透纸背"，注意力即在"力透纸背"的北方人民个性的表现。而在《〈中国新文学大系〉小说二集序》中，论及尚铖的写作，他还是强调："他创作的态度比朋其严肃，取材也较广泛，时时描写这风气未开之处——河南信阳——的人民"③，民俗与地方民众个性之间的关系，依然是他的一个敏感点。

鲁迅之所以如此强调民俗内容的描写对于人物个性表现的作用，除却对于"文学即人学"，故而文学的一切手段都必须为表现人物本身而服务的艺术规律的体认之外，还在于通过对于个人在民俗生活中

---

① 鲁迅：《〈裴多飞诗论〉译者附记》，见《鲁迅全集》（第10卷），人民文学出版社1981年版，第414页。

② 汪曾祺：《谈谈风俗画》，见《汪曾祺文集·文论卷》，江苏文艺出版社1981年版，第63—64页。

③ 鲁迅：《〈中国新文学大系〉小说二集序》，见《鲁迅全集》（第6卷），人民文学出版社1981年版，第253页。

的言行的仔细观察和认真分析，他注意到了民俗文化对于地方色彩内容中最为深层而且深刻的部分——即民性形成所具有的非同小可的作用。鲁迅毕其一生将自己主要的精力都用在了探寻和挖掘国民性病根的工作。深潜于历史传统和现实生活构成的纵深处，他痛切地感到了溶渗于民众日常生活细节处的民俗积习和国民精神病弱不振的萎靡现状之间的因果关系，由此，他生前不止一次地感慨，中国的落后，是"太多的古旧习惯"造成的，中国的国民之所以喑哑无声，主要的原因"也是中了旧习惯旧道德的毒太深了"，所以体质和思想都趋向了僵化。这些旧风俗坏习惯，潜伏在民众日常的生活之中，一方面，它们以习惯和传统的力量，一如病毒的遗传，"传之子孙，而且久而久之，连社会都蒙着影响"①，"大部分的组织被太多的古旧习惯教养得硬化了，不能够再转移，来适应新环境。若干分子又被太多的坏经验教养得聪明了，于是变性，知道在硬化的社会里，不妨妄行"②；另一方面，它们也以团体和数量的优势，迫使个体在大家都如此的无形压力之下，将社会外在于自己的规范和约束内化为一种个体自发的要求，最终在看不见形式的"几乎无事的悲剧"之中，完成社会对于个人的"挤杀"。民族和民众个体之间的这种极为隐秘但却深层的关系，使鲁迅在意识深处认同了北大歌谣研究会将歌谣民俗看作是"国民心声"的观念，并且将这样的认知和自己的启蒙思考加以连接，将民俗的改革当作是国民精神改革的关键工作。据此，无论是写作还是有关写作的批评，鲁迅便都能够十分自觉将地方民俗生活的描绘和人物个性的表现并置在一起进行处置，并因之将他对于民俗文化在写作中的运用话题扩展到一个深远的境界，使民俗生活和文化的表现在人物性格的塑造中，不再仅仅充当某种活动的背景，而且更成为展现人物精神图景的有力手段。

---

① 鲁迅：《我们现在怎样做父亲》，见《鲁迅全集》（第 1 卷），人民文学出版社 1981 年版，第 134 页。

② 鲁迅：《十四年的"读经"》，见《鲁迅全集》（第 3 卷），人民文学出版社 1981 年版，第 130 页。

　　最后，在写作的形式层面，民俗文化与作家作品中所体现的富有地方特点的思维方式、审美习惯以及表现方式之间的紧密关系，亦给了鲁迅写作地方色彩论的形成以积极的影响。

　　在谈及钟敬文先生所说的民俗所具有的"集体的、类型的、继承的和传布的"属性之时，高丙中先生就曾讲："'集体的'、'继承的'、'传布的'是民俗的外部属性、功能属性，只有'类型的'才是民俗的本体属性，也就是它的质的规定性。"① 类型化属性的确认，即在于从本质上说明，民俗文化作为一种生活文化，它一经形成，便具有了一种相对稳定的形式结构，而这种结构，当其反复演习和实践之时，一旦与具体的个人发生关系，它就会渐渐溶渗于主体的认知结构和思维方式之中，成为他日常言行的一种习惯性反映或表现方式。此般状况具体到写作这一特殊的精神活动领域，因为大体相似的民俗文化氛围和内容，所以某一民俗文化风行的地区，作家的写作也就往往具有了某种较为一致且极具地方个性特征的审美特征或艺术风格。中国现当代文学史中曾经活跃过的"京派""海派""荷花淀派""山药蛋派"等，就是这种现象的典型事例。

　　鲁迅对于地方民俗文化和作家创作方式之间关系的论述，在前引的《汉文学史纲要》有关《诗经》和《离骚》写作的比较分析中，我们已经有了初步的了解。在那些分析中，鲁迅主要是从创作与地方民俗文化关系的积极一面，确认了民俗文化对作品独自艺术风格形成的作用和影响，而在其后的《再论雷峰塔的倒掉》一文中，他的思路却发生了变化，将地方风俗景观的变化和国民心理联系起来，从消极一面，揭示了附着于具体民俗事项之上的民众思维模式与某一区域或民族作家审美方式之间的对应关系。在这篇文章中，有感于雷峰塔倒掉之后一个游客发出的"西湖十景这下缺了啊"的感叹，鲁迅扩而广之地引申说，在我国，"凡看一部县志，这一县往往有十景，如'远村明月'，'萧寺清钟'，'古池好水'之类。而且十字形的病菌，

────────────

① 高丙中：《民俗文化和民俗生活》，中国社会科学出版社 1994 年版，第 11 页。

似乎已经侵入血管，流布全身，其势力早不在'！'形惊叹亡国病菌之下了。点心有十样景，菜有十碗，音乐有十番，阎罗有十殿，药有十全大补，猜拳有全福手，福手全，连人的劣迹或罪状，宣布起来也大抵是十条，仿佛犯了九条的时候总不肯歇手"①。十全心理深入人心，体现于作家的写作，于是中国文学便极少产生一个真正的悲剧作家或讽刺诗人，小说创作中经久不变的大团圆结局的陈旧模式，亦是其必然形成的结果。积极也罢，消极也罢，地方民俗文化与民众思维模式以及一地方作家写作审美规范和艺术表现形式之间的这种连环关系，都能使人感觉到民俗文化在体现创作的地方特色方面所具有的不可小觑的作用。

地方民俗文化和作家创作之间的关系认定，是鲁迅有关写作的地方色彩理论的极为重要的组成，但是，单单这一点，却还不足以描述鲁迅对于地方民俗文化与作家创作的全部。鲁迅研究专家陈方竞先生曾写过一篇文章，名为《"为有源头活水来"——鲁迅对浙东民间文化的感性体悟》②，其中即认为鲁迅与浙东民间文化在精神血脉上的潜在关系，使鲁迅的创作因此皴染上了鲜明的浙东地方文化色彩，显示出了非常独异的个性特点。这种认识从思路上给我们研究鲁迅以积极的启迪，由此，我们可以自然推论，鲁迅地方色彩写作理论的建构，不仅缘自于鲁迅自觉的理性认知，而且还与他个人人生经验的支持密切相关，对于这些经验——包括丰富的浙东民间民俗文化经验——的不断反顾和反刍，在某种意义上，也可以看作是鲁迅在精神或心灵上对于家园和故土的眷恋。

鲁迅有关民俗文化与作家创作关系的理论思考，自然远非完善系统可论。鲁迅的思考在形态上存在有许多的问题，这些问题的表现，

---

① 鲁迅：《再论雷峰塔的倒掉》，见《鲁迅全集》（第1卷），人民文学出版社1981年版，第191页。

② 陈方竞：《"为有源头活水来"——鲁迅对浙东民间文化的感性体悟》，见《鲁迅研究月刊》1991年第9期。

首先在于实事求是地讲，对于民俗文化与写作之间的关系，鲁迅很少有自觉、纯粹的文艺民俗学审视。他的见解大都散存于各种序、跋、杂文和文学史的研究之中，且在这一区域之内，其对民俗文化本身的认知往往局限于"坏习惯""旧传统"之类的陋俗和民间文艺形式两种类型，视域较为狭窄；此外，其已有的论述，大都较为感性、零碎，往往混同于其他问题的表述，理论的纯度明显不够，且其表述常为具体语境局限，时见偏至和极端之主观倾向，合理于文章，但却有害于学术。前者如其民俗文化与地方色彩关系之论，意见隐在于各处，极少具体专门研究。后者如民俗民间创作与文人创作关系的思考，鲁迅即过于强调了二者之间对立冲突的一面，而于它们之间促进互补的一面，则明显关注较少。

不过，这样的要求自然只是一种更为严格的要求，也是我们站在今天的立场上"事后诸葛亮"般的苛责，而事实上，因为鲁迅本就"并不自视为文学批评家，无意于建立和宣讲一套自己的体系"①，而且，从积极的一面看，鲁迅在写作理论区域之内对于民俗文化和创作关系的论述，虽然有这样那样的不足，但由于鲁迅既作为一个伟大的思想者又同时是一个杰出的写作者的缘故，因此其对于历史、社会、人自身的存在——特别是文化与创作关系的思考，看似零散、感性，其实却蕴藏了许多卓见和独识，故而对于后来者而言，依然是一种值得认真对待的精神财富。

---

① 马力安·盖力克：《鲁迅对中国现代文学批评史的贡献以及他为马克思主义统一战线而进行的斗争》，见乐黛云主编《国外鲁迅研究论集（1960—1981）》，北京大学出版社1981 年版，第 244 页。

第四章　鲁迅创作中的民俗文化表现

　　相对于理性层面的认知，鲁迅对于民俗文化的关注和思考更多也更集中地表现于他感性的创作实践。缘此，本章我们着重以他的写作活动为对象，主要考察民俗文化在其创作特别是文学创作中的具体表现。

　　鲁迅的创作是一个外延极大的范畴，散文、小说为代表的文学性很强的创作自然是其极为重要的构成，但散文小说之外，杂文、书信和学术论文等一般意义上的非文学或文学性不是特别强的创作也是其应有的内容。无论是哪一种创作，我们能够发现，民俗文化在他的笔下都有着非常丰富的表现。

　　它们或成为作者童年和家乡生活回忆的情感符号，或成为国民精神表征的现世相；或成为杂文写作的由头，或成为书信中的意义材料，成为小说中人物活动的环境构成因素或散文诗歌中的主题意象，等等。诸种表现，五花八门，使得鲁迅的写作因此显现出了别样的情趣和意味。

一　鲁迅创作中民俗文化表现的形态

　　谈及鲁迅与民俗文化的关系，李景江先生曾说："鲁迅童年就生活在传承的民俗环境中，长妈妈、祖母的传说故事，迎神赛会的活动，祝福的仪式，看社戏的乡土风味，都深埋在他记忆底层，给他启蒙教育，而且时时浮现，成为他作品的一部分血肉。在绍兴、北京他参加许多亲友的民俗活动，如祭祖、扫墓、婚礼、葬礼、贺新居、贺满月等等。① 他接触中外民俗书籍很多，民俗知识十分丰富。他观察农民、知识分子，把与其不可分割的风土人情、传承风俗、观念心理当作重要的内容。他为了改造国民性专注研究人们的精神世界，潜入人们的意识、无意识，它们的历史渊源，它们与社会的关系。因此他艺术实践的心理定式包括民俗的重要内容，他在作品中真实地反映绍兴、江南的民俗、民情、民心，画出我们民族的灵魂，以大艺术家的彩笔独具匠心地描绘了一幅幅风俗画。"② 将鲁迅写作对于民俗文化内容的表现局限于绍兴、江南，自然是不全面的，但是将鲁迅对于国民性的思考和其所具有的民俗文化积淀连接起来，并因此以为鲁迅"艺术实践的心理定势包括民俗的重要内容"，他在写作中"独具匠心地描绘了一幅幅风俗画"，李先生对于鲁迅写作与民俗文化关系的总体把握应该说是很启示人的。

　　诚如其言，以民俗文化之眼观视，鲁迅的写作确乎像一幅幅的民俗画：它们或以物的形式（如建筑布局、长衫和短衣、福橘、人血馒头、哭丧棒、压岁钱等祭祖、节庆或其他特殊场合所必需的吃穿住行用品），或以具体事项的形式（如捐门槛、祝福、上坟、缠足、毁灶等等），或以观念心理的形式（如大人崇拜、寡妇禁忌、贞洁意识、迷信观念等），或以语言的方式（如方言、土话、民歌、童谣、神话、传说、诙谐语、插科打诨等等），营造人物活动的环境和氛围，寄寓作者的情绪和思想，引出或印证作品的观点、主张、意见等，并因此使得鲁迅的各类写作，不仅内含了一种十足的民间或乡土情趣，而且也显现出了某种鲜明的知识或学理的丰腴，让读者在品读深味之时，在审美的享受之外还能得到某种知识的满足。

---

　　① 鲁迅日记于此多所记载，如1913年11月2日记参加王仲猷婚礼事。1915年8月5日记祝许季上母六十寿辰事。1915年10月7日有贺常毅箴子满月出钱一元事。1916年9月16日有吊寿镜吾夫人送幛子事。1919年11月22日载回绍兴搬家扫墓事。1920年1月19日记旧历除夕祭祖、放花爆事。1923年5月18日记贺子佩新居送礼金十元事。

　　② 李景江：《鲁迅与民俗文化》，见《吉林大学社会科学学报》1987年第3期。

鲁迅作品中种种不一的民俗文化表现，依据其在文章中的位置和功用分类，大体可见几种形态：

（一）作为文章的标题或书名

写作教材常说，标题或书名是文章或书籍的眼睛，好的标题或者书名的拟制，能提供相关文章或书籍丰富的写作信息，不仅可以标示写作的对象，暗示对象存在的环境氛围，而且还能巧妙展现主题意向和写作的笔调，透露作者写作的意图。鲁迅于事物名称的拟制——无论是笔名、人名，还是文章名、书名，向来是极为用心的，① 这种用心与他对民俗文化的关注结合起来，也便有了他形式不一的与民俗文化内容密切相关的标题或书名的拟制。

翻阅他的文字，我们可以看到他或是直接以民俗物象或事项作为文章的标题或书的名称，如小说《端午节》《白光》《社戏》《祝福》《长明灯》《起死》等等；散文《五猖会》《无常》《女吊》《阿长与〈山海经〉》《我的第一个师父》等等；诗歌（包括旧体诗、新诗和散文诗《野草》）如《庚子送灶即事》《祭书神文》《爱之神》《湘灵歌》《题三义塔》《风筝》《墓碣文》等等；杂文更多，如《我之节烈观》《送灶日漫笔》《吊与贺》《唐朝的盯梢》《谚语》《捣鬼心传》《流氓的变迁》《赌咒》《二丑艺术》《"揩油"》《看变戏法》《清明时节》《说"面子"》《过年》《运命》《脸谱臆测》《玩具》《零食》《迎神与咬人》《二丑艺术》，等等；即便是学术文章，《中国小说史略》有《神话与传说》《六朝之鬼神志怪书》《宋之话本》《明之人情小说》《清之人情小说》等，《中国小说的历史的变迁》有《从神话到神仙传》《六朝时志怪与志人》《宋人之"说话"及其影响》等。名文《魏晋风度及文章与药及酒之关系》和《由中国女人的脚，

① 关于这一点，前人著述多所揭示。周作人的《鲁迅的青年时代》之"名字和别号"一节，许寿裳的《亡友鲁迅印象记》之"杂谈名人"和"笔名鲁迅"两节以及丸尾常喜先生的《"人"与"鬼"的纠缠——鲁迅小说析论》一书都给了清晰的署名。

推定中国人之非中庸，又由此推定孔子有胃病（"学匪"派考古学之一）》等，文章之名的拟制与民俗文化内容之间的关系，更是为人所熟知。书名则如《坟》《华盖集》《华盖集续编》《南腔北调集》等。

或是间接涉及民俗文化内容，像小说《孔乙己》《药》《风波》《故乡》《在酒楼上》《示众》《离婚》以及《补天》《奔月》《理水》《铸剑》等；散文《〈二十四孝图〉》《从百草园到三味书屋》《狗·猫·鼠》《死》《父亲的病》等；杂文《论雷峰塔的倒掉》《再论雷峰塔的倒掉》《说胡须》《论"他妈的！"》《从胡须说到牙齿》《牺牲谟》《学界的三魂》《谈皇帝》《忧"天乳"》《习惯与改革》《世故三昧》《伸冤》《推背图》《帮闲法发隐》《登龙术拾遗》《沉滓的泛起》《以脚报国》《北人与南人》，等等。书名则如《朝花夕拾》《故事新编》《彷徨》和《且介亭杂文》等。

无论是直接还是间接，无论是物象、事项还是话语、信仰，无论是知识的讲述、意义的启示还是情趣的渲染，标题或书名拟制过程中民俗文化内容的表现，都使得鲁迅的创作因此在第一时间即给读者以强烈的吸引，或是源自于生活经验的亲切认同，或是契合了历史和社会批评中惯有的文化期待，标题和书名作为专有名词所具有的丰富能指加之民俗文化自身所附着的诸多信息，在暗示与想象之间，读者因名称而产生的阅读快感和期盼，本身便强化也昭显了民俗文化对于作家创作的作用，说明了在民俗文化内容的表现上，鲁迅成功的主体作为所引发的良性创作效应。

（二）作为发论的由头或立论的依据

这是鲁迅对民俗文化材料进行主体措置的重要方式，其主要表现于他以杂文为代表的议论性文章的创作。

其中作为发论的由头的民俗文化材料，鲁迅一般置其于文章的开头，貌似闲笔，初始泛泛而言或者从容叙描，给读者介绍某种民俗知识或者还原某种民俗氛围，然而这样的泛言或叙描却并非作者真正的目的，缓缓道白之中，他的思路渐渐凝聚于事物或事项的某一特征，并由此生发议论，将人们的注意力引向某一历史或现实社会问题，阐发他对于历史或社会人生的理解和思考。

　　这样的措置在他的杂文中比比皆是，典型的事例即如《再论雷峰塔的倒掉》和《运命》二文。前者由《京报副刊》上的一封通信婉转说起，先述杭州著名的民俗风物雷峰塔倒掉后，旅客们对于倒掉原因的分析，而后思路渐渐集中于其中一个旅客的"西湖十景这可缺了呵"的感叹，并以此为由头，进行联想扩展，引出中国人心中或中国文化中常有的"十景病"精神信仰，细致分析其所附着的追求"圆满停滞"生活的病态心理并其对社会的改革创新力量的压制，终而落实于建设性的破坏与盗寇和奴才式的破坏的比较，并借助于这种比较告诉人们："瓦砾场上还不足悲，在瓦砾场上修补老例是可悲的。我们要革新的破坏者，因为他内心有理想的光。我们应该知道他和盗寇奴才的分别；应该留心自己堕入后两种。这区别并不繁难，只要观人，省己，凡言动中，思想中，借此据为己有的朕兆者是盗寇，含有借此占些目前的小便宜的朕兆者是奴才，无论在前面打着的是怎样鲜明好看的旗子。"① 而后者先以内山书店的闲谈说起，继而转到日本丙午年生的女性因为克夫所以结婚很难这件事，再由此发问，知道日本的迷信中这种凤命是根本无法解除的，并将此与中国妇女即使"命硬""命凶"也都可以禳解的文化观念加以对比，从而说明"人而没有'坚信'，狐狐疑疑，也许并不是好事情，因为也就是'无特操'。但我以为信运命的中国人而又相信运命可以转移，却是值得乐观的。不过到现在为止，是在用迷信转移别的迷信，所以归根结底，并无不同，以后倘能用正当的道理和实行——科学来替换了这迷信，那么，定命论的思想，也就和中国人离开了。"②

　　和对作为由头的民俗文化材料的主体措置不同，鲁迅对于作为立

---

① 鲁迅：《再论雷峰塔的倒掉》，见《鲁迅全集》（第1卷），人民文学出版社1981年版，第194页。
② 鲁迅：《运命》，见《鲁迅全集》（第6卷），人民文学出版社1981年版，第131页。

论依据的民俗文化材料的措置则表现出了很大的灵活性。这些材料可以被置于文章的开头，就像由头，引发议论，但更为经常的方式则是根据表达的需求，在文章各处加以灵活的安排。就像《论照相之类》一文三节内容的组织，其一《材料之类》，先以 S 城人谈论洋鬼子挖中国人眼睛且盐渍眼睛的事说起，继而以 S 城人冬天腌白菜和到眼光娘娘处求祷并献布或绸做的眼睛以答神麻民俗事项比附，从而说明"中国对外富于同化力"的观点。其后又将此观点加以引申，通过乡下人对于洋鬼子科学活动的迷信解释，进一步得出"道学先生之所谓'万物皆备于我'的事，其实是全国，至少是 S 城的'目不识丁'的人们都知道，所以人为'万物之灵'"的结论，而且为了证实自己所言之不虚，结尾复又引出 S 城人的一些俗信俗风，如"月经精液可以延年，毛发爪甲可以补血，大小便可以医许多病，臂膊上的肉可以养亲"[①] 之类，使自己的立论更为坚实；其二《形式之类》，民俗文化材料的运用，更是遍布全节。开首引咸丰年间人们捣毁照相馆的事，用于说明民间初始是将照相当作妖术的。之后，又列举 S 城人从不肯照相到愿意照相，但照相时却附加的种种讲究和忌讳，从而揭示民众根深蒂固的愚昧和迷信。再而后以名士风流者的"二我图"和"求己图"立论，引利普斯《伦理学的根本问题》一书的观点，指出"凡是人主，也容易变成奴隶，因为他一面既承认可做主人，一面就当然承认可做奴隶，所以威力一坠，就死心塌地，俯首帖耳于新主人之前了"[②]，揭示国人内心深处潜藏的奴才意识；其三《无题之类》，也是先举北京照相馆其时喜欢摆放梅兰芳男扮女装相片的事例，并以此风尚为据，分析说在中国，"最可贵的是男人扮女人了，因为从两性看来，都近于异性，男人看见'扮女人'，女人看见'男人扮'"[③]，从而确立"我们中国的最伟大最永久的艺术是男人扮女人"的论断。

---

① 鲁迅：《论照相之类》，见《鲁迅全集》（第 1 卷），人民文学出版社 1981 年版，第 182 页。

② 同上书，第 184 页。

③ 同上书，第 187 页。

三节内容，运用各异，体现出了鲁迅在创作中对于民俗文化材料得心应手的措置能力。

（三）作为人物活动的环境或背景

这类形态措置主要表现在鲁迅的叙事类作品的创作中，如小说，还有一些写人写事的散文甚或杂文中。

鲁迅小说创作多此类民俗文化形态措置的原因，与鲁迅进行小说写作时所心存的表意意图不无关系。"为人生"或者"揭示病苦，引起疗救的注意"，诸如此类的启蒙动机从根本上影响了鲁迅对于小说人物活动的环境或者背景的设置。他很少写纯粹的风景，也不愿意在特殊而且单一的政治斗争环境中表现人物，相反，揭示转型时期传统与一般民众精神状态之间关系的表意要求和表现"貌似无事的生活中的悲剧"的审美要求相结合，便使得他所要选择的人物活动的环境和背景，更多意义上成为一种既日常普遍而又富有意味的环境和背景。民俗文化作为民众普遍修习传承的一种生活文化，它既是民众日常的一种生活，同时又凝结了民众诸多的信仰、禁忌等精神内容，构成了人物现实生活的一种基本但却极为重要的生活环境或背景，对人们的现实行为施加着种种真切并且实际的影响。这一特点尤为明显地表现于旧文化衰落而新文化方兴未艾的历史转折时期，在这样的时期，传统主流文化业已失去了它昔日的威慑力，而新文化还难以真正进入人们的心灵，青黄不接之际，以各种习惯和规范组成的民俗文化就成了实际影响人们生活的最主要的文化形式。

就像《药》和《风波》两篇作品的创作。严格意义上讲，这两篇作品都可以看作是政治题材小说，《药》写了一个叫夏瑜的革命者进行革命宣传并最终英勇就义的故事，而《风波》更是直接以张勋复辟的重大历史事件为因由，写它对于一个乡村的影响。但是在对这样的政治题材进行处理时，我们看到，鲁迅并没有将政治事件的展开当成是人物活动的主要场所和背景，从正面刻画民众对于政治的主动性参与，相反，他却将政治事件看作是外来的突发线索，而将由各种习俗、规范、信仰、禁忌构成的民俗文化生活世界，当成是人物活动的主要稳定的环境和场所，展示在环境或背景的超稳定的作用下，革命者行为的无意义和现实政治改革的没有结果。夏瑜想通过自己的宣传而让人们明白"大清的天下是我们大家"的道理，但是他的努力却没有产生任何的效果，小说中的人物生活的世界是一个与他的信仰完全不一样的世界。在这个世界里，人们相信人血馒头可以治病，人们相信冤死的灵魂是会显灵的，但是没有人会明白他所说的话的意义，所以，他只能死，甚至他的死也不能让任何人——不管是善良的华老栓一家、他的孤苦的母亲夏四奶奶，还是茶馆里混混沌沌的茶客们——因此而清醒。他的话没有人能听懂，人们因此以为他疯了；他的死也没有真正触动谁的心，所以他只能成为毫无意义的人血馒头的原料。鲁迅于此看出了人与人之间的隔膜，鲁迅也于此发现了由于民众普遍的不觉悟，轰轰烈烈的辛亥革命（事实上包括许多的改革和革命）在当时中国的缺乏意义。革命者夏瑜的死是这样的，和夏瑜的死相比较，"辫帅"张勋的复辟在中国近代历史上应该说是一件很大的事了，其中包含的革命和反革命的意味应该说是极为深远的了，然而就是这样一件轰轰烈烈的大事，表现于人们以出生的斤数为名称，九斤老太不满于孙子六斤饭前还吃炒豆子，以为这是"败家相"的一个偏僻乡村的乡场上时，一切却仅仅体现为村人们对于七斤头上一条辫子去留问题的争论。争论过去，生活依旧，"现在的七斤，是七斤嫂和村人又都早给他相当的尊敬，相当的待遇了。到夏天，他们仍旧在自家门口的土场上吃饭；大家见了，都笑嘻嘻的招呼。九斤老太早已做过八十大寿，仍然不平而且健康。六斤的双丫角，已经变成一条大辫子了；伊虽新近裹脚，却还能帮同七斤嫂做事，捧着十八个铜钉的饭碗，在土场上一瘸一拐的往来"。生活的陈旧或者旧例的新补，超稳定的民俗环境营造了老中国儿女们的天荒地老也天长地久的生活，鲁迅的悲哀由此弥漫了小说的字里行间。

具体而言，在鲁迅的小说写作中，通过对具体民俗文化事项所持的态度，小说人物与其活动的环境或背景之间显现出了两种不同的关系方式。一种是和顺，人们主动地适应或者接受某种习俗规范的要求，人物和具体的民俗环境之间保持了某种必要的和谐或一致，人物本质上就是那环境的产物，就像《故乡》中的闰土与他身后的迷信世界，《明天》中的单四嫂子和她也不甚了然的生死礼仪。闰土一出生就掉在了战战兢兢的鬼神崇拜和禁忌之中，八字里五行不全，唬得父母又给他在佛面前许愿，用脖子上的银项圈套他的生命，又请人给他取名，在他的名字里嵌进"土"字以便禳解。这样的先在环境，加之后来环境无形的影响，他玩的贝壳一种叫"鬼见怕"，一种叫"观音手"；稍侯年长，便随父亲给人家忙祭祀，看管祭器，所以，虽然后来日子过得很不顺心，但是他却对于生活毫无反抗，而是和他的父母一样，把一切仅归之于自己的命运不佳，要香炉，给孩子起名水生，更为虔诚地信命于鬼神。单四嫂子那样的"粗笨女人"更是与环境保持了高度一致。丈夫死了，她便只与孩子相依为命，然而孩子病了，遵从环境所能给予的指示，"神签也求过了，愿心也许过了，单方也吃过了"，还不见效，她只好去诊何小仙。何小仙神神道道的话，她听得迷迷糊糊，但她还是按他的话取了药。回家的路上，无赖阿五占她的便宜，因为自己是寡妇，所以她只能默默地忍受。及到孩子无救死了，她便将一切事宜交给"有年纪，见得多"的王九妈，买棺木，收殓，烧纸钱和四十九卷《大悲咒》，雇脚夫抬棺材到义冢下葬。她所知道和所能做的一切都极其吻合于她的身份以及她所处的环境，而构成这环境的很重要的元素即民众长久承袭的风俗习惯，从来如此，人人如此，缘此她个人丧子之后的悲哀和伤痛也便很难为人所知。

　　二是冲突，自觉不自觉，人物与环境之间产生了某种矛盾或不和谐，人物成为某种风俗习惯的排斥对象或破坏者。这种冲突又有两种情况，一种是被动的、无意的，像阿Q头上的癞疤疮，那是纯粹的生理问题，是他自己也不愿意有的；像祥林嫂的再嫁，婆婆和整个家族的强迫，她哭，她闹，她撞香案寻死觅活，但是她的反抗又有什么用呢？像七斤进城被革命党剪掉辫子，他本人又何尝愿意，兵爷的强势，留发不留人，他哪有选择的余地。一种是主动的、有意的，像吕纬甫的到城隍庙拔神像的胡子，像魏连殳的异端和忤逆，像子君和涓生的未婚同居，像狂人的踢古久先生的流水簿子和疯子的要吹熄吉光屯的神灯，等等。

不管是主动还是被动，不管是有意还是无意，当人物与其生存背景或环境所恪守的某种民俗文化之间发生了冲突之时，在鲁迅的笔下，我们都可以看到背景或环境由此所施加给人物的现实打击和精神压力。被嘲讽、捉弄，或者被忌讳、排斥（即便是像祥林嫂一样通过捐门槛进行努力也不行，她们所犯的近乎原罪，是印烙在生命中的抹不掉的红字），成为不被接受的孤独无助的个体，这是老中国的儿女们如阿Q、祥林嫂、七斤们的遭遇；被孤立、污蔑，或者打击、迫害，成为"异端""疯子"或"国民之敌"，久陷于"无物之阵"而又处处为敌，直至因为不堪承受而变形、自我放弃或者投降——像子君涓生一样分手，像狂人一样清醒后又去候补，或者像吕纬甫、魏连殳一样躬行先前自己所反对的，这是已有觉醒的新一代中国人的实况。

如此情况内含了两种极富意义的关系模式，一种是想和顺而不得，就像祥林嫂、七斤、阿Q，在人物的努力趋从和环境的不肯认同之间，鲁迅借此既描绘了老中国儿女的不觉醒、愚昧，更揭示了他们所寄身的传统和文化本质上的残酷、缺乏人性；一种是欲反抗而无果，像子君、涓生、狂人、魏连殳，在环境的压力和人物自己的不得不屈服之间，鲁迅不仅暗示人们，虽然时代在变化，但习惯和传统的势力依然顽固和强大，借助于民众的文化，新的形势下它们更为隐蔽但也巧妙地对民众个体——特别是新生力量进行压制和奴役，而且也表现了新一代知识分子自身在精神和意志上的孱弱，缺乏独立性、韧性的致命弱点。

无论是想和顺而不得还是欲反抗而无果，在不同的模式安排之中，通过对人物与环境之间矛盾冲突关系的措置，我们可以看到，鲁迅的小说因此获得了一种普通乡土作家很难达到的艺术效果：想调和而永不被接受，不得不放弃但还是心有所不甘，环境与人的，人与人的，人的外在和内在甚至内在和内在的，层层的矛盾冲突，回环交织出了复杂的艺术张力网络，鲁迅作品的深刻和复杂即由此而来。

作为人物生存背景或环境的民俗文化材料的措置，自然并不仅仅表现于鲁迅虚构的小说写作，考虑到鲁迅自己所积储的生命感受和体验，世家的衰落，长子的承担，不得已的逃异路、走异地，旧式的婚姻和新的恋爱，传统的叛逆者和觉醒的启蒙者的双重身份所导致的与社会和民众关系的紧张等等；还有他所处的时代，虽然生活在不断变化，新名词在不断涌现，但是偏僻乡村的"溺婴""典妻"等野蛮习俗的依旧流行，现代都市科学伪装下的扶乩、祭孔、国粹、"以脚报国"等迷信观念的不断复兴，所以，以民俗学眼光看，他的其他写作（散文、杂文包括学术文章）甚至其生命活动本身，未尝都不含有一种民俗文化环境和背景对于人物活动的制约、规范意味。追求精神的独异但却承担一个大家庭的生活，不喜欢包办的婚姻但却默默承受由此而致的一切后果，或者由魏晋文人喝酒、吃药的风尚而分析魏晋文章的特色，由唐代普遍的"行卷"习俗而论述唐传奇兴盛的由来，此两方面的极端例子已足以说明，人作为"俗物"的本质属性怎样通过自身的经历而上升成为一种写作的经验，使得鲁迅总是自然不自然地在其写作之中，将民俗作为人物展开其活动的环境和背景，并由此说明反传统的必要和启蒙的艰难的。

（四）作为情节发展的线索

民众个体在对具体民俗规范或顺应或拒斥的态度之中，总是集中显现着社会与个人、环境与主体之间的矛盾冲突，缘此，个人生命中的一些民俗事项，往往成为一个人成长的关键或极富意义的事件。这样的情况在鲁迅身上也不例外，例如孩提时参加的家中祭祀活动和社戏小角色表演经历，日后却于不知不觉之中，成为鲁迅写作关注或对民间文化发生浓烈兴趣的极为重要的因素。而接受母亲并旧俗安排，从日本回家迎娶自己并不喜欢的朱安，还有违背礼俗，后来与学生许广平的同居，这类有着浓郁民俗意味的生命事件于鲁迅生活、精神和写作的影响，自然更是为人所熟知的。经验的认同以及力求将民俗文化用之于现实社会民众精神改革的写作目的的整体要求，民俗文化在鲁迅的写作——特别是散文、小说等叙述类的写作中，也便常常被措置为推动故事情节发展的重要线索。

《五猖会》《社戏》等类的作品自是不用说，两者的写作都以自己参加民间民俗活动的事情为对象，文章的线索即具体的民间民俗事项——五猖会或者社戏，写作的思路相应也由此展开，体现为准备—参加—归来三个具体而明晰的过程，主人公的一切活动都是围绕着民俗活动的参与这一具体事项组织和安排的。就是《无常》《女吊》《我的第一个师父》还有《风筝》这类情节比较散淡的作品，文章写作时的材料的组织和内容的安排也还是紧紧围绕着无常或风筝这类具体的民俗物与人，人或物本身即为行文的线索，连缀和贯穿了各种貌似杂乱的材料，使文章的写作因此成为一个有机的整体。

当然，鲁迅对于民俗材料的线索措置最为多样和典型的表现，还在于他的小说写作。《风波》的写作，中心的线索即乡场上人们由七斤的辫子而引发的一场争论。辫帅复辟，清廷若重新当政，依其礼制，自然是"留人不留发，留发不留人"，但是不幸，七斤进城时却被革命党强行剪去了辫子，故事的发展即由此而展开，在波谲云诡的时代背景之下，乡野草民头上的一根小小的辫子，因此而成为一个幽深的隐喻；《长明灯》的写作，情节的安排更是以疯子狂言要吹灭吉光屯的守护灯——梁五弟点的神灯——之事为线索，围绕着疯子的破坏和众人对他的镇压两端，在矛盾双方的冲突张力之中，营造了小说极富意味的事件和内容；《离婚》《孤独者》《在酒楼上》之类，民俗文化材料于小说故事的编织，也莫不显示了重要的线索作用。《离婚》一如其名，小说的写作即以乡村无知但却为家庭宠恃的带有野性的妇女爱姑的离婚事件为线索，在乡村婚俗的戏剧性描述之中，展示了强势的男性文化对于女性可能具有的反抗潜能的绞杀和威慑。《孤独者》以葬礼始以葬礼终，葬礼的描述贯穿了人物活动的始终，并隐隐然成为人物命运的一种巧妙概括。《在酒楼上》表面上看，虽然不像前述作品有明显的民俗事物做小说的贯穿性线索，然而仔细品味，吕纬甫叙述的两件民俗事项——给死去多年的弟弟迁坟和遵从母训给一个姑娘送绒花，不仅是昭示人物思想转变的重要的意义性事件，而且也是连缀人物行程的结构性事件，所以，整体审视，其自然也具有着某种体现思路、连接材料的线索作用。

　　而在所有小说的写作之中，以民俗文化物象或事项为作品内容展开线索的措置，最为典型、也最为人所提及的事例，还应当首推《药》和《祝福》的写作。《药》讲述的故事由两部分内容构成，一部分是革命者夏瑜意欲宣传革命，推翻清王朝的统治，而行动未果，却被本家亲戚所出卖，最终被杀头的故事；一部分是小茶馆经营者华老栓一家依民间俗信，为生痨病的儿子华小栓求取人血馒头，吃了人血馒头，但没有效果，最终还是死去的故事。在这两部分内容的叙述中，民俗信物人血馒头（这种信物，其文化的根源在于原始的巫术思想。巫者思维中有触染之一律，其意为事物各有其属性，他者若触之，其属性自然也因之附随。缘此，依中国民间旧俗，吃什么补什么，生痨病者总是吐血，血不够，以人血涂馒头吃之，所失之血自然因此而得以补充，病人的生命也因此而得以拯救），不仅推动了华老栓一家人故事的展开，其故事即可由买药—吃药—药无效而小栓死而概括，而且也连接了华氏一家和夏瑜的故事。华氏一家所求的人血馒头即夏瑜的血所制成，革命者夏瑜意图通过自己的宣传，唤醒民众，而民众却一片蒙昧，他努力的结果，只是徒然将自己宝贵的青春之血做了民众无用的人血馒头的材料，牺牲了自己，也害了别人。民众的不幸和愚昧，革命者的孤独和行动的无效，启蒙和被启蒙的悖论、复杂和艰难，本自隔膜的两种完全不同的生活世界，即因人血馒头这一关键之物的连缀贯穿，而在作者的叙述中得以巧妙展示。《祝福》中苦女人祥林嫂的故事，是可以从多种角度予以描述的，然而，于民俗文化考察一端，则可以将其命运清晰呈现为：两次嫁人而两任丈夫先后死亡，其因此而被人目之为也自感不洁和不祥——听柳妈之言，其实也是遵从旧俗"捐门槛"以求自赎——自赎不得，祝福前夜死亡，死而不得其时，因而不能被人宽恕。生而不得，死也难恕，这就是祥林嫂存在的真实图景。在祥林嫂故事的展开之中，民俗文化不仅具化为生动的现实语境，而且也往往成为关键性事件，贯穿也连缀了人物言行的诸多方面。即如"捐门槛"这一事项，在祥林嫂故事的叙述中，它无疑扮演了一种极为关键的中介单位角色。它不仅是祥林嫂不幸婚姻的自然发展的结果——生活如何不幸，人总需生活，祥林嫂不愿即刻死去，所以她便要想办法自赎，而且也是祥林嫂下一步更为悲惨结局的开始——救赎不成，没有了出路，她便只有死。在下层人物卑微的努力和努力不被接受的张力结构之中，人世的残酷和生存的艰难由此而彰显了丰厚的意蕴，小说情节的展开也因之而获得足够的推动，备感紧凑与合理。

（五）作为创作所欲表达的主题意象

民俗文化的材料形态存在，从较为客观的意义层面，揭示了民俗文化作为鲁迅各种创作内容构成的功能形态，但是由于创作活动本质上是一种高度主体化的精神活动，特别是像鲁迅这样个性极强和创作目的极为明确的写作者，其在具体的创作实践活动中对于民俗文化的运用和表现，也便不会仅仅停留于这种表层且基本的运用，相反，他在将它们主体化的过程之中赋予了它们更多的意义内涵，使其成为承载着各种审美和思想意绪的主题意象。

即如"牺牲"这种民俗物象，它原本是旧时代大户人家在祭神或祭祖时使用的供品——亦即鲁迅在《祝福》中所写的用牛羊猪等牲畜做成的"福礼"①，但是其在鲁迅许多文本中的存在，却并不止于一般意义上的材料存在。在这种物象以及由此而衍化出的各种变体——

① 此中详情，参看周作人《鲁迅的故家》之《做忌日》《忌日酒》《祝福》等文。是文见孙郁、黄乔生主编"回望鲁迅"丛书之《年少沧桑——兄弟忆鲁迅（一）》，河北教育出版社2000年版。

如鲁迅所言的历史中成为制造各种人肉的筵宴的沉默的国民，祥林嫂和孔乙己等以自己的不幸为他人提供或制作笑料或谈资的生活的可怜者，像基督之子耶和华、牛痘发明者隋那（琴纳）、北大讲义风潮的除名者冯省三、女师大风潮中被开除的学生、《复仇》中的母亲，甚或像鲁迅本人一样为众请命或为他人谋福但却被大家时时背叛或遗忘的弃者，还有夏瑜、秋瑾、黄花岗烈士、左翼五烈士一样被人残杀的革命者或志士等人和物——身上，他都不仅为我们揭示出了一般国民为人牺牲、供人享用的基本生命存在形态，而且也揭示出了先觉者为人奉献却不被理解的特殊生命形态，借此，他的写作所期望表达的各种主题，如思想启蒙、社会和文明的批判、国民沉默魂灵存在真相的揭示、先觉者精神孤独和绝望的表现、一己内心的承担和寂寞的展现等等，似乎也都获得了一种得以寄身的生命母体。

还有"科场鬼""孤魂野鬼"等名目不一的"鬼"的形象。鬼本是民间对于人亡故之后的魂灵的通称，是一种在许多民族的文化观念里都存在的信仰物，属精神民俗的范畴。通过阅读杂书，看或参与祭祖或祭神活动及其当时上演的各种民间戏剧（据《朝花夕拾》和周作人一些文章的介绍，鲁迅本人小时候即乐于扮演各种小鬼角色），还有聆听他人——如祖母、常妈妈等——的日常讲述，所以鲁迅脑子里便积存了许多鬼的形象和知识。这些积存为他其后的写作提供了极为丰富的文化素材，但是对于它们的表现，鲁迅却显然并没有停留于一般的民间知识或文化情趣展示这一点，区别于一般的写作者，通过鬼作为人的魂灵与人的肉身的附体关系——特别是死人的魂灵与现实生活的密切关系，鲁迅开掘出了作为新时代沉重负担的封建传统文化活生生的当下存在属性，发现了它们对于现实生活中的人们的精神麻醉和腐蚀作用。

鲁迅有许多文章都提到了祖先或者传统的生活观念，它们像鬼魂一样附体于人们的心理，使得民众甚或整个民族，无论时代怎样发展，无论世界发生了如何的变化，却始终为既有的观念所束缚，就像遭遇了"鬼打墙"或"鬼符咒"，不能彻底地进行一些现实的改革。

《生降死不降》是鲁迅的名作《阿Q正传》问世半年前的一篇文章，在这篇文章里，鲁迅讲述了清末汉人死后入殓时的一点讲究，并且分析说：

> 大约十五六年前，我受了革命党的骗了。
>
> 他们说：非革命不可！你看，汉族怎样的不愿做奴隶，怎样的日夜想光复，这志愿，便到现在也铭心刻骨的。试举一例吧，——他们说——汉人死了入殓的时候，都将辫子盘在顶上，像明朝制度，这叫作"生降死不降"！
>
> 生降死不降，多少悲惨而且值得同情呵！
>
> 然而近几年来，我的迷信却破裂起来了。我看见许多讣文上的人，大抵是既未殉难，也非遗民，和清朝毫不相干的人；或者反倒食过民国的"禄"。而他们一死，不是"清封朝议大夫"，便是"清封恭人"，都到阴间三跪九叩的上朝去了。
>
> 我于是不再相信革命党的话。我想：别的都是诳，只是汉人有一种"生降死不降"的怪脾气，却是真的。①

时代在变化，但先朝的鬼魂附身，所以，身死之后，人的魂灵依旧是要向先朝去报到的。历史在现实中的不断复兴，或者，现实的随时随地的历史化，使鲁迅感到了在中国人的生活中，过去和现在甚至将来的太为复杂的纠葛，他由此不断地感慨："试将记五代，南宋，明末的事情的，和现今的状况一比较，就当惊心动魄于何其相似之甚，仿佛时间的流驶，独与我们中国无关。现在的中华民国也还是五代，是宋末，是明季。"②"于是一切古董和废物，就都使人觉得永远新鲜；自然也就觉不出周围是进步还是退步，自然也就分不出遇见的

---

① 鲁迅：《生降死不降》，见《鲁迅全集》（第8卷），人民文学出版社1981年版，第97页。

② 鲁迅：《忽然想到（四）》，见《鲁迅全集》（第3卷），人民文学出版社1981年版，第17页。

是鬼还是人。"① 盘踞于国民灵魂深处的鬼的形象，因之便成为凝结了鲁迅诸多思考的一个信息集结形象。这一形象来自于民间民俗精神影像，但中经鲁迅主体复杂运作，承载了他极为复杂的历史文化和社会现实诸多方面的认知和思考，所以，它们在鲁迅的写作中，也便以变化多端的形态，超越了其本身所附着的较为单纯的民俗文化功用，体现了鲁迅写作多样而复杂的主题意义，成为贯穿鲁迅所有写作的、具有典型形象形态的主题意象。

类似的形象还有许多，如长明灯、活人庵、人血馒头、银项圈、土地庙等等，这样的形象，王瑶先生曾以"典型现象"名之，它的意义，钱理群先生曾解释说："每一个有独创性的思想家和文学家，总是有自己惯用的、几乎已经成为不自觉的心理习惯的、反复出现的观念（包括范畴）、意象；正是在这些观念、意象里，凝聚着作家对于生活独特的观察、感受和认识，表现着作家独特的精神世界和艺术世界，它们打上了如此鲜明的作家个性的印记，以至于可以在其上直接冠以作家的名字，称之为'×××的意象'、'×××的观念'，从而构成我们所要紧紧抓住的最能体现作家个体本质的'典型现象'。"② 他们的认识很启发人，但其立足点在于写作的个体特征与作家主体并文本世界构成的关系分析，目的即在于由此对作家的主体精神世界和文本的意蕴构成有所把握。由言词到文本再到主体的寄寓，其方法是文本细读加精神分析，思维的空间则基本局限于作家个体写作范畴。而联系到鲁迅整体的写作及其所置身的更为广阔的中国文化背景，我们却可以进一步清楚，事实上这种立足于悠远民俗文化土壤的作家写作中反复出现的主题意象，因为其所体现的作家主体的复杂思想寄寓并其多样的变体存在形态，所以它本质上更接近于程金城先生所言的作家写作中的"原型意象"。这种意象的形成，"不单单是

---

① 鲁迅：《忽然想到（四）》，见《鲁迅全集》（第3卷），人民文学出版社1981年版，第95页。

② 钱理群：《心灵的探寻》，河北教育出版社2001年版，第9页。

作家提供了几个新的艺术形象，也不是以其外在的独特怪异来惊世骇俗，而是原型的'激活'，是集体无意识的深刻触动，是久被压抑的精神力量的释放"①。它们的存在以及置换变形，"影响到不同文学形象的塑造，不同人格的品评，同时也联系着不同主题的拓展"②。一句话，其具有非常鲜明的表意性，是一些有着原本的民俗文化内涵但其真实所指却远远超越了原始内涵的形象性或象征性表意符号，而且在不同的情境之中可以不断复活和变异的民族文学的主题意象。

二 鲁迅对于民俗文化的主体处置

存在形态和表现特征的考察，清楚表明了鲁迅在写作中对于民俗文化的运用，意图多不在学者求实本真的知识介绍或学理探究，而在于以此为手段和契机，形象揭示并展现国民精神人格的形成和存在状况。

（一）和周作人的比较

这一点非常典型地表现于他和他的弟弟周作人创作的比较之中。以他们对于迎神赛会等乡俗文化的表现为例，对比鲁迅和周作人两人不同的文本，我们可以发现，和周作人一样，鲁迅在许多文本中对于民俗文化的态度，也附着了浓郁的知识兴味：细致的观察，稔熟而准确的绍介，知识搜求的兴趣甚至细节处的沉迷醉心，常使人感觉文字背后逡巡不已的学者与士人复杂交织的目光，对于同一的写作对象，他们惊人相似地都保持了大体不差的审美和知识的双重兴趣。

但是，透过初步的印象，仔细比较二者的表现，在些许的相似之外，他们两人的不同却似乎要更为明显。比较而言，周作人的创作在

---

① 赵学勇、吴小美：《中国现当代作家作品研究》，兰州大学出版社 2002 年版，第 46 页。

② 同上书，第 49 页。

态度上显然更为冷静，旁观的叙述中很少夹杂个人或主观的议论，而鲁迅则喜欢插科打诨，场景的复原中不时掺杂现实的内容，诙谐与讽刺齐出，旧事和新闻共舞，显见知识事理的关注兴趣之外艺术创见的追求。

这种区别，周作人其实早就有过提示。在关于他们父亲临终场景的描绘中，鲁迅曾提到了一位戏剧性的人物"衍太太"，并且介绍说：

> 早晨，住在一门里的衍太太进来了。她是一个精通礼节的妇人，说我们不应该空等着。于是给他换衣服；又将纸锭和一种什么《高王经》烧成灰，用纸包了给他捏在拳头里⋯⋯
>
> "叫呀，你父亲要断气了。快叫呀！"衍太太说。
>
> "父亲！父亲！"我就叫起来。
>
> "大声！他听不见。还不快叫?!"①

类似的场景，周作人的记忆却是：

> 经过了两位"名医"一年多的治疗，父亲的病一点不见轻减，而且日渐沉重，结果终于在丙申年（一八九六）九月初六日去世了。时候是晚上，他躺在里头的大床上，我们兄弟三人坐在里侧旁边，四弟才四岁，已经睡熟了，所以不在一起。他看了我一眼，问道：
>
> "老四呢?"于是母亲便将四弟叫醒，也抱了来。未几即入于弥留状态，是时照例有临终前的一套不必要的仪式，如给病人换衣服，烧了经卷把纸灰给他拿着之类，临了也叫了两声，听见他不答应，大家就哭起来了。

---

① 鲁迅：《父亲的病》，见《鲁迅全集》（第 2 卷），人民文学出版社 1981 年版，第 288 页。

并且解释说："这里所说都是平凡的事实，一点儿都没有诗意，没有'衍太太'的登场，很减少了小说成分。因为这是习俗的限制，民间俗言，凡是'送终'的人到'转煞'当夜必须到场，因此凡人临终的时节，只限于平辈以及后辈的亲人，上辈的人绝没有在场的。'衍太太'于伯宜公是同曾祖的叔母，况且又在夜间，自然更无特地光临的道理，《朝花夕拾》里请她出台，鼓励作者大声叫唤，使得病人不得安稳，无非想当她做小说里的恶人，写出她阴险的行为罢了。"①

兄弟二人记忆复现的不同以及周作人解释的主体动机考察，是一个复杂有趣但却于我们的论述无关的话题，故而此处不再赘言。但是借助于两种文本的对比以及周作人的解释，我们却能具体而真切地感觉到在对民俗文化内容的表现上，周作人和鲁迅的不同。这种不同，学者孙郁先生比较说："我想，周作人的回忆，大约是准确的。但也许过于冷静，便少了鲁迅那样的艺术化的幻觉。"② 这是极为简明的提示，但却清楚地说明，与周作人心性深处的冷静而又精确的学者风范不同，鲁迅在自己的写作中表现出了更为艺术化，同时也即更富想象和加工意味的文学家特质。因为这样的缘故，所以，同一种民俗事项，周作人的写作显见更多知识搜求和学理考究的学者兴趣，表现也力尽客观准确，而鲁迅的写作则更多附着个人情绪和思想的因素，在艺术的幻想和个人的变形中，给予原材料以更具创造性的主体措置。

这是周作人与鲁迅的区别，这也是传统士人和现代启蒙者，是消闲的隐士和战斗的思想者，是本质上的学者和性情上的诗人的区别，这种区别显示了现代知识分子在对民间文化进行关注时的不同取向和现代写作者在写作之时对于民俗文化材料的不同处置。

---

① 周作人：《知堂回想录》，香港三育文具图书公司1971年版，第31页。
② 孙郁：《鲁迅与周作人》，河北人民出版社1997年版，第15页。

（二）和沈从文的比较

民俗文化作为人类个体存在所必须面对的社会环境属性，加之中国现代写作者总体的"向下"取向和对于普通民众日常生活浓厚的关注兴趣，所以，中国现代写作者对于民俗文化的兴趣，事实上是非常普遍的。从"五四"白话文运动对于"引车卖浆者"所操的俗言俚词的运用，到北大歌谣运动影响下新诗人对于地方民谣的有意识的模仿，到中国乡土文学的发生和发掘"人民固有文化"写作的逐渐普及，在一批批的写作者——如刘半农、顾颉刚、周作人、茅盾、废名、蹇先艾、鲁彦、老舍、李劼人、沙汀、艾芜、沈从文、萧红、萧军直到赵树理、马烽、周立波、李季、孙犁等的身体力行之下，一部中国现代文学史甚或文化史，民俗文化内容的表现，遂始终成为一种重要且突出的现象。

不过，在将鲁迅对于民俗文化内容的表现和其他写作者对于民俗文化内容的表现进行比较之时，我们可以发现，在民俗文化材料的意义措置上，鲁迅显然要比其他人更为主动，思考也更多。

为了说明问题，此处不妨将他的写作和沈从文的写作做一个比较。沈从文的写作以他熟悉的湘西社会生活为其表现对象，在幽婉而深情的抒情描绘中，给读者刻画出了湘西社会种种生动而奇异的民俗风情画面。小说《边城》以白塔、渡船、磨坊等民俗风物为人物活动的场所和背景，在此类场所和背景中，又楔入赛龙舟、提亲、对歌等民俗事项，于浓郁的民俗文化风情刻画之中，展开故事并发展人物的命运。在民俗材料的运用与人物形象的塑造上，虽然不乏美好精神和品格挖掘的意义设计，但是由于他的写作，"要表现的本是一种'人生形式'，一种'优美、健康、自然、而又不悖乎人性的人生形式'。我主意不在领导读者去桃源旅行，却想借重桃源上行七百里路酉水流域一个小城小市中几个愚夫俗子，被一件人事牵连在一处时，各人应有的一份哀乐，为人类'爱'字作一度恰如其分的说明"①。所以，相对而言，其所承载的意义，一是比较宽泛，是普遍的人性和爱等，二是更多地显现为情绪的感染而非思想的启迪，就像对歌和赛龙舟之类民俗事项的描写，美哉美矣，妙哉妙乎，但在思想意义的措置这一端，却显然没有鲁迅的"捐门槛""吃人血馒头"那样充分和深刻。

　　鲁迅和沈从文对于民俗文化表现的不同，根本上源自于他们创作目的和动机的差异。沈从文是从"美""爱"和"神"三位一体的思想出发，立志要通过写作建构供奉人性的"希腊小庙"②，表现一种"优美，健康，自然，而又不悖乎人性的人生形式"③。而鲁迅则是别样的追求，看《〈呐喊〉自序》和《我怎么做起小说来?》等自述其写作经验的文章，我们可以清楚地知道，和一般作家公开倡言其写作的唯美和纯粹不同，鲁迅从来都不否认他写作的现实功利目的。"所以我们的第一要著，是在改变他们的精神，而善于改变他们精神的是，我那时以为当然要推文艺，于是想提倡文艺运动了"④，或者"说到'为什么'做小说罢，我依然抱着十多年前的'启蒙主义'，以为必须是'为人生'，而且要改良这人生。我深恶先前的称小说为'闲书'，而且将'为艺术而艺术'，看作不过是'消闲'的新式的别号。所以我的取材，多采自病态社会的不幸的人们中，意思是在揭出病苦，引起疗救的注意"⑤，表意甚为明白，创作在他，更多意义上首先是一种思想启蒙的工具，目的就是对国民进行思想的教育和改造。

　　鲁迅创作中民俗文化材料的利用，本质上服从于他整体的写作目的，缘此，相较于其他写作者，在民俗文化的措置上，他便总是

---

① 沈从文：《习作选集·代序》，见《国闻周报》第13卷第1期，1936年1月1日。

② 沈从文：《沈从文选集》第5卷，四川人民出版社1983年版，第228页。

③ 同上书，第231页。

④ 鲁迅：《〈呐喊〉自序》，见《鲁迅全集》（第1卷），人民文学出版社1981年版，第417页。

⑤ 鲁迅：《我怎么做起小说来?》，见《鲁迅全集》（第4卷），人民文学出版社1981年版，第512页。

赋予其审美之外的更多的意义内涵，表现出更为积极和突出的主体作为。

和沈从文等作家将民俗文化材料作为人物活动的物质或地域环境的单纯思考不同，鲁迅在其创作中不仅利用民俗文化材料，巧妙地为作品中的人物构造出种种生活的物质条件，设置出其活动赖以展开的具体外在环境，而且往往将其作为能够深入人物内心世界的有效途径，借助于具体的民俗事项与人物精神形成和发展的关系考察，使文本中的民俗文化材料，因此而成为承载鲁迅国民性思考和作品主题的极富表现意义的写作单位或符号。就像《孔乙己》中对于咸亨酒店的酒店布局和酒客穿着、喝酒习惯的描写，一般作家于这类材料的意义措置，大都会集中于情节的铺设和地方风情的展示，但是鲁迅的写作却没有局限于这些功用，借助于酒店的布局和酒客穿衣饮酒习惯的描写，鲁迅不仅给孔乙己的活动提供了一个适宜的活动空间，借此，从一个面向将绍兴独特的风情和那一时代人们生活的现世相生动展示于读者的眼前，而且他还将人物的生活处境以及欲上不能、欲下不甘的精神困境活画出来，在对孔乙己的穿着、语言和行动与周围环境之间种种不和谐的形象描绘之中，揭示了科举考试对于旧时代知识分子的精神戕害和人们对于不幸者的缺乏同情与理解。"孔乙己是站着喝酒而穿长衫的唯一的人"，或者周围的哄笑声中的"窃书不算偷""多乎哉？不多也"的辩解和独语，鲁迅不经意的描写让我们感觉到了社会寒彻心肺的冷漠和转型时期旧式知识分子精神的孤独和腐朽。

阅读鲁迅的作品，我们可以发现，鲁迅很少单纯表现人物与民俗文化之间的自然关系，他所喜欢表现的，更多是在人物与民俗文化意义关系的发生，即个体在与民俗文化的要求发生矛盾冲突之时或个人在自身利益受损害、愿望受阻逆的情况下，对于具体民俗文化事项的态度反应。举例如祥林嫂、闰土、阿Q，还有现实生活中无数不幸而又永不反抗、没有叫喊的沉默的大众。祥林嫂被迫再嫁而遭人嫌弃，她没有因此而不满，而愤怒，相反，她却自觉主动地调整自己，力求通过认同并践行"捐门槛"的习俗而消弭自己与他人的冲突，以此成为大众中的一员；闰土饱受生活的磨难，他不能因此而觉醒，相反，他却顺从于环境和传统的规范，叫"我"老爷，要香炉烛台，给孩子取名水生，以种种对习俗和迷信的认同和驯服，成为和他父母完全一样的顺民；还有现实中无数叫不上名字的人，如一些因生活的偶然或意外的事故而失去丈夫或遭人强暴的女子，她们本是一些不幸的人，别人不体恤这种不幸反而因此忌讳或者嫌弃他们的不祥、不洁，这本是不公平的，但她们自身却对这种不公平不以为然，反而依从各种礼俗规范，或节或烈，以此显示她们渴望被社会认同的愿望。

"哀其不幸"而又"怒其不争"，正是通过对民众个体与民俗文化复杂关系的全面考察，鲁迅注意到了国民性存在的矛盾性和复杂性，并由此而将其如椽之笔深入到国民灵魂沉默的根本之处，在人性——特别是国民性表现的复杂性和深刻性上，达到了中国文学前所未有的高度。

（三）和赵树理的比较

作为一个被"五四"新文化所唤醒同时也自觉认同"五四"新文学思想启蒙传统的现代知识分子，赵树理的小说写作深受鲁迅创作的影响，缘此，和鲁迅一样，对于民俗民间文化的处置，他自然也便常常将关注点落实在了人物思想意识的自我转变上，通过民俗文化和人物关系的生动演绎，不仅极具个性地表现了自鲁迅而来的"立人"主题，而且也从一个特殊的面向，揭示了封建文化在新生活中的顽固且不断变化着的存在，借此说明了新生活建设中反封建主题的必要性，显见了其写作鲜明的思想启蒙动机。

他的小说《登记》描写了母女两代在婚姻上的循环和变化。母亲小飞蛾无意中发现了女儿艾艾用自己的戒指换了罗汉钱之后，对于女儿行将展开的前途命运因此充满担心和恐惧。她想："我娘儿们的命运为什么这面一样呢？当初不知道是什么鬼跟上了我，叫我用一只戒指换了个罗汉钱，害得后来被人家打了个半死，直到现在还跟犯人一样，一出门人家就得在后边押解着。如今这事又出在我的艾艾身上了。真是冤孽：我会干出这没出息你偏也会！从这前半截事情看起来，娘儿们好像钻在了一个圈子里。傻孩子呀！这个圈子，你妈半辈子没得跳出去，难道你也跳不出去了吗？"小飞蛾所恐惧的这种前后两代人跳不出去的"圈子"，其实即是民俗文化的历史传承所体现出来的旧的生活方式和理念的超稳定存在形态的象征性表达。从纵向的时间角度审视，这种圈子即是旧规范旧习惯的"历史轮回"，时代在发展，新人不断出现，但是经由父子、母女的代代因袭，老旧的意识观念依旧成为新生活的现实内容构成，且作为深层的公共价值规范，全面并细节化地对新的生活的建构和新人的日常言行进行干预。"社会上多数古人传下来的模模糊糊的道理，实在无理可讲"，但是其"却能用历史和数目的力量，挤死不合意的人"[1]，鲁迅所感叹的这种事实，同样具体且生动地表现于赵树理所描写的人们的生活，"从来如此"，或者"先前就是这样的"，太多的古旧习惯，历史轮回的这种圈子的束缚，不仅造成了新的沉重，使外在环境往往借助于传统和数量的优势，迫使个体接受来自于外在的规范，最终在"貌似无事的悲剧"形式展开之中，使新人迅速老化，即如赵树理所刻画的老一代农民形象，如三仙姑、小飞蛾婆婆、李成娘、金桂婆婆等，通过自我的阉割和改造，成为封建思想观念的承载和传播者，阻逆或者延滞个体的觉醒和新生化展开的速度；而且也诚如鲁迅所言，旧的习惯和传统的力量，一如病毒的遗传，"传之子孙，而且久而久之，连社会都蒙着影响"[2]，"若干分子又被太多的坏经验教养得聪明了，于是变性，知道在硬化的社会里，不妨妄行"[3]。

　　鲁迅所讲的后一段话中的情形，典型地体现于赵树理所写的两类

---

① 鲁迅：《我之贞烈观》，见《鲁迅全集》（第1卷），人民文学出版社1981年版，第124页。

② 鲁迅：《我们现在怎样做父亲》，见《鲁迅全集》（第1卷），人民文学出版社1981年版，第134页。

③ 鲁迅：《十四年的"读经"》，见《鲁迅全集》（第3卷），人民文学出版社1981年版，第130页。

人物的表现。一类是蜕化变质的新一代青年，像《李有才板话》中的小元，像《邪不压正》中的小昌等。小元本是老槐树底下小字辈的代表，是和村西头的作为封建旧势力代表的恒元等人站在对立面的，但是当他被小字辈们推举为领导之后，架不住恒元、广聚、家祥等人关于领导应有派头的意识灌输，在旧习惯和讲究的渗透之下，逐渐丧失了自己的立场，"从此之后，小元果然变了，割柴派民兵，担水派民兵，自己架起胳膊当主任"，成为旧势力恒元一派的同盟军；无独有偶，小昌原本也是革命的积极分子，但是当革命成功做了农会主任之后，因袭旧有的落后习俗和意识，在分了地主刘锡元的房子、土地之后，不知不觉又成为底层民众的新的主人。正是在旧有习俗和意识理念在新一代人身上生动具体的传承演化过程之中，通过新的蜕变或者新旧的掺杂，赵树理从一个至深的层面上，延续了鲁迅曾经所揭示的启蒙主题，告诫人们必须时刻清醒地认识到封建思想借助于传统习俗和意识的历史因袭，"不断与自己本身的弱点做斗争，勇于洗涤自己的灵魂，才能创造新的生活"①。另一类是一些身上具有着流氓习性的人物，如《小二黑结婚》中的金旺、兴旺，《李有才板话》中的阎喜富，《李家庄的变迁》中的小喜等。这些人物多半显现出了一些显性的流氓做派，"抗战初年，金旺、兴旺为一只溃兵做了内线工作，引路绑票，讲价赎人，又做巫婆又做鬼"；阎喜富则"吃吃喝喝有来路；当过兵卖过土，又偷牲口又放赌，当牙行，卖寡妇……什么事情都敢做"；小喜也是"中学毕业，后来吸上了金丹，就常和邻近的光棍们来往，当人贩、卖寡妇、贩金丹、挑诉讼……无所不为"。但让人印象更为深刻的是，他们身上的这些流氓习性或者做派，并不会随着生活的变化而真正消失，相反，改变其显性的存在特征，往往以更为隐蔽和巧妙的方式，表现于新的历史阶段之中，混淆人们的视听，麻痹人们的警觉，对于新生活的建设产生种种的破坏作用。举例

---

① 钱理群、温儒敏、吴福辉：《中国现代文学三十年》（修订本），北京大学出版社1998年版，第371页。

如金旺、兴旺的流氓习性表现，没当村干部之前，是很容易为人们所识别的，但一俟成了村干部，成了新政权的基层体现者之后，其为了一己的私欲，意图霸占小芹，整治小二黑的做法，原本就是他们骨子里深藏的流氓意识的体现，但是因为他们作为新政权代表人的身份，加之信存广泛的"婚姻大事，听之父母"的旧有理念作祟，群众对于他们的表现，自然也便一时间很难进行分明的是非判断。

而且更为可怕的是，体现在金旺、兴旺身上的这种流氓习性，作为一种植根于人们意识深处的精神存在，其在历史的传承、延续之中，即如一种传染性极强的病菌，往往隐性而且普遍地存在于一般民众特别是底层贫苦民众之中，使中国现代革命和新文化建设的反封建工作由是显得异常艰难和沉重。《邪不压正》中的小旦本来是一个彻彻底底的穷人，但因为生存的需求，他逐渐成为地主刘锡元的狗腿子，帮助其欺压其他穷人，但是革命到来之后，他这样的人并未被革命所清除，相反，却摇身一变成为革命的积极分子，不仅捉来刘锡元父子，对他们进行批判，而且为了满足其私欲，摆出一种更为革命的姿态，对于靠开荒起家的王聚财也进行斗争，在貌似积极、先进的行为中，实施其不可告人也不容易为别人所识别的政治两面派做法。小旦的这种不因历史条件的变动而体现出来的隐性流氓习气，其实更为普遍地表现于更多的人物，如为了满足自己私欲而泯灭了母性的三仙姑，如《李有才板话》中虽是穷人但却骨子里崇拜着权力的老秦，本给地主吴启昌住长工但因为贪图一点小便宜而不知不觉成为一个"吃烙饼"干部的张德贵，如变质干部小元和小昌等等，这些人的表现，诚如一些研究者所言："在农村社会的变迁中，流氓往往是得利最多的，虽然他们被许多农村人物所鄙视、厌恶甚至模仿，但是在现实生活中，农村人物要获得成功，便又在自觉不自觉模仿这些流氓形象。因此说，赵树理的小说对农村流氓性的表现，是赵树理对国民劣根性的思考，是在鲁迅开创的基础上，进一步揭示出了我们国民劣根性的根深蒂固，这使他的小说有了与鲁迅相同的思考角度。"①

不过，和鲁迅对于民俗文化深刻、复杂、丰富的表现相比较，因为积淀以及认知的不在一个层面，加之启蒙动机之外，赵树理更为直接和关键的创作动机还在政治宣传，缘此，当他的启蒙意识和政治立场不一致——特别是当政治立场完全取代了启蒙意识的时候，即如《三里湾》《杨老太爷》《互相鉴定》等作品的写作或者就像《小二黑结婚》中区长对二诸葛的态度一般——"我不过是劝一劝你，其实只要人家两个人愿意，你愿意不愿意都不相干。回去吧！童养媳没处退就算成你的闺女！"其有关民俗文化的表现，便与鲁迅显现出了极为明显的差距，不仅简单、粗糙，而且用意也过于直白、表面，缺乏蕴藉。

三　鲁迅创作民俗文化表现的影响性因素

无论是思考还是创作实践，鲁迅的民俗文化表现，都与如下两种因素密切相关：一是他置身其中的时代背景影响，一是他独自的文化和写作思考。

（一）时代背景因素

时代背景于鲁迅民俗文化表现的影响显现于两个具体的层面：首先是"五四"一代学人于新学术接受上整体看重民俗文化的时代氛围对鲁迅的影响。描述学人与民俗文化的关系时，钟敬文先生曾概括说，"中国古代学人对民俗的重视自古而然"，"但是，把民俗作为一种科学的对象来研究，只是现代的事，并且现代意义的民俗学是'五四'前后从国外传入的"②。他说的"国外"，考诸实际，大体有英美

---

① 郭文元：《现代性视野中的赵树理小说》，甘肃人民出版社 2009 年版，第 107 页。

② 钟敬文：《序言》，见高丙中《民俗文化和民俗生活》，中国社会科学出版社 1994 年版，第 1 页。

和日本两指。英美和日本作为当初中国学子出国留洋的两个不同文化区域，其于中国现代学人思想意识的形成，产生过极为重要但却非常不同的作用。即如民俗认识一面，中国"五四"运动发生前后，当英美学者依旧尊英国古人类学派观念——民俗即原始文化的遗留物——为经之时，日本已有柳田国男等积极主张投身田野作业，从田野陋民的当下生活中撷取民俗研究资料的识见。但是这种不同更多意义上讲也只是一种相对的不同，而在更大的文化取向和价值认定上，因为日本文化圈其时整体上对英美文化圈的依附性，所以作为广义上的西方文化圈的一种构成，日本和英美学术界对于中国近现代知识分子所发生的实际影响，同之一面是要远甚于不同之一面的。即如柳田国男等对于民俗文化的认识，虽然其对民俗的认识有将关注的眼神从过去延伸至现在的意思，但在思想的关键处，他们所认为的民俗，却依旧摆不脱英国人类学派民俗即"过去的遗留物"的认识窠臼。所以，虽然来自于不同的路向，但殊途同归，受中国学术界认知背景上整体的英国人类学派有关民俗文化知识谱系的影响，和当时大多数的知识分子一样，鲁迅在其意识中也是基本将民俗文化看成是一种由"传统和积习"或"太多的古旧习惯"构成的一种危害国民精神的"历史经验形态"①，故而在他的写作中于其多所批判和否定。

其次，因为近现代中华民族异乎寻常的生存危机以及中国知识分子由此所引发的普遍而深刻的忧患意识，所以虽然整体上受英国人类学派民俗文化认识的影响，以民俗文化为过去或落后人群所具有的一种文化形式，一般中国知识分子在内心深处并未给其以足够的关注，但在局部或历史某一具体的时段，由于近现代民俗学形成之时，其行为背后深藏的"民族主义"②背景，暗合了五四时期中国现代知识分子意欲通过对文化传统的批判而改造国民精神、实现民族复兴的现实

①　鲁迅：《习惯与改革》，见《鲁迅全集》（第4卷），人民文学出版社1981年版，第224页。

②　高丙中：《民俗文化和民俗生活》，中国社会科学出版社1994年版，第9页。

动机，所以在鲁迅那一代人，实际的情况也许就像钟敬文先生所言："'五四'时期，那些从事新文化活动的学者们，大都是具有爱国思想和受过近现代西洋文化洗礼的。同时他们又是比较熟悉中国传统文化的。他们觉得要振兴中国，必须改造人民的素质和传统文化。而传统文化中最要不得的是上层社会的那些文化。至于中、下层文化，虽然也有坏的部分，但却有许多可取的部分，甚至还是极可宝贵的遗产（这主要是从民主主义角度观察的结果，同时还有西洋近代学术理论的借鉴作用）。尽管他们之间，由于教养等不同，在对个别问题上，彼此的看法有参差的地方，但是在主要的问题上却是一致的。这就形成了他们在对待传统文化里的中、下层文化的态度和活动。为了方便于称呼，我把这种学术活动，概括地叫作：'民俗文化学'。"① 因为年龄和精力的缘故，严格地讲，钟老此处的发言在逻辑上多少有含混和随意之嫌，但它却揭示出了某种大多数人今天可能已经非常隔膜的事实："五四"时期，因为着眼于国民精神改造和民族传统文化的关系，虽然一代学人整体上对传统文化采取了非常激烈的批判和否定态度，但是在具体的分析和批判实施的过程中，他们中的很多人事实上也注意到了民族传统文化在内容构成上的可分性特征，对以民俗文化为代表的中下层文化表现出了十足的兴趣，并为这种兴趣所推动，进行了许多极有意义的工作和积极的思考。

为这种大的时代风尚所熏染，加之我们已经说过，当时投身于民俗文化活动的人，如北大《歌谣周刊》和"歌谣研究会"的同仁，大都为鲁迅的朋友、同事、学生，为他们所推动或影响，所以鲁迅对于民俗文化的思考也便彰显出了某种鲜明的时代特征，有着开掘自身资源，用以重建国民人格和现代民族文化的积极一面的内涵。

（二）个人因素

除了时代因素之外，作为一个极具个性且终生都坚持精神的自由

---

① 钟敬文：《五四时期民俗文化学的兴起》，见《北京师范大学学报》1989 年第 3 期。

独立原则的写作者，鲁迅民俗文化观念的形成以及写作表现，还与他独自的文化和写作思考有着密切的关系。

鲁迅是个非常复杂的人，他的写作也不一而足，但是考察他一生的努力追求，通过文明和社会的批判而揭示国民精神病苦的原因，激发沉默大众进行疗救的注意，借国民整体的自省挽民族和国家的生存危机，别求新生的转机，则应该是他生命活动特别是写作活动的一个重要且基本的贯穿性主题。不过，需要强调的是，无论是文明的批判还是社会的批判，鲁迅的思考都表现出了对于传统文化与现代人精神形成之间关系的强烈关注。

在立足于现实情境，专注于中国社会和国民精神的改造之时，鲁迅对传统文化的思考集中在了这样两个认知层面：一是中国传统文化虽然因其内在缺乏更新的机制，所以整体上已经显现出了腐朽反动的特质，但是具体问题具体分析，传统文化的构成并非铁板一块不可分割，正如中国国民的"魂"，可以分为"官魂""学魂"和"民魂"①一样，中国传统文化事实上也有着上层和下层的不同。虽然上层文化尽显其僵硬堕落的本质，但作为一种为上层文化极力排斥和压抑的文化，在上层文化因已难以提供新鲜的养料以促进民族文化更新之时，下层文化作为本土文化中区别于上层文化的另一文化形式，遂自然成为新文化建设唯一可以利用的资源，别见其意义和价值；二是传统文化中的主流正统文化，虽然因其文化持有者在现实政治上的失败而渐趋没落，但是由于封建统治者长期推行其奴化政策，实施其心治手术，所以在民众实际的生活中，它们事实上已然渗透于民众自身的文化，以更隐蔽和巧妙的方式规范支配着民众个体日常的言行。

文化层面如此这般的思考，自然延伸至立意以文字进行文化批判的鲁迅的写作活动，在本土文化与写作的关系处置上，鲁迅的写作实践因此也便有了如下两种矛盾而又互补的面向：他或是有意识地将民

---

① 鲁迅：《学界的三魂》，见《鲁迅全集》（第 3 卷），人民文学出版社 1981 年版，第 206 页。

间文化和统治者文化以及作为它们附庸的文人文化进行对比，突出它的异质色彩和于新文化建设所具有的正面、积极功用；或是专注于民众心理精神形成与环境关系的考察，在高度生活化、日常化的民间文化与封建正统文化貌离而神合的一体化关系的审视中，揭示其借助于民众而对民众实施控制的实质，形象说明普通民众魂灵之所以沉默的真正原因。两个方面矛盾而又互补，依据其深刻而又辩证的思想分析和表达，显现了现代中国作家在这类写作中所可能达到的高度。

第五章　鲁迅民俗文化表现的
　　　　民俗学价值

　　文艺民俗学双重视野对于鲁迅创作的考察，有两个基本的面向，一个是文学的，一个是民俗学的，在对鲁迅创作中种种不一的民俗文化表现进行了宏观描述之后，本章我们从民俗学入手，进一步分析鲁迅民俗文化表现的民俗学价值。

一　鲁迅民俗文化表现的存在特征

　　丰富的民俗文化经验构成，多样的民俗文化和文学关系的思考，作为极富意味的写作材料，民俗文化在鲁迅的作品中因此有着极为复杂和多样的表现。它们的存在因之也便既贯穿了鲁迅的各类写作，同时也往往遍及他某一类写作的各种文本，成为文本内容构成的一种基本元素，显现出了某些突出而鲜明的存在特征。

（一）普泛化

　　鲁迅的散文集《朝花夕拾》历来就被人看作是一本民俗文化生活和知识的历史记录，其中充满了对于绍兴地方风俗的生动描写。仅就选材而言，这本散文集所收的十篇文章中就有五篇（即《阿长与〈山海经〉》《狗·猫·鼠》《二十四孝图》《五猖会》和《无常》）直接以民俗物象或事项为写作对象。其他各篇，如《父亲的病》《从百草园到三味书屋》《琐事》等，民俗材料的运用，可以说也俯拾即是。一本集子十篇文章，据笔者粗略的统计，其中涉指的各类乡俗文化形态，大约总在 20 种以上。

相较于散文的写作，他的小说写作对于民俗文化内容的表现就更为多样。其中有关于衣食住行的，如咸亨酒店中穿短衣的人怎么吃酒，穿长衣的人怎么吃酒（见《孔乙己》）；吉光屯的人什么情况下出门，什么情况下不出门，若是非得出去，又是怎样查看皇历，先走喜神方，以求吉利等（见《长明灯》）。也有关于婚丧嫁娶的，如丈夫死了，妻子须穿青衣，头戴白花。寡妇再嫁，死后就要被阎王分割（见《祝福》）；结婚了的女子重回娘家，死了有坟无碑，不配享用祭祀，所以只能成为孤魂野鬼等（见《伤逝》）。有关于节日时令的，如大户人家什么时候祝福祭祖（见《祝福》）；酒店里什么时候赊账，什么时候结账等（见《孔乙己》）。也有礼仪交往的，如村民见了赵七爷要让饭让座（见《风波》）；闰土见了"我"要叫"老爷"，不能再像小时候一样称"迅哥儿"等（见《故乡》）。有关于崇神禁忌的，如见了神像要跪拜不能胡言乱语，有神性的长明灯需要长明，千万不能说熄灭（见《长明灯》）；如早晨或赌博见了和尚尼姑就是不吉祥，就要往地上吐唾沫。"不孝有三，无后为大"，一个人成年后最忌没有子嗣，否则死了没人供养，只能做孤魂野鬼（见《阿 Q 正传》）；寡妇是不洁不祥之人，所以不能参与祭祖的一切活动——摆放供品也不行（见《祝福》）。也有关于取名的，如八字里五行不全，就须想办法在名字里进行补救，闰土缺土就补土，水生缺水就补水（见《故乡》）；求吉祥富贵的，名字中就嵌个"富"啊"贵"啊"阔"之类的字；祈安稳平顺的，则应该加上"顺"啊"拴"啊之类。有身份有脸面的人，不能直呼其名，须叫"七爷""太爷"等尊称；而无身份无脸面的人，则"祥林嫂""单四嫂子""九斤老太""七斤""阿 Q""小 D""老五"甚或"阿猫""阿狗"随意称呼，不计雅顺，但求其贱，免得恶鬼勾魂。此外还有许多的讲究、规矩和言行，如"吃人血馒头""捐门槛""玩屁塞""拆灶""求神许愿""祝福""社戏"，还有男孩子宝贝了小时候要"戴银项圈"、女孩子长大了要"梳辫子裹脚",等等。民间种种的风俗禁忌,看后真使人觉得世界之大,无奇不有。

即便是《故事新编》这样在作者看来"速写居多,不足称为'文学概论'之所谓小说的"作品的写作,也"仍旧拾取古代的传说"①,主要以神话和古代传说为题材,内中充满了对于不同历史时期文明的讲究、德范、禁忌、崇拜的描写。比如《采薇》的写作,虽然其中不乏以今戏古的"油滑",但在具体的描写中,却常见对于打拳、孝悌之礼、陪葬、陈年老姜的驱寒温暖、砍头挂旗的宣示、裹脚、养老堂、盗贼的礼数、大告示、九旒云罕旗、小穷奇的命名、"剥猪猡"和"捞儿"等的方言运用,祭酒、鹿奶等等民俗物象事项的表现。《铸剑》更甚,整个故事即取材于《列异传》所载之传说,在对传统武侠小说的戏谑模仿之中,作者杂以各种传说行规、民俗物事,使小说写作在荒诞的复仇主题的现代表达之外,显见出鲁迅惯有的机智和情趣。

散文小说如此,杂文则更胜一筹。在这类作品的写作之中,鲁迅凭借其丰富的民俗生活经验和知识,往往信手拈来,涉笔成趣,于民俗文化生活内容的描写之中,生动呈现出民众精神生活的种种生存真相。其中有发生于特定环境的,如 S 城人对于照相的种种讲究和禁忌,上海里弄中形形色色的小吃和叫卖。也有国民共有的,如对于神鬼的尊崇,对于贞洁的坚守,对于道德风化的格外敏感。有物质形态的民俗,如牺牲、拔牙的"离骨散"、过年贴的门神、放的爆竹、送灶日卖的胶牙饧等。也有精神心理的民俗,如对尊者的讳称、传统的古训、神明的迷信、日常的禁忌等。有事项的民俗,如"溺女"风习、占卜打卦、绑票撕票、和尚的焚身、克夫女人的禳解等。也有语言的民俗,如绰号、方言、符咒、儿歌、民谣、传说、神话甚至广告、叫卖、行话、国骂的种种形态等,确乎给人万花筒般炫目和纷繁

---

① 鲁迅:《〈故事新编〉序言》,见《鲁迅全集》(第 2 卷),人民文学出版社 1981 年版,第 342 页。

的印象。而且，相较于其他作品的写作，鲁迅在杂文的写作中对于民俗文化内容的表现，明显地体现出了民俗文化存在的当下或现在属性。如天津青皮执着的讨钱方式，20 世纪 30 年代上海人的"捧戏子""白相相"、小姑娘成年女人一般的穿衣打扮方式，还有流行在各地的歌谣、俗语和民间、行业的讲究以及风习等。透过此类表现，可见鲁迅在民俗文化认识上不同寻常的现代意识，借此人们也可以了解到，因为对于传统礼教文化的否定性态度和重建国民精神的总体写作目的，对于民俗文化的表现，鲁迅虽然将其注意力更多停留在古旧习俗的揭示和批判上，但他的揭示和批判却不仅能够把古旧习俗的存在与现今人们精神形成的问题加以联系进行整体的把握，而且往往能够在一般人不以为然的地方，发现古旧民俗当下存在的种种现世相，披露新的时代条件下，民众生活中不断涌现的新的民俗文化内容或表现形式，从而以具体的事实启示或告诫人们，民俗文化事实上总是显现为民众活生生的一种当下生活，它们和人的现实行为发生着这样或那样的紧密联系。

鲁迅在杂文写作中对于民俗文化的关注，特别典型地体现于许多文章标题的拟制，如《太平歌谣》《习惯与改革》《唐朝的盯梢》《脸谱臆测》《送灶日漫笔》《忧天乳》等。这类文章，我们用不着阅读具体的内容，只看看标题，也便能够感觉到扑面而来的浓郁的民俗意味。

即便是在诗歌和学术写作这两类与世俗生活距离相对比较远的写作类型之中，因为经验深处的丰厚民俗文化积淀和思维背景中根深蒂固的民间关注意识，所以，民俗文化内容的表现，也同样显得普遍而突出。

鲁迅的诗作有新旧两类，其中新诗六首，集中写作于 1918 年，五首收于《集外集》中。六首诗，《梦》一首写做梦和梦意的昭示，显见民间说梦的民俗背景；《爱之神》借用古罗马丘比特以及施射爱箭的神话作诗中人物的叙事框架；《桃花》杂糅"桃花红，梨花白"和"桃花不如梨花白"儿歌话语，并巧借野史《开元天宝遗事·红汗》之"杨妃红"词语，打趣桃花的红颜。旧诗六十五首，人民文学出版社辑而总之，成《鲁迅诗集》一本。① 内中"附录一"之《庚子送灶即事》，直接以旧俗送灶之事为题，写灶神之卑微和祭祀之简陋；《祭书神文》则直用除夕夜兄弟祭祀书神的事情，于古习之描写中，别显鲁迅过人的识见和志趣。"附录二"之《南京歌谣》即如标题所示，仿摹歌谣俗体，其中"谒陵""静默""拳经"词语，多自民间惯用语而来；《我的失恋》一诗的写作，更是拟旧时"四愁诗"之格式，仿打油诗的诙谐幽默，在"猫头鹰""冰糖葫芦""蒙汗药""赤练蛇"等俗语俗义的频繁使用中，别见讽刺之外的风趣。其他旧体种种，如《自题小像》以西人神话之"神矢"意象喻对祖国的爱，以"血荐"之"自我牺牲"意象表对民族献身的决心，内中显见神话和祭祀民俗所构筑的特殊的文化风味；《无题》"惯于长夜过春时"之诗，借用城头变换的"大王旗"和"新鬼"词语，换人间而为鬼蜮，妙写现实统治的黑暗并抒发个人的愤怒；《无题》"血沃中原肥劲草"诗，亦用"血荐"之牺牲意象并崇陵暮鸦的"信鸟"民俗意象，写严酷环境中自然的生机并以此反衬人事和时局的混乱……种种的表现无不生动表明，虽经主体多重变形加工，但民俗文化已然化作养料，滋养也资助了鲁迅的诗歌写作。

学术研究活动并非鲁迅一生主要的工作，但是这种活动却贯穿了他的一生。鲁迅的学术活动始自于少年时代的民间古籍的搜集和抄录，1895 年前后他曾泛读《蜀碧》《鸡肋篇》并《明季稗史汇编》等野史杂说，后又在唐以前小说佚文辑录的基础上，先后辑校家乡会稽的史地佚文并它书多种（后结集为《会稽郡故书杂集》刻印出版）。1915 年始又广为搜集金石拓本，尤重汉代画像和六朝造像，并于搜集之外，别见研究兴趣。1919 年后，因为给北京大学等学校代课之故，所以注意力又集中于中国古代小说史的研究，先后有《中国小说史略》《汉文学史纲要》专著并《宋民间之所谓小说及其后来》

① 　人民文学出版社编辑部：《鲁迅诗集》，人民文学出版社 2001 年版。

《魏晋风度及文章与药及酒之关系》等文出版或发表。晚年又与郑振铎合作，编辑出版了《北平笺谱》并《十竹斋笺谱》书籍。

纵观鲁迅的学术研究活动，民间文化特别是民俗文化于其研究对象的选择并具体认知的影响，始终是十分突出的。早年的杂书野史的阅读和抄录自是不用多言，《蜀碧》《鸡肋篇》并《明季稗史汇编》等古籍中即存留了许多野风异俗材料，其后在写作之时便每每为其所用。《北平笺谱》和《十竹斋笺谱》的编辑出版，更是显见鲁迅对于笺谱制艺的规格行情等民俗文化内容的稔熟。谈及这类书的印行出版，其《〈北平笺谱〉序》一文即言："镂像于木，印之素纸，以行远而及众，盖实始于中国。……清尚朴学，兼斥纷华，而此道于是凌替。光绪初，吴友如据点石斋，为小说作绣像，以西法印行，全像之书，颇复腾踊，然绣梓遂愈少，仅在新年花纸和日用信笺中，保其残喘而已。及近年，则印绘花纸，且并为西法与俗工所夺，老鼠嫁女与静女拈花之图，皆渺不复见；信笺亦渐失旧型，复无新意，惟日趋于鄙倍。北京夙为文人所聚，颇珍楮墨，遗范未堕，尚存名笺。顾迫于时会，苓落将始，吾修好事，亦堕杞忧。于是搜索市廛，拔其尤异，各就原版，印造成书，名之曰《北平笺谱》。"① 文章于史实流变的学术梳理之中，纷然掌故、制艺、时风并文人雅好种种，严谨而外，亦现编者于民俗民间文艺的妙趣机心。

这类影响，具体于鲁迅的学术写作，可见两种基本的存在形态：其一是作为话题对象的存在。典型事例如神话的考察，《中国小说史略》第二篇即列《神话与传说》一节，《中国小说的历史变迁》又设《从神话到神仙》一讲，分别从生存的环境并国民性情特点二面，对于神话的产生、功用及其在中国文化中的表现形态进行专论。鲁迅之论，学者吴俊先生以为，不仅"蕴含着某些远为丰富的文化、民俗乃至于国民性的内涵"，而且在对这类问题的探讨中，鲁迅所表现出的

---

① 鲁迅：《〈北平笺谱〉序》，见《鲁迅全集》（第 7 卷），人民文学出版社 1981 年版，第 405 页。

"独特的文化、社会和历史的开阔视野，以及他的独特的思维方式，则显为一般学者所不及"①。其二是作为话题对象产生、流播和存活的文化或社会条件的存在。举例如北方礼仪风俗对于《诗经》产生和表达的影响（见《汉文学史纲要》第二篇《〈诗〉与〈书〉》），沅湘祭祀歌舞与屈原《九歌》作品写作的关系（见《汉文学史纲要》第四篇《屈原及宋玉》），巫风旧俗并小乘佛教的中原流行与六朝的鬼神志怪小说写作的关系［见《中国小说史略》第五篇《六朝之鬼神志怪书（上）》］，还有吃药、喝酒和谈玄说道的风尚与魏晋文人的精神风貌及其写作风格形成的关系等（见《魏晋风度及文章与药及酒之关系》），其中显见鲁迅丰厚的民俗文化知识积存和广阔的民俗文化认知视域。在此类的论述之中，民俗文化内容或以风尚流俗形态，或以规范惯例形态，或以精神信崇民间资源形态等，遍布于写作的诸多层面，扩展视域，延伸思考，印证观点，给鲁迅的学术文章的写作以极为有益的帮助和支持。

（二）多样化

普泛化之外，民俗文化内容在鲁迅写作之中的存在，还表现出了多样化的存在特征。

一如前述，在鲁迅的各类文本中，民俗文化有时是以明确、显性的形态存在的，譬如过年的"福橘"，祭祀的牛、羊、鱼等民俗之物，还有"捐门槛""吃人血馒头"等民俗事项。这类明确、显性的形象形态的存在，不仅以具体的物和事的可见形态，构成了作品中人物活动的物质条件，推动了情节或人物命运的发展，而且往往作为极富意义的文化象征符号，揭示了人物活动赖以展开的文化环境，体现出某一时代或地域所具有的浓郁而独特的文化意味。但有时——或者说更多的时候，它们却是以不太明晰的隐性的形态存在的。这类存在，形态上不如前者那么明确，不可见也难以听闻，但是其以观念或

---

① 吴俊：《鲁迅评传》，百花洲文艺出版社 1997 年版，第 93—94 页。

意识的方式，却往往更深层也更普遍地存在于人们的精神，对于人们的日常言行施之以更为细密的控制。比如人死后因为没有子嗣，所以不能享受祭祀，因而不得不成为孤魂野鬼的恐惧。这种恐惧原本是民间鬼神信崇的一种常见效应，它并没有具体的形态，但是作为一种根深蒂固的思想，它却遍存于鲁迅作品中人物的意识。阿Q因为小尼姑骂他"断子绝孙"，所以有了一夜的不眠以及其后对于吴妈的荒唐但却用意极为直接的求婚；单四嫂子和祥林嫂儿子没了之后的精神无着无落的表现，固然是天性的母子之爱所致，但也未尝不含因为失子而对将来——更多的是死后可能遭遇的担忧；即便是涓生这样已经觉醒了的人，想到子君因为没有名分的归去，死了不能进驻娘家坟地，只配享用一座无碑的野坟这件事，他还是免不了因此而深感内疚。

有时是以人的具体的行动展现的，表现为一件一件的事情，譬如长妈妈要小孩子在初一睁眼之时便先道"恭喜恭喜"，祥林嫂不愿再嫁所以轰轰烈烈地大闹婚礼，爱姑家不满夫家因此"拆灶"以示愤怒的行为，清初的剃发和民初的剪辫子，S城人的不喜照半身像而偏爱"全家福"，等等。这些民俗事项构成了人物活生生的生活内容，也为人们理解认知这些人物的生存空间和价值取向提供了极为有益的启示；有时却依赖于人物的话语进行，像歌谣、故事、戏曲、讳言、忌语、行话、土语、国骂、叫卖、绰号，等等。单是称谓，即如鲁迅引《乐府新编阳春白雪（三）》所述："江湖伴侣，旋将表德官名相体呼，声音多厮称，字样不寻俗。听我一个个细数：粜米的唤子良；卖肉的呼仲甫……开张卖饭的呼君宝；磨面登罗的叫德夫：何足云乎?!"① 真可谓五花八门。其他如小说《药》中许多貌似不经意的话，像"小栓的爹，你就去么？""得了吗？""吃了么？好了么？老栓，就是运气了你。""包好，包好！这样的趁热吃下。这样的人血馒头，什么样的痨病都包好！"以及"华大妈听到'痨病'这两个

---

① 鲁迅：《论"他妈的！"》，见《鲁迅全集》（第1卷），人民文学出版社1981年版，第233页。

字，变了一点脸色，似乎有些不高兴"之类，都活灵活现地表现出了作品中人物对于"痨病"的恐惧以及语言层面时时处处都心存的忌讳。

有时是大家普遍操持的一种讲究、习惯，像咸亨酒店中穿长衫的人一般都坐着喝酒，而穿短衫的人则须站着喝酒。虽然"我"依旧喊闰土为"闰土哥"，但长大了的闰土见了"我"却须叫老爷。鲁镇的祭祀大典女人是不能参加的，而在吉光屯，人们轻易是不出门的，若一定要出，则须看皇历，迎着喜神方走。夜晚大家都歇息时，不拘禁忌地坐在茶馆里喝茶的人，是要被大家看作是败家子的。甚至，男人三妻四妾，没什么不可以，但女人平时即不能抛头露面于公众场合，若男人死了，却须节烈，却须守道，若是逼不得已再嫁了，自然就成了为人所禁忌的人，生不得安宁，死了阎王还要把她锯开分给她的男人。这样的讲究、习惯构成了人物生存的基本环境，若是谁自觉不自觉与这些讲究、习惯冲突了，谁也就自觉不自觉地成了公众的对立面，成了国民之敌。就像祥林嫂，就像吉光屯扬言要吹熄长明灯的疯子，虽然他们本身并不想有意识地与谁为敌，但他们有意无意地触犯了众人的规矩、习惯，他们也就为众人所不容了，成了大家的敌人，必须置之死地而后快。不过相对于这种公众或环境的讲究、习惯，民俗文化内容在鲁迅的笔下更多地表现为一种个人的心理事件或意识内容。举例如《祝福》中祥林嫂"捐门槛"的事，阿Q称自己也姓赵，被小尼姑骂了"断子绝孙"后的恐惧，革命时唱的戏文，画圈时画不圆的懊恼，还有魏连殳为祖母入殓和哭丧的事，等等。对于这类民俗事项的描写，鲁迅的用心显然不在于详尽展示民俗事项本身的内涵，而在于表现人物在遭遇或者面对这些事项时复杂微妙的主体心理，并且通过这些心理的描写启示人们，民俗文化之所以对作家的写作——或者更大一点说，对于思想启蒙活动——有意义，就在于通过外在力量的强制和环境的熏染，它往往转化为一种民众个体活生生的生活事实，成为他们鲜活的心理或精神细节构成，因此借助于民众和民俗文化的关系，写作者或者启蒙者就可以真正触摸到国民灵魂之所以沉默的命脉。

鲁迅之所以如此强调民俗文化存在的精神质地，很重要的一个原因是因为他的写作就其本质而言，是一种旨在通过作品对民众进行精神改造的活动，缘此，对于民俗文化的种种存在现象，虽然他始终表现出了浓厚的关注兴趣，但是他的关注，显然和一般民俗学家的关注有着很大的不同。民俗学家的关注是一种较为纯粹的学术关注，往往以比较客观的态度，平实地描叙具体民俗事项的构成、发生以及实践操作的过程和要求等等，目的即在于介绍说明相关的情况知识，给人以认知的帮助。而鲁迅的关注，注意力更多地集中于具体民俗文化事项所承载的传统文化内容，以及这些内容是如何借助于民俗文化而对民众个体精神的形成产生作用的。

鲁迅在文章中曾多次提到过牙痛的问题。鲁迅牙不好，他想了许多的法子，尝试《验方新编》中的各种验方，相信善士的秘方，后来又正正规规地看中医，服汤药，但还是没有用，不仅没有用，而且因此还招致一个长辈的斥责，理由是自己"不自爱，所以会生这病；医生能有什么法？"牙痛和不自爱有什么关系呢？鲁迅说："我后来也看中国的医药书，忽而发现触目惊心的学说了。它说，齿是属于肾的，'牙损'的原因是'阴亏'。我这才顿然恍悟出先前的所以得到申斥的原因来。"[①] 纯粹身体的事，但是中医，或者扩大点说，形形色色的民俗文化阐释系统，却总是将这些自然的事道德化，从而在精神上给当事人以压力，制驭或者奴役人的心灵，对弱者实施精神的欺骗和虐杀。类似的事例还有很多，譬如《春末闲谈》一文所提到的细腰蜂的事，明明是被昏杀而做人家的养料，但是昏杀而为人掩饰，在民间的说法里，精神的虐杀失却其暴虐的形式却一转而成为表现了"螟蛉有子"之道德温情的典型事例；还有阿Q头上的癞疤疮、祥林嫂的丧夫、狂人的疯，等等，本来都是身体或精神的纯自然的事，但

---

①　鲁迅：《从胡须说到牙齿》，见《鲁迅全集》（第1卷），人民文学出版社1981年版，第248—249页。

是在周围人的嘲笑和个人的紧张之中，鲁迅借助此类事项的描写表现出来的内容，却显然并非一般的禁忌认知所能概括，相反，在具体事项的展开之外，他却往往将个人在民俗事项中的作为与更为广大的传统文化和道德加以连接，在个人对外在民俗规范的顺应或拒斥的反应态度之中，揭示人物精神世界真实的构成图像，从而使得这些具体的民俗事项成为写作极为有用的精神或观念材料。

因为这种精神或者观念的存在质地，所以，民俗文化在鲁迅写作中便更多体现出了一种隐性存在特征，也就是说，在鲁迅的笔下，民俗文化最为常见的形态并不表现为可以视见的物或者事项，相反却常常表现为一种心理或氛围的存在，成为一种空气一样风一样视之无形、听之不闻、触之不觉，但却又时时处处都弥漫着的存在。

即如前述的死鬼对于活人纠缠这一民俗信仰的表现。于此信仰的描写，鲁迅的笔下固然有像《女吊》《无常》之类作品的显在表现，——即死鬼为了寻求超度而寻找活人做替代的事的描写。但是，更多情况下，它们却以一种隐性的——即看不见的方式存在于鲁迅的各类写作。《故事新编》中的古今杂糅、人鬼混居的想象性描写自是不用多说，《起死》一篇，无名的汉子死而复生，由鬼及人，与活人庄周纠缠不休，又与现代巡士大打出手，即是很好的说明。即使是以写实为主的《呐喊》《彷徨》，其中于此亦多有表现。《狂人日记》中有狂人对于历史之鬼"白森森"吃人牙齿的恐惧；《阿Q正传》中有阿Q"过了二十年又是一个"的无师自通的豪言表述和小尼姑骂他"断子绝孙"后对于自己死后因无人祭祀而不得不成为孤魂野鬼的担心；《故乡》中有闰土父母因为闰土五行不全的种种操心、禳解和闰土对于神灵偶像的崇拜；《祝福》中有祥林嫂的"捐门槛"和"人死后有没有灵魂"的疑问；《在酒楼上》中吕纬甫曾经勇敢地拔掉神像的胡子，但是后来却不能不半真半假地与鬼神世界妥协，给死去的姑娘找替代送绒花，为尸体已消化不见的弟弟迁坟；《药》的结尾母亲对于儿子冤魂显灵的期待；《伤逝》中丈夫对于妻子死于娘家，死后只能享有无碑之坟礼遇的忏悔……种种描写，不一而足。

透过这些事例的描写，我们可以看到，死人的鬼魂对于现实中人的行为举止的影响，其意义远不止于民间或民众观念意识中的真的鬼神故事的种种现实比附。由于文学作品本身所具有的蕴藉属性——亦即意义再生属性，加之鲁迅写作时所具有的深远思想寄寓，因此在鲁迅的笔下，死鬼对活人的纠缠，在更为普遍的意义上，其实是作为一种隐性的象征结构而存在的。缘此，那些死鬼，往往并非实指死去之人，而多为一种虚指，其可能的内容可以引申到各种前人的经验，如历史、传统、旧俗、惯例、遗范、国粹，等等。死人对活人的纠缠，其真实的意义也便并非单指死去之人的鬼魂对于活人的骚扰（如《祝福》小说中女佣柳妈所言，因为祥林嫂先后嫁了两个男人，所以死后阎王便要将她锯开分割给两个男人。祥林嫂相信了柳妈的话，因此，她虽然还活在阳世间，但她的生活已为阴间死去的两个男人的鬼魂所深深搅扰），而更经常地用于说明传统封建礼教文化对于现实生活中中国人精神形成和影响的普泛情况。

"谈鬼物正像人间，说新典一如旧典"，或者"在死的鬼画符和鬼打墙中，展示活的人间相"，"将活的人间相，都看作了死的鬼画符和鬼打墙"①，正是借助于这样的认知，钱理群先生分析说，鲁迅不仅注意到了民间俗信中的鬼魂世界与中国人现实生活世界交叉重叠的存在属性，指出在历史的恶性循环之中，国人的"'自大'又与'好古'、'崇古'必然地联系在一起：整个民族都沉湎于'残存的旧梦'里，被祖辈几千年的'光荣'压得喘不过气来。'过去'霸占、取代一切，'只要从来如此，便是宝贝'？即使'不满于现在'，也是'神往于三百年前的太平盛世'，'活人'受着'死鬼'的牵制，'现在'和'将来'的任何新的生机都被'过去'扼杀，'过去型的时间观'、'过去式思维方式'、'过去式生活方式'形成了'过去式封闭

---

① 鲁迅：《〈何典〉题记》，见《鲁迅全集》（第 7 卷），人民文学出版社 1981 年版，第 296 页。

性内向循环',表现了一个衰老民族的虚弱和没有前途"①。并借此要求改革者对"故鬼重来"保持高度的警觉,尤其注意在人的精神领域,明显地表现出的"历史的'鬼魂'对现实的'人'的渗透、制约与影响"②,对自己进行了"一种无情的自我批判与否定:'自己却正苦于背了这些古老的鬼魂,摆脱不开,时常感到一种使人气闷的沉重'"。真诚地期望,"'古老鬼魂'对于新的现实人生的消极性影响,将因为自己这一代的自觉牺牲而结束"③。

死鬼对活人的纠缠只是民俗文化在鲁迅写作中隐性存在的一个典型的事例,但"窥一斑而知全貌",借此人们也可以清楚,民俗文化在鲁迅写作中的存在,更多表现为一种看不见的存在,体现为人物的一种意识、心理、环境氛围,或者隐性意义结构,就像《长明灯》中吉光屯的人们对于神的崇拜和禁忌。表面看起来没有什么,但是神以及神物的崇拜其实却根深蒂固地隐匿于人的意识和心理,所以,轻易不出门,走路要看喜神方,夜晚不回家的年轻人要被看成是"败家子",疯子说要吹熄神灯,他没有损害任何人的利益,但他因此却触犯了不成文的禁忌,成了大众的敌人,大家因此共谋,意欲置他于死地。

民俗文化在鲁迅笔下的这种隐性存在特征,事实上也在思路上启示我们,许多人之所以对鲁迅的写作与民俗文化关系研究的重要性不以为然,很重要的一个原因即在于他们总是自觉不自觉地将民俗文化看成是一种物象或事项的显性存在,而没有注意到鲁迅笔下民俗文化的看不见或隐性的存在,若他们意识到了这一点,并因此而转化自己的观念,那么他们自会明白民俗文化在鲁迅作品中的丰富存在以及对鲁迅写作的重要意义。

---

① 钱理群:《心灵的探寻》,河北教育出版社 2001 年版,第 4 页。
② 同上书,第 200 页。
③ 同上书,第 201 页。

二　鲁迅民俗文化表现的民俗学价值

借助于其丰富多样而又形象生动的写作实践考察，我们可以发现在如下一些话题上，鲁迅民俗文化的表现，显见出了过人的识见。

（一）对于民俗文化内涵的现代理解

民俗文化内涵的理解和阐释是作者民俗观建构和民俗关注对象确立的基础，在这一区域，鲁迅的表现和认知显现出了与当时国内流行的理解和认知的不同。

相关的文献史料显示，学术自觉意义上的中国现代民俗学的出现，大体上是"五四"前后的事。它的产生，直接的原因是当时中国学术界对于西方现代学术潮流的引进。因为同一历史时期，主导西方民俗学研究的思想主要还是英国人类学派的理念，他们目民俗为野蛮民族"文化的遗留物"，所以对民俗的研究也往往混同于文化考古学和史前人类学的方法，兴趣主要集中于"文化较低的民族"和"文明民族中无学问的阶级"生活中所残留的原始文化的遗迹。受其影响，中国学术界大多数人对民俗的看法，也便停留于"过去的遗存"的认识。举例如郑振铎和江绍原，他们当时都极感兴趣于弗雷泽的《金枝》，受其启发，二人分别写出了标示中国初期民俗学研究成果的《汤祷篇》和《发须爪》之书。客观地讲，在史料的搜集和整理上，二人都下了不少的功夫，但对于民俗的理解，他们却基本停留于将其等同于过去时代知识的考古的认知。事项研究如此，理论著述情况也大体相似，像杨成志的《民俗学问题格》（1928）、林惠祥的《民俗学》（1932）等书，对于中国民俗理论的建设，应该说，都具有开山建路的功绩，但就其理论的本质，却不脱编撰了《民俗学手册》的夏洛特·索菲亚·班恩女士认识的窠臼，以民俗为"传统的信仰、风俗、故事、歌曲和俗语"①。

　　和他们不同，鲁迅虽然也常以"旧的经验和习惯"指称民俗，但这种指称更多源自于他对民俗文化和封建传统文化之间一体化关系的指正，而在更为基本的意义上，我们可以注意到，他之所以会对民俗文化产生兴趣，并将其用之于自己的文化和社会批评，即在于通过仔细的观察和认真的思考，他发现民俗作为规范民众个体日常行为的一种生活化文化，它绝非许多人所以为然的一种过去的知识性存在，相反，它其实更是一种当下的现实性存在，是现实生活中人们活的"现世相"或"社会相"表现，是一种当下正在随时随地生动展开着的人们的现实生活。

　　鲁迅的思考首先给了他民俗存在认知上清醒的理论指导，使他对于民众的启蒙心怀了某种别人所不具有的冷静和清醒。从一般意义上讲，民俗本质上是一种"人"俗，有不同的人，自然就有不同的俗。古人有古人的民俗，时代变了，人们生活的环境和需求也变了，体现个人与他人关系的民俗文化自然也就有了新的内容，所以，今人也便有今人的民俗。即如人的生活用品和娱乐方式，古人有古人的用品和娱乐方式，建立在此基础上的物的崇拜和精神的信仰，也便自然烙记着古时代的印痕。但是时代变了，新的用品和娱乐方式涌进了我们的生活，这新的变化，用科学的眼光观视，原本是一清二楚的。只是一般的原理，在鲁迅所生活的时代却发生了种种的变异，科学是科学，而 S 城的人自有他们现实的解释和忌讳。他们先是"不甚爱照相，因为精神是要被照去的，所以运气好的时候，尤不宜照"，后来有人照了，"只是半身像是大抵避忌的，因为像腰斩"，要照也"多是全身"，"自己坐在中间，膝下排列着他的一百个儿子，一千个孙子和一万个曾孙（下略）照一张'全家福'"②。S 城民众的禁忌和讲究不

　　① 夏洛特·索菲亚·班恩：《民俗学手册》，英国民俗学会 1914 年版，第 1 页。
　　② 鲁迅：《论照相之类》，见《鲁迅全集》（第 1 卷），人民文学出版社 1981 年版，第 183—184 页。

是个案，环视四周，鲁迅注意到了随着生活的变化所出现的许多新的习俗和风尚：新衣服的选择往往会招致各种不必要的麻烦，而留什么头发则常常会引来各种各样的道德谴责甚至杀身之祸；天津"青皮"车夫有自己独特的办事规则，而上海租界的高级华人自然不乏自己高人一筹的派头……生活变化而民俗永在，这其中最让鲁迅耿耿于怀的是，那些原本属于过往时代且已经明显标示出了其腐朽和落后的民众习俗，它们却往往改头换面甚或原封不动地流行于国人的生活中，于生活的细节处规范和制约着一般民众日常的言语行为。闰土的孩子叫水生，而七斤的女儿叫六斤，不等她完全成人，在九斤老太一声接着一声的"一代不如一代"的抱怨声中，她的发型也便变了，脚也缠了，一如她的先祖们一样一瘸一拐地温驯在自家的场院上；革命后新官员依然在祭孔，而天旱了国民政府还是请喇嘛和活佛拜神求雨；更有甚者，战争来了，依然有人提倡妇女要"节烈"，而妇女解放了，女学生到公园便有人斥之为"有伤风化"。借此，他深刻地意识到，表面的反传统是容易的，但是因为旧传统依旧可以改头换面，使过去成为一种活生生的当下存在，从而以更隐蔽和巧妙的方式影响当下人的生活，所以深层的改革——也就是他意欲进行的国民思想的启蒙和改造工作，却无疑是至为艰难的。为此他禁不住常常感叹："可惜中国太难改变了，即使搬动一张桌子，改装一个火炉，几乎也要血；而且即使有了血，也未必一定能搬动，能改装。不是很大的鞭子打在背上，中国自己是不肯动弹的。"[①]

其次促使他以民俗文化为切入口，将犀利的笔锋伸向普通民众苦难而沉默的灵魂，从深层反思民族落后衰老的根由。

严格来讲，鲁迅的认知很少纯正学理意义上的自觉意识，他关于民俗现在性的思考更多来自于他对传统文化与国民精神现实存在关系的考察，是他着意于文明批判和思想启蒙的一种副产品。但是这种不

---

① 鲁迅：《娜拉走后怎样》，见《鲁迅全集》（第 1 卷），人民文学出版社 1981 年版，第 164 页。

经意却非不重要，"有心栽花花不开，无心插柳柳成荫"，鲁迅并非专业的民俗文化理解，却恰恰暗合了民俗概念认知过程中的现代思潮，给其后人们理解民俗文化的存在实质以积极的影响，使人们通过其文本的解读，得以体会到民俗原本是民众当下的一种文化生活，无论它实际发生于何时，但因为它与民众个体极为密切的现实关系，所以作为一种有价值的研究对象，它应该更多表现为一种民众文化鲜活而别有意味的当下存在。

正是因为对民俗文化存在的"现世相"或"现在相"存在形态的确认，所以鲁迅生前极其反感民俗研究中只重考据材料或完全为学术而学术的倾向。他曾写过一篇文章，名为《由中国女人的脚，推定中国人之非中庸，又由此推定孔夫子有胃病（"学匪"派考古学之一）》，专门开了具有考据癖学者们的一次玩笑，于幽默的表达之中讽刺了他们在民俗认识上观念的僵硬和陈旧。除此而外，他还写过《说胡须》和《从胡须说到牙齿》等文，将这些文章与民俗学者江绍原的大著《发须爪》比较阅读，我们亦能发现，鲁迅虽然也极为重视"查旧账""刨祖坟"，但他对民俗事项的关注，目的显然不在于进行纯学术的历史考证，相反却在于借此揭示传统文化与蛮人文化遗留之间的关系，考究中国社会之所以落后的缘故，以便进行他非常现实的文化和社会批评。

（二）对于民俗文化现实存在特征的精准把握

鲁迅有关这一话题的思考和表现主要是针对民俗文化与民众个体的关系而言的。在这一区域的思考中，通过对民俗文化于民众个体具体发生影响的途径和方式的考察、分析，鲁迅想搞清楚的问题就是：在现实的生活中，民俗文化到底是怎样对生活中的个人发生影响并进行实际规范的？

作为一种活生生表现于日常生活的民众自己的文化形式，对于民俗文化和正统经典文化相比较而言的异质性和独立性，鲁迅原本是给予了充分肯定的。在留日和"五四"初期写的一些文化批评性质的文章里，对于民俗文化作为民众形而上精神需求和精神娱乐存在的必要性，鲁迅曾表现出了相当的同情和理解。在《文化偏至论》一文中，他斥责了当时一些所谓的"志士"们目民俗文化为迷信，极力想泯灭民俗文化特别是民间文艺存在的错误认识，在对民俗文化和民众精神生活之间的关系做了深刻的分析之后，曾大声疾呼："迷信可存，伪士当去。"在《娜拉走后怎样》和《论"他妈的！"》等文之中，他更是在一些看似是陋俗的行规国骂之中，发现了一些民众心理和精神的合理甚或积极的因素。但是现实的遭遇，特别是随着个人对于中国社会和国民精神形成认识的逐渐深化，在民俗文化与官方文化相对立和抗衡的另一层面，鲁迅亦发现了在官方文化长期的干预和浸渗之下，民俗文化在不知不觉之中与官方文化同流合污的一致性或一体化特征。民俗文化存在的这一性质尤为突出地表现于鲁迅写作的20世纪二三十年代，在那一特殊的由旧至新的历史转型时期，以儒家思想为核心的传统文化经由"五四"一代文化革新者的冲击，表面看虽然已经从它此前所身处的中心位置上被赶了下来，然而这种形式层面上的名分的失去还不足以说明它的历史存在的终结，相反，借助于民俗文化的中介和桥梁推动作用，改头换面之后，它却以更为隐蔽和巧妙的方式潜伏于民众日常的言语行为，成为革新者进行现实改革的最大也最难克服的阻力。有鉴于此，鲁迅不仅于理论层面反复告诫人们，因为"有风俗和习惯的后援"，所以"体制和精神都已僵化的人民，对于极小一点的改革，也无不加以阻碍"[①]。因此，真正的革命者，"必须先知道习惯和风俗，而且有正视这些黑暗面的勇敢和毅力"，"倘不深入到民众的大层中，加以研究，解剖，分别好坏，立存废的标准，而于存于废，都慎选施行的方法，则无论怎样的改革，都将为习惯的岩石所压碎，或者只在表面上浮游一些时"[②]。而

---

① 鲁迅：《习惯与改革》，见《鲁迅全集》（第4卷），人民文学出版社1981年版，第223页。

② 同上书，第224页。

且借助于他的创作,通过形象的描述和感性的分析,在对民俗文化特征和功能的具体展示之中,寄寓了深广的文化反省意识和文化批判精神。

通过他的写作,鲁迅首先向人们揭示了民俗文化在信存一层面所具有的社会集体属性,揭示了它借助于群体成员的普遍遵从因而往往先在地成为个人存在的文化环境的具体社会功能。例如对于寡妇的禁忌,有身份的人如鲁四老爷、四婶等自然是忌讳很深的,所以即使祥林嫂捐了门槛,他们依然不许她摆放祭祖的供品和器具;没有身份的人如柳妈甚至祥林嫂本人,对于寡妇的不洁、不吉祥又何尝能够超越他们的环境。祥林嫂再婚时的寻死觅活,表面看起来似乎极像是勇敢的反抗,但究其根本,反抗的背后却是更为虔诚的遵循和不小心违反禁令之后诚惶诚恐的恐惧。没有人明确主张,但禁忌这种空气一样"视之无形,搏而不得"的存在属性,使鲁镇上的人们因此在面对祥林嫂时,没有不心存忌讳的。

民俗文化存在的这种社会集体属性,因为信存人数的众多,所以其所蕴涵的经验和规范也就产生了一种不成文的准法律效用。"人人如此",社会群体对于民俗文化的共同受持,其所导致的结果就是使得旧道德、旧思想像一座"无形的囹圄",最终将每个成员都囚禁其中。若是谁要反抗,甚至无意识地违背了,其必然引发与社会全体的对抗,下场自然也就是"社会上多数古人模模糊糊传下来的道理,实在无理可讲",但其却"能用历史和数目的力量,挤死不合意的人"①。

民俗文化在民众存信上的社会集体属性着重显示的是民俗文化的空间存在特征,除此而外,通过鲁迅关于民俗文化和民众个人关系的描绘,我们还可以看到,借助于民俗文化与民众日常生活的紧密关系,来自于传统的旧礼教旧道德,不仅在空间上不断向社会所有成员

---

① 鲁迅:《我之节烈观》,见《鲁迅全集》(第1卷),人民文学出版社1981年版,第124页。

弥散，而且在时间上也以经验和惯例的方式，通过一代一代人自发的传授和承继，对民众个体实施规范和控制。例如《故乡》一文，闰土命中五行不全，缺土，其父母深恐因此而使他性命不保，所以不仅在神面前许了愿，供了十斤清油，打制了一副银项圈戴在他的脖子上，而且还严格遵守"缺什么补什么"的巫术原则，在他的名字里嵌进一个"土"字，并以"闰"字修饰，借此苟全其性命，期望他能顺利成长。闰土父母的努力，意识深处自然不乏拳拳舐犊之情的质朴真诚，但究其实质，则不脱灵魂俯伏于鬼神迷信的愚昧。然而让人深感意外和悲哀的是，闰土父母的做法，后来又为闰土所复制。在小说的结尾，当"我"与闰土辞别的时候，闰土领来了一个叫水生的孩子，他只是脖子上没有戴银项圈（实际上只是不具备戴的条件），名字的叫法却与闰土一样，还是与五行有关。而且在"我们"让闰土挑选不能带走和变卖的遗留物时，闰土因为对于命运的迷信，所以本能性地选择香炉和烛台的举动，让我们又一次深深震撼于历史在国人生活中惊人的相似属性。

这种相似属性其实就是民俗文化存在的另一特性：历史传承性。"从来如此"或者"老祖先就是这样做的"，穿越时间的隧道，附着了残酷、虚伪和腐朽的封建道德意识的民俗文化不断的当下化表现，不仅使鲁迅深味了在中国进行改革和创新的艰难，看到因为太多的"祖传"和"古训"，一切新事物的出现即如妇女的自立和解放，"所可怕的是幸而自立之后，又转而凌虐还未自立的人，正如童养媳一做婆婆，也就像她的恶姑一样毒辣"①。而且也使他在世界历史的进化认知之外，别见历史在中国的一次次轮回。他于此轮回中感觉到了历史的沉重，感觉到了所谓的五千年的文明给中国人的生存所带来的精神负累。他曾以北京马路边的旧房子作过形象的说明：那房子初建时比马路高，但天长日久，就逐渐被尘土和垃圾所埋，不知不觉之中，

---

① 鲁迅：《寡妇主义》，见《鲁迅全集》（第1卷），人民文学出版社1981年版，第226页。

房子就矮了小了。路越来越高，在路上走的人看那房子，就像是埋人的"活人庵"。鲁迅借此也在对民俗文化的认识中获得了一种深邃的历史眼光，无论是看人还是看事，在许多别人以为是新潮或时尚的现象中，他往往能够发现新面孔下面藏掖着的旧内容，感觉到时尚的背后时时泛起的种种历史沉渣。"历史是多么的相似！""我惊异国人竟是这样健忘"，"现在的年轻人，竟如久远的古人一样苍老"，正是缘着这样的冷峻和清醒，因而无论是写现实还是历史，他的描写才总能给人振聋发聩或触及实质的深刻印象。

（三）认知民俗文化的特殊途径和方法

鲁迅在这一区域对于民俗文化的思考和表现源自于他深层的思想启蒙动机，思考和表现的焦点集中于民俗文化与民众个体主体心理之间的关系形成，主要目的就是说明民俗文化的认知如何可能这一具体的问题。

通过对现实生活中许多具体的民俗文化事项的分析，鲁迅逐步认识到，民俗文化主要是作为精神的统治术而在实际的生活中对民众个体实施其"心治"功用的，所以文化改革者只有相应地深入民众的心，对民俗文化与国民精神的关系作深层的心理把握，才能弄清楚他们灵魂之所以沉默的原因，从而从关键和要害处改造他们的精神。

无论是什么样的时代，在现实的生活中，民俗文化的存在原本不止于心理或精神一层面，——物质，事项，话语，还有更多的仪式和规范等等，真的可以说是五花八门多种多样。但是，民俗文化的复杂存在，在鲁迅却因为他本人希望通过文艺进行思想启蒙的现实动机，所以，他的思考也便相应地主要集中于心理和精神区域。

一如前述，民俗文化存在的社会集体和历史传承属性，总是使其因为惯性和数目的强势，因而成为一种先在于个体存在的不得不接受的外在强制性规范。"人人都如此"，"从来就这样"，生活在这样的圈子，个人也便不得不如此或者只能如此了。《祝福》中的祥林嫂并没有想与谁为敌，《长明灯》中的疯子也没有具体损害谁的利益，但他们一个是寡妇，嫁了两次人，两次都死了丈夫，因此是不洁不吉祥的；另一个想吹灭早就有而且一直流传下来的神灯，大家都不这样想，而他偏这样想，他与大家的不同自然也就使他成为站在大家对立面的人，所以，迫害也就自然是全体的。对于传统和群体于民众个体的这种强制性迫害所造成的生活的悲剧，在其小说和杂文的写作之中，鲁迅多所表现。"历史和传统的数目"，"众治"，"愚民的专治"还有"挤死""醉杀""异端"等等词语，称谓虽然不同，但其实质却总是惊人的相似，社会总是希望借助于历史和数目的优势，强迫一切个体成为它驯顺的奴或"人肉的筵宴"之材料。

不用说，鲁迅的认识已经很深刻了，它已经由此深入到了传统文化在现实环境中与国民精神疾病之间的紧密关系。但是，鲁迅的思考却并没有停止。除却这种强制之下的"羔羊"式的"牺牲"之外，在鲁迅大量的表述和描写之中，我们还能够看见一些有着分明的"挣扎"甚或"反抗"迹象但却终于不得不"沉默"的悲剧。祥林嫂、爱姑还有现实中更多的人，虽然实事求是地讲，她们对自己和自己所置身的社会还不可能具有明晰的自觉，但她们已产生了对于"被安排之命运"的不满，所以再嫁时她们本能地进行反抗，要走出家找个说理的地方讲述"老畜生和小畜生们"的不是；还有，更为清醒的认识者——吕纬甫、魏连殳、狂人、子君涓生，甚至和鲁迅一样的整整那一代知识分子，他们都曾经有过激烈的思想和激进的行为，拔神像的胡子，踢古久先生的陈年流水簿子，蔑视既有的规矩和礼教，高声疾呼"我是我自己的"，但是无论现实中的鲁迅们还是他们笔下的主人公们，在经历了挣扎和努力之后，他们大多却终归寂灭或顺从——候补，迁就或者"躬行自己先前所反对的"，在不知不觉之中走入自己的对立面，成为无主名的杀人团中的一员，它杀更自杀。

于此之"挣扎""反抗"以及无言的变化之中，鲁迅注意到了民俗文化实际实施其作用时的个人主体的作为：我们固然可以强调社会、历史的因素，但是说到底，民俗文化能不能在现实生活中发生其作用，这首先取决于人本身。

　　所以重要的是人，是人自己的态度。生活在"俗世"，人固然难以完全脱俗，但是一个人"俗"还是"不俗"，这其中毕竟还有着个人的选择、认同和接受，生命个体的生存悲剧的形成，应该负责任的人因此不能只是他人，还（也许首先）应该是自己。"哀其不幸"——这是因为他人，但同时"怒其不争"——因为真的更是自己，或者换种说法——"我不仅严于解剖他人，更时时解剖自己"，鲁迅的意思其实是非常清晰的，拒斥或者接受，民俗文化的实际运行总是首先取决于主体的态度，总是显现为个人一系列复杂的心理运作过程，所以，民俗文化的认知，首先应该抓住人，深入到人的深层精神或心理的分析。即如"国骂"的发生和流行，表面看，自然是一种粗俗和下作，但是通过层层的剥皮式的分析，则能够发现这表面的粗俗和下作内部，原本是隐藏着等级所造成的下等人因为专治而畸变的强烈的不满情绪的，所以，等级不除，不平不消，"国骂"亦将永久。

　　正是因为以精神或心理分析作为认知的手段，所以我们看到鲁迅在考察民俗文化和民的关系时，不仅发现了统治者"细腰蜂"捕捉食物一般对民实施"心治"手段的隐蔽和高明，发现了在传统文化的负面积累和普通民众的不觉悟之双重牵制之中，近现代中国启蒙者或知识分子于精神根底上的脆弱，以及在当时的中国进行思想启蒙的艰难和不易，从而也从另一层面深刻启示同时代以及后来的写作者和民俗研究者，民俗文化的关注不仅要注意其在社会生活中的事项积存，而且更需注重其在民之心理上的精神积存，因为只有这样，无论是写作还是研究，才可能真正深入到民众精神存在的盲视区，明晰他们灵魂之所以沉默的缘由。

　　"立人而后立国"，而人的根本在于他的精神，他的心，所以立人之关键又在于"立心"。心立而后身立，而后家国立，这样的思路可以显见中国传统"心学"思想经梁启超、章太炎等而对鲁迅治学写作的影响，但其更与鲁迅因为现实的教育（如幻灯片事件的刺激）和时代思想思潮的促动所致的以精神疗治为其手段的思想启蒙意识关系密切。因为这样的现实动机和精神取向，加之一段时间之内，通过别人的绍介以及自己对厨川白村《苦闷的象征》等书的翻译，鲁迅又确实了解了一些弗洛伊德精神分析学说的理论，所以，无论是小说散文的形象感性描绘，还是杂文评论的逻辑理性分析，面对具体民俗文化事项时以精神或心理分析为其手段，挖掘具体事项背后的深层文化心理，也便成了他有别于一般表现或研究民俗文化的作家或学者的极为重要的一个方面。

（四）　对于民俗文化与文艺关系的新颖论述

鲁迅关于这一话题的思考和表现着重于民俗文化特别是民俗民间文艺与文学的关系，其中内含了鲁迅作为一位立志于改造和重塑国民精神的现代文学工作者的职业自省，目的在于借此为建设中的中国新文学乃至整个新文艺别寻某种来自于本土的经验支持。

鲁迅在此一层面的思考散见于其关于文学史的学术论述和其他论及民间文艺的文章、序跋和信件。其具体意见的形成，有早年所接触到的民间文艺（如地方戏、窗纸、谣谚甚至俗语土话等）感性经验的滋润养育之功，但更与时代风气的熏染之下个人积极的思考密切相关。

观念认识上对于民的重视，原本是中国近代知识分子接受西方现代民主思想并为现实政治所反复教训的结果，这一认知到了"五四"前后因为时代的变化而日益普及和深入人心。其表现于文艺，首先引发的就是文学领域内人们以各种方式对"民"的文艺的重识和正名：白话的兴盛，小说和戏剧（亦即所谓的俗文学）的步入大雅之堂，《白话文学史》和《中国俗文学史》专著的出现，还有轰轰烈烈的北大"歌谣运动"和民俗资料的搜集活动，都从一个方面证明了随着"民"之地位的提高，人们对于"民"的文艺相应地也开始重视了起来。

鲁迅的写作原本是"五四"新文化运动催生下的产物，用他的话讲，就是因为希望"聊以慰藉那在寂寞里奔驰的猛士，使他不惮于前驱", 所以 "必须听将令的" "呐喊"。"将令" 们以 "科学" 和 "民主" 为旗帜, 目的就是通过各种方式——特别是文艺, 唤醒并发动民众建立一个独立富强的现代民族国家。受时代风潮的影响, 鲁迅在一系列的文学史著述里, 论及文学的生发和改变问题之时, 对于体现 "民" 之需求和精神的民俗民间文化或文艺的功用也便给予了极高的评价。在《中国小说的历史变迁》一文里, 谈及小说的起源, 他即认为 "小说起源于神话", 而神话的讲事之功, 即 "因为原始民族, 穴居野处, 见天地万物, 变化无常——如风、雨、地震等——非有人力所可捉摸抵抗, 很为惊怪, 以为必有主宰万物者在, 因之拟名为神; 并想象神的生活、动作, 如中国有盘古开天辟地之说, 这便成功了 '神话'"①。而在别一处, 面对相同的问题, 他不仅说小说之起源, "探其本根, 则亦犹他民族然, 在于神话传说", 而且以为 "故神话不特为宗教之萌芽, 美术所由起, 且实为文章之渊源"②。起源如此, 发展改变, 仔细思忖, 也往往难免假借民俗文化或文艺之力。巫风盛而六朝 "志怪之书特多"③, 传奇文可作取士之敲门砖, 唐宋 "传奇小说, 就盛极一时了"④。因缘于此, 所以, 在自己的文学史研究之中, 对于文学和民俗文化之间的关系, 鲁迅便多所强调。《魏晋风度及文章与药及酒之关系》一文, 在肯定了汉末魏初文章的风格为 "清峻通脱" 之后, 于曹操的专权党锢之外, 别于其时文人吃药饮酒的特殊习尚用力, 结果在时代文学的发展与民俗文化关系之中觅寻到了一条极富创建性的认识思路。其他学术著述, 如《汉文学史纲要》和《中国小说史略》等, 在论及一时代文学的发生发展之时, 也都轻车熟路于此道。

---

① 鲁迅:《中国小说的历史的变迁》, 见《鲁迅全集》(第 9 卷), 人民文学出版社 1981 年版, 第 302 页。

② 鲁迅:《中国小说史略》, 见《鲁迅全集》(第 9 卷), 人民文学出版社 1981 年版, 第 17 页。

③ 鲁迅:《中国小说的历史的变迁》, 见《鲁迅全集》(第 9 卷), 人民文学出版社 1981 年版, 第 307 页。

④ 同上书, 第 314 页。

　　不过，民间文化或文艺的重识和正名充其量仅为"五四"新文学工作者实现其目标的初步或基本的工作，而其深层的设想则在于借此重识和正名，在外来文学强大的影响之下，为中国新文学的发展别寻来自于本土的经验支持。正是在这种意义上，鲁迅在自己的创作理论以及实践之中，对于民俗民间文艺所可能具有的建设功用给予了积极的评价。

　　他先是正本清源，在论述文学的起源时说："我们的祖先的原始人，原是连话也不会说的，为了共同劳作，必须发表意见，才渐渐地练出复杂的声音来，假如那时大家抬木头，都觉得吃力了，其中有一个叫道'杭育杭育'，那么，这就是创作；大家也都佩服，应用的，这就等于出版；倘若用什么记号留存下来，这就是文学；他当然就是作家，也是文学家，是'杭育杭育'派"，并由此推演说我国文学史上第一部诗歌总集《国风》，"好多也是不识字的无名氏的作品，因为比较的优秀，大家口口相传的，东晋到齐陈《子夜歌》和《读曲歌》之类，唐代的《竹枝词》和《柳枝词》之类，原都是无名氏的创作"①。在此基础上，他总结道："旧文学衰退时，因为摄取民间文学或外国文学而起一个新的转变，这例子是常见于文学史上的。"外国文学对于中国新文学生发以及发展的作用，可谓众所周知，而在此之外，鲁迅又别开民间文学的方子，并在自己的写作实践中将其贯穿推广，于写作的方法技巧还有语言等方面，对民间文学多所借鉴。

　　这样的借鉴虽然还缺乏更多的理论性总结，但是它却示范了新文学在将来的发展中的一种可能的走向，在无意之中最早在民俗文艺和新文学的建设之间建立了某种联系，开拓了一种崭新的文艺民俗学方向，为其后新文学对于民间文化资源的利用提供了某种思维上的启示，所以理应引起当代民俗学者及现代文学研究者的重视。

---

　　① 鲁迅：《中国小说的历史的变迁》，见《鲁迅全集》（第9卷），人民文学出版社1981年版，第94页。

三 鲁迅民俗文化认知的理论贡献

鲁迅对于民俗文化的认识和运用，自然难以称得上成熟和系统。他生前对于民俗文化的关注，不仅极少专文进行纯粹的理论探讨，意见大都散见于各种序、跋、通信和杂感之中，感性，零碎，吉光片羽但却难以详尽，所以远非专业体系可论；而且范围也极其有限，其议论大都集中于"坏习惯"或"旧传统"之类的陋俗陈见和民俗民间文艺创作两种类型。但若不拘于理论形态的纯粹和专业，换一种态度，即以第二种态度进行考察，在鲁迅貌似感性零碎的思维认知之中，我们却能够发现他作为一个深刻而独到的思想者和写作者在对待民俗文化问题上的非常或不一般。他的思考不全面但却往往能抓住问题的要害，于别人不经意处别见深刻和独到；他的论述欠系统但却总是灵活犀利，在形象生动的描绘之中别见认知的新颖和别致。

郭沫若曾说："鲁迅先生无心作诗人，偶有所作，每臻绝唱。"（《〈鲁迅诗稿〉序》）他说的是鲁迅的写诗，说的方式因为太夸饰所以也有做戏之嫌。但是他的话在夸饰之外却自有它的道理，由于识见、修养和经历，因此鲁迅所做的许多事，如文学史研究、翻译、编辑还有书法等等，虽然算不上尽心全力，但是却往往能另辟蹊径，见人之未见，发人所未发，自成一家格局。

他的民俗文化思考和表现大体也是这样，虽然以专业眼光要求，免不了有这样那样的缺陷，但是瑕不掩瑜，形式上的缺陷并不能掩盖他的认知在实质上的独异和光彩。综而论之，他的贡献主要集中于如下几个方面：

（一）民俗文化观照时表现出的鲜明的当下属性

立足于现实，"为人生，并且改良这人生"，是鲁迅一生社会活动的根本宗旨。为此大的人生目的所驱使，所以他反"复古"，反"闲适"和"为艺术而艺术"，也拒绝闭上眼为人们预约未来的"黄金世界"，在"瞒和骗"中制造各种逃避现实的路径。他这样做的目的只有一个，那就是无论一个人具体做什么，——研究古来的传统还是介绍外来的经验，因为国家、民族迫切的现实生存危机，所以真正有意义的工作，便必然是能够直面现实，切合现实的问题，从现实出发并且最终服务于现实的工作。

"现在是多么迫切的时候，作者的任务，是对于有害的事物，立刻给予反响和抗争，是感应的神经，是攻守的手足。潜心于他的鸿篇巨制，为未来的文化设想，固然是很好的，但为现在抗争，却也正是为现在和未来的战斗的作者，因为失掉了现在，也就没有了将来。"① 这虽然是为他的杂文的写作所做的辩解，但是其思考又绝对不仅仅局限于杂文的写作，做事而有益于现实，这原本就是他一贯的思路。受这一思路的影响，他在对民俗文化进行关照和思考之时，便不仅十分注意挖掘和考察现实生活中各种活的"世态相"，分析各种"坏经验"和"旧传统"在新的形势下如何改头换面，依旧对一般人的精神进行腐蚀，探讨国民个体在现实环境之中主体觉醒和意识独立的困难性。而且坚决反对对民俗文化进行纯学术的"文化考古"或"知识考据"，反对当时中国的一些学者将民俗文化看成是"过去时代的遗留物"之后所进行的僵硬无益的研究。当时一些学者将神话历史化，研究远古神话，推出了"禹是条虫""是条鱼"的奇谈怪论，对此类的神话研究鲁迅很不以为然，仿其作为，他便写了一篇《由中国女人的脚，推定中国人之非中庸，又由此推定孔夫子有胃病（"学匪"派考古学之一）》的长文章，以生动的形式和机智的表达戏谑了考据派死做学问的不可取。很显然，鲁迅对于民俗文化的关注兴趣，原因即在于民俗文化于现实人生考察和国民精神建设所具有的重要功用，所以，民俗文化的关注其实也就是他现实文化思考的一种构成，他考察和利用它的目的，即在于借此真正深入民众的心，从思想的根

---

① 鲁迅：《〈且介亭杂文〉序言》，见《鲁迅全集》（第 6 卷），人民文学出版社 1981 年版，第 3 页。

本和关键处，了解并重建国民的精神，使其能够在积极的反省之中自觉人格健全的必要。

（二）民俗文化认知时显现出的"可分性"辩证态度

　　民俗文化的存在原本就是非常复杂的，特别是在时间漫长的推移演变过程之中，民俗文化在承继流播之时，常常会和其他文化纠缠夹裹，所以它现实的功用确实是非常难以用简单的好坏去轻易区分的。意识到了民俗文化存在的这种属性，加之内心深处一贯的不盲从、不妄断的思维特点，所以在公论之外，鲁迅往往能够大胆怀疑、批判，以"推背"之法从别人不经意处甚至别人立论的反面别寻事物的意义和价值。

　　区别于一般人攻其一端的简单归类处理方式，首先，通过认真细致的分析和比较考察，他能够依据具体民俗事项在生活中的现实功效，将民俗文化以陋俗和良俗加以具体区分。他以为以"坏经验""旧习惯""祖传的老例"等为代表的陋俗，固然饱浸了封建礼教的毒素，是业已僵死的封建文化的根基和土壤，因此现实的文化改革，若不对它们仔细分析，慎重对待，则一切改革便免不了"如沙上建塔，顷刻倒坏"。但与此同时，他并没有因此以为一切民俗都是陋俗，相反，从精神需求和人的心理的健康发展的关系出发，他不仅肯定了节日、赛神报会等民间民俗活动的必要，以为它们具有调节民众身心，使其"精神体质，两愉悦也"① 的功用，是民众精神生活一种必要的缓冲和补氧，并因此对于所谓志士借口"迷信"而企图取消它们的做法深表不满，以为"农人之慰，而志士犯之，则志士之祸，烈于暴主远矣"②。更为可贵的是，对于一些明显的或整体上大家都予以否定的民俗事项，如民间的崇神拜神活动，运命观乃至现实生活中

――――――――――

　　①　鲁迅：《破恶声论》，见《鲁迅全集》（第 8 卷），人民文学出版社 1981 年版，第 29 页。

　　②　同上书，第 30 页。

各种人的讲究规矩等，鲁迅往往能够具体问题具体分析，从中清理出民性深处的合理成分或潜在的良性因子，给其以特别的强调和说明。

其次，根据新文学建设的需要，他又在价值的认定上，能够将以"坏经验""旧习惯"为代表的民俗文化与民俗民间文艺加以区别，从而于不同的角度，给予它们不同的对待态度。

通过对民俗文化在现实生活中的实际表现的仔细观察和认真思考，鲁迅意识到了由于民众主体的缺乏自觉，因此在封建统治者长期的思想禁锢和控制之下，民俗文化和封建正统文化同流合污的一体化属性，缘此之故，很多情况下，他便将民俗文化归结到传统文化之中，并因其与主流传统文化相比较，对于民众精神更为紧密、隐蔽和巧妙的控制属性，所以给其以异乎寻常的批判。但是内容是内容，形式是形式，在剥离了一般民俗文化事项身上所附着的传统思想和意识之后，着眼于民俗文化表达的形式和手段，亦即民俗民间文艺的艺术表现之时，受早年民间戏曲感性经验的影响，特别是将其与本质上业已腐朽了的文人写作进行对比，筹谋为新文学的建设在外来经验之外别寻来自于本土的支持之时，鲁迅便敏锐地意识到了民俗民间文艺所具有的特殊的意义和价值。由此，他不仅在自己的写作实践中对民俗民间文艺惯常使用的一些表现手段和方式——如白描、炼话、民谣、儿歌等——多所借鉴，而且进一步将他的认识贯穿于他的文学史研究和有关新文学建设的言论主张之中，给他人的思考以实际的启示。

总之，鲁迅关于民俗文化的论述，虽然远远没有达到系统、精致的理论建构要求，但是由于他的认知总是以他的创作经验的支持为基础，又在总体上切实地推动和促进了他的写作实践，所以，和一般的民俗文化学者的理论相比较，它们因此又具有了极为难得的理论的鲜活属性。真实的情况也许的确如他的弟子冯雪峰所言，鲁迅并不是"要创造一个思想系统或一个主义"，"在他那里，一切新的和好的思想，一切真理，不是要拿来砌造自己的学说，而是要用真理之光，来照彻现实和前进的道路，要把一切新的和好的思想用到现实的战斗上去。他不是像一个理论家似的常注意到逻辑的完整性，而是更多地注

意实际的用处和更多地受事实的教训所影响"①。"注意实际的用处",
或如学者程金城先生所言:"他(指鲁迅,作者注)没有去有意识地
创建自己的思想体系,但在他的文学活动和创作中,处处闪耀着新的
思想光辉。"② 这是鲁迅一切思想的特点,他对于民俗文化的认识也
是这样。因为这一点,所以他关于民俗文化的认识——亦即我们说的
民俗观,虽然在形式上显现出这样那样的缺陷,然而究其实质,它却
是活的,却是因为其中蕴藏着来自于生活的真知灼见而具有勃勃的生
命力的,所以,即使到了今天,他的话还是不断地给予我们这样那样
的启示。

---

① 冯雪峰:《回忆鲁迅》,人民文学出版社 1981 年版,第 33 页。
② 吴小美、赵学勇:《中国现当代作家作品研究》,兰州大学出版社 2006 年版,第 7
页。

第六章　鲁迅创作民俗文化表现的
文学价值

鲁迅并非纯然的民俗学家，他对于民俗文化的兴趣，更多是他作为一个具有启蒙情怀的创作者的兴趣，因此他笔下对于民俗文化的表现，文学的意义也便远远大于民俗学的意义。

这种情况凸显了文学性考察对于鲁迅民俗文化表现价值关注的重要性，而且也充分说明了鲁迅民俗文化表现文学价值的考察作为一个学术话题的可行性和必要性。然而，令人遗憾的是，在目前可见的资料中，学术界对鲁迅民俗文化表现价值话题的研究，兴趣显然较多集中于民俗学或更大的文化批判一域，而对于鲁迅作为一个作家，他对于民俗文化的表现的文学家之考察则显然重视不够。

缘此，在揭示了民俗文化表现所具有的民俗学价值之后，本章我们主要立足于文艺学视域，从文学一纬度，正面描述鲁迅民俗文化表现所具有的文学价值。

一　鲁迅创作所内含的两种民俗文化评判态度

在谈到鲁迅作为一位优秀的作家的思维特点时，张定璜先生曾有过一段广为他人所知的名言："我们知道他有三个特色，那也是老于手术富于经验的医生的特色，第一个，冷静，第二个，还是冷静，第三个，还是冷静。"① 这三个"冷静"，尽管因其表达的夸饰，鲁迅本人并不认同，但是换个角度看，它们却自有其准确深刻的一面，它们从一个面向清晰地说明了鲁迅创作的理性或者智性特色。也正是为着这一点，所以，在谈论民俗文化对于鲁迅创作的文学价值之时，我们便有必要首先弄清楚，在文学一途，作为作家的鲁迅到底是怎样具体看待民俗文化的？

　　作为作家的鲁迅，对于民俗文化，他的思考和表现较为集中于如下两个基本的层面：

（一）批判一面

　　由于民众文化超稳定的存在形态、科学意识的普遍缺乏，以及正统文化长期的浸润、利用，因此，民俗文化作为实际支配和控制民众生活的一种文化形态，它不仅成为原始、蛮性文化的一种遗留，因其鲜明的滞后性促使民众蒙昧于世界的发展，对现代文化产生种种的抵触和排斥；而且也表现出了与封建正统文化高度一体化或同一性特征，成为它们对民众实施精神控制和支配的中介、桥梁和手段。在中国社会经由古代而至现代的近代化过程中，在封建统治因政治的革命而从统治地位上被赶下台之后，民俗文化更是成为统治者意识的现实载体和实际的执行者，隐蔽而巧妙地对民众的精神和心理进行控制。

　　鲁迅于这一层面的思考所显示的是他作为一个思想者或者具有鲜明启蒙意识的现代写作者，在观照和运用民俗文化内容时所具有的独特认知。在这一视域，鲁迅目其写作为思想改革和精神疗治的手段，《〈呐喊〉自序》有言说："所以我们的第一要著，是在改变他们的精神，而善于改变精神的，我那时以为当然要推文艺，于是想提倡文艺运动了。"② 虽然其后有过改变，失望于当时中国社会以及文艺的种

---

① 张定璜：《鲁迅先生》，见《现代评论》第 1 卷第 7、8 期，1925 年 1 月 24、31 日。
② 鲁迅：《〈呐喊〉自序》，见《鲁迅全集》（第 1 卷），人民文学出版社 1981 年版，第 417 页。

种表现，伴随时代的发展，他对自己初始进行文学活动的想法做过种种调整，但是调整归调整，总体而言，因为难以去除的启蒙情怀和社会责任感，所以，终其一生，他并不特别在乎自己能否被别人看成为作家或归置到某个文学圈子。1933 年 3 月 22 日，在《英译本〈短篇小说选集〉自序》一文的写作里，他不仅复述了早年的文学主张，介绍说"偶然得到一个可写文章的机会，我便将上流社会的堕落和下层社会的不幸，陆续用短篇小说的形式发表出来了。原意其实只不过想将这示给读者，提出一些问题而已，并不是为了当时的文学家之所谓艺术"，而且特别说明，虽然"我也久没有做短篇小说了。现在的人民更加困苦，我的意思也和以前有些不同，又看见新的文学的潮流"，但是"我正爬着。但我想再写下去，站起来"①。话末语端，回顾其创作历程，想法在变，文学形式的选择更是别有属意，但是，万变不离其宗，语言上诸般的回避婉转，掩不了盖不住的却依旧是那一份浓浓的天下情怀或那一种主动的社会承担和人民关注。

　　为这样的认知视域所潜在规范，所以鲁迅写作对于民俗文化的表现，在意义价值的追寻一端，便表现出了鲜明的文化批判意味。无论是杂文中对于其作为蛮性文化或传统构成的国民精神负累作用的揭示，还是小说中对于其作为封建礼教文化对民众精神实施控制和腐蚀的中介或手段属性的强调，鲁迅的写作都以其极富个性的方式，为人们认知民俗文化与国民性格构成之间的关系，以及由此而致的一代中国知识分子耿耿于怀的精神启蒙问题提供了一种切实而且有效的途径。他曾讲，真正的革命者，"必须先知道习惯和风俗，而且有正视这些黑暗面的勇敢和毅力"，"倘不深入到民众的大层中，加以研究，解剖，分别好坏，立存废的标准，而于存于废，都慎选施行的方法，则无论怎样的改革，都将为习惯的岩石所压碎，或者只在表面上浮游

---

　　① 鲁迅：《英译本〈短篇小说选集〉自序》，见《鲁迅全集》（第 7 卷），人民文学出版社 1981 年版，第 389—390 页。

一些时"①。他的话称得上是一种"诛心之论"，联系他所描绘的种种小说人物的言行状貌，如孔乙己的不肯脱下长衫，陈士成的白光之梦，闰土一家代代相传的鬼神信仰，七斤一家的一代不如一代，阿Q的无师自通，祥林嫂的他杀和自杀，爱姑的没有意义的反抗，狂人的孤独和清醒，魏连殳、吕纬甫、子君、涓生们的追求和放弃等，还有那些反复使用的比喻化、个性化词语：铁屋子，无声的中国，埋人庵，软刀子，无物之阵，酱缸和挤杀，窒息，醉杀，捧杀，心治等，自然可知这些话不仅深入到了民众精神存在的内部，揭示出了社会改革的关键和要害，而且也为后来的写作者指出了一条路：从风俗习惯——也就是广义上的民俗——而至民众生活——再至民众精神存在的实质。顺着这样的思路，鲁迅作品中的民俗文化表现，其所可能产生的意义和价值，自然也就不会仅仅是纯文学或审美一面的了，它的文学价值，首先就在于它们表达的高度及物性，换种说法，也就是人们常言的"思想性"。思想给了鲁迅文字的质感，许多人喜欢看鲁迅的作品，深层分析，吸引力往往即来自于深刻思想的启迪。

（二）肯定一面

民俗文化是民众自己创造、使用，并且用于表达、体现其精神需求的一种文化形态，是一种与官们的体制文化和士们的精英文化本质上存有许多差异的文化。这种差异，一方面在文化的根性上使其具有了鲜明的原生特征，其功用即如学者陈勤建先生所言："现代民俗学认为，以传承性生活文化为主的民俗，是一国一民族固有的本质文化。""它以通行的行事方式、思考原型、物态样式代代相传，构成了民族共同文化和共同心理的基础，体现为民族群体最为深层的固有文化。从而也成为衡量和识别民族或族群的重要标识。"② 也就是说，

---

① 鲁迅：《习惯与改革》，见《鲁迅全集》（第4卷），人民文学出版社1981年版，第224页。

② 陈勤建：《民俗视野：中日文化的融合和冲突·导言》，华东师范大学出版社2005年版，第1页。

它是一民族基础和根本的文化，是民族文化发展和繁荣的土壤或资源性存在，从根本上制约也影响着民族文化的成色以及各种新情况中的变异和走向。另一方面，也使其在民俗文化的构成中具有了某种异质性，与高度政治化的官的文化和随着不断的成熟精致而逐渐繁饰虚假的文人文化产生距离，并因其鲜明的生活化和大众化特征，成为与主流正统文化不同甚至对立的一种存在，反过来对以官文化和士文化为代表的主流正统文化不断进行冲击和反抗，在民族文化的革新和重建之中，显现出一种推动民族文化不断完善、变革的动力或促进作用。

因为这种缘故，鲁迅对于民俗文化的态度也便不止或者说不仅于这种批判，批判之外，以同情和理解的眼光做别样的考察，特别是在西方影响之外，别寻中国文化和文学得以发展的自身动力和本土养料的时候，鲁迅便注意到了民俗文化特别是民俗民间文艺所具有的正面的价值或者积极的建设功用。

这一视域认知的形成，首先和鲁迅的生活经历以及由此而积存的感性经验密切相关。祭祖、赛会、迎神、扮鬼或者无常、女吊等等，"我那时觉得这些都是有光荣的事业，与闻其事的即是大有运气的人"①；"我至今还确凿记得，在故乡时候，和'下等人'一同，常常这样高兴地正视过这鬼而人，理而情，可怖而可爱的无常；而且欣赏她脸上的哭或笑，口头的硬语与诙谐……"② "单就文艺而言，他们就在戏剧上创造了一个带复仇性的，比别的一切鬼魂更美，更强的鬼魂。"③ 话语中显见民间文艺对于他的好印象，这种印象扩展升华，当他以理性的目光审视民俗文化——主要是它的活动展开与民众心理特别是用以表现这种活动的民间文艺与民众精神需求的关系之时，他

---

① 鲁迅：《五猖会》，见《鲁迅全集》（第2卷），人民文学出版社1981年版，第262页。

② 鲁迅：《无常》，见《鲁迅全集》（第2卷），人民文学出版社1981年版，第272页。

③ 鲁迅：《女吊》，见《鲁迅全集》（第6卷），人民文学出版社1981年版，第614页。

便不仅发现了民俗民间文艺活动的进行，对于备受艰辛劳作折磨的底层民众所具有的心理释放和精神娱乐的作用，以为它们本质上是民众日常艰辛生活的一种补充，参与并享受这类活动是其精神"上征"的一种表现，所以当所谓的"志士"借口迷信，欲以取缔之时，鲁迅便深表其不满，极为激烈地痛斥说："农人之慰，而志士犯之，则志士之祸，烈于暴主远矣"①；而且也从中发现了其对于新文艺建设和作家写作所可能具有的多方面的借鉴作用，——"旧文学衰退时，因为摄取民间文学或外国文学而起一个新的变化，这例子是常见于文学史上的"②，或者"中国旧戏上，没有背景，而新年卖给孩子看的花纸上，只有主要的几个人（但现在的花纸上却多有背景了），我深信对于我的目的，这方法是适宜的，所以我不去描写风月，对话也绝不说到一大篇"③。鲁迅的意见极为鲜明地表明了他在自己的创作以及更大的中国文学的革新建设工作中对于民俗民间文艺价值的认可。

上述二面，各有其理路，但视角是全然不同的，分述自然难免矛盾、冲突，但是若整合起来作整体观，取过表面的矛盾、冲突，则可见鲁迅在思维上一贯的全面或辩证看待事物的特点。"倘要论文，最好是顾及全篇，并且顾及全人，以及他所处的社会状态，这才较为确凿"④，或者"人而没有'坚信'，狐狐疑疑，也许并不是好事，因为这也就是所谓'无特操'。但我以为信运命的中国人而又相信运命可以转移，却是值得乐观的"⑤。不同的表达，谈论的也不是同一的事体，但是立足于不同的视角，对同一对象作好坏两方面不同然而却又

① 《破恶声论》，见《鲁迅全集》（第 8 卷），人民文学出版社 1981 年版，第 30 页。
② 鲁迅：《门外文谈》，见《鲁迅全集》（第 6 卷），人民文学出版社 1981 年版，第 95 页。
③ 鲁迅：《作文秘诀》，见《鲁迅全集》（第 4 卷），人民文学出版社 1981 年版，第 614 页。
④ 鲁迅：《"题未定"草（六至九）》，见《鲁迅全集》（第 6 卷），人民文学出版社 1981 年版，第 430 页。
⑤ 鲁迅：《运命》，见《鲁迅全集》（第 4 卷），人民文学出版社 1981 年版，第 131 页。

同时互补的观照，鲁迅的思维借此也便别显灵动、辩证的智慧。

鲁迅创作对于民俗文化的表现即是这种智慧的特殊运用。新文学甚至整个现代民族国家的建设，本来就不是一件轻而易举的事情，——它既要清除旧的负累，所以要批判，要揭示已有传统的僵硬和腐朽，从而便于参与者轻装上阵，真正接受外来的新东西，在没有束缚和牵制的轻松心态中进行创造；同时也要进行新的建设，利用历史的经验，在既有的资源中寻找新的生长点，培育适合于民族土壤自身特点的花苗。联系到中国近现代历史中非常鲜明的西方影响背景，后一点应该说更为重要。中国的现代文化也罢，新文学也罢，其发生并发展更多的是对于西方经验的模仿和参照，所以，如何在坚持对西方学习的同时，也能更为积极地寻求来自于中国本土的经验支援，从而发展中国自己的现代文化自然包括文学，也便成了中国现代文化和新文学建设工作中的极重要的问题。正是在这个问题上，鲁迅对于民俗文化价值的思考以及实践工作，显现出了超越其本身范畴的多样而又复杂的意义。

二　鲁迅民俗文化表现的文学价值

回归鲁迅创作实际，吸收他人已有的研究成果，立足于文艺学视角对文本作细致的分析，我们可以发现鲁迅民俗文化表现的文学意义，或者换种说法，民俗文化在鲁迅创作一面对于鲁迅所体现出的价值，主要有如下几种表现：

（一）国民魂灵呈现的写作示范

中国文学自觉意义上对于民众的重视，起自于近代知识分子所发起的启蒙运动。戊戌变法失败之后，意识到民众参与社会改革的必要性，梁启超等人早就有过"新民""兴民权"等主张。这些主张至"五四"运动而成为一种通识，陈独秀在其宣告新文学成立的纲领性文件《文学革命论》里即倡言"文学革命"的目标，首先就是"推倒雕琢的阿谀的贵族文学，建设平易的抒情的平民文学"。陈独秀的观点在当时一代文化先驱者之中引起了广泛而热烈的反响，周作人后来就专门写了一篇名为《平民的文学》的文章，从当时甚为流行的普遍的人道主义立场出发，界定了新文学为民众服务的属性。

先驱者们的理论主张引发了广泛的社会效应，也促使了中国文学整体上从原先的"向上看"到"向下看"的转换，受其影响，社会底层民众生活的反映一时间也便成了"五四"作家们极为时髦而且公共的话题。然而，就在大家纷纷以人力车夫、卖菜卖布小贩、农夫、洗衣妇甚至妓女、小偷、流浪汉为写作对象时，鲁迅却一开始便希望自己的写作能够"画出这样沉默的国民的魂灵来"，虽然这很难，但他强调，"我也只得依了自己的觉察，孤寂地姑且将这些写出，作为在我的眼里所经过的中国的人生"①。

他所指示的是一条极为艰辛但却正确的路，但是，民众已经为长久的压制所麻木，已然失去了开口表达自己的能力，所以，走这条路，问题的关键便是写作者如何才能通过有效的途径触摸并真正表现出民众沉默的魂灵？

途径可能不止一条，然而鲁迅的意见却是："现在已不是在书斋中，捧书本高谈宗教，法律，文艺，美术……等等的时候了，即使要谈这些，也必须先知道习惯和风俗，而且有正视这些的黑暗面的勇猛和毅力。因为倘不看清，就无从改革。仅大叫未来的光明，其实是欺骗怠慢的自己和怠慢的听众的。"②　"习惯和风俗"，也就是民俗，鲁迅的意思即在于说明，因为凝结了太多的挫折和经验的缘故，所以这些东西才是日常生活之中真正影响和支配民众的关键性的东西，是国民灵魂之所以如此沉默的关键。"谚语固然好像一时代一国民的意思

---

① 鲁迅：《俄文译本〈阿Q正传〉序及著者自序传略》，见《鲁迅全集》（第7卷），人民文学出版社1981年版，第82页。

② 鲁迅：《习惯与改革》，见《鲁迅全集》（第4卷），人民文学出版社1981年版，第224页。

的结晶"①；而照相之时，"男人扮女人了，因为从两性看，都近于异性，男人看见'扮女人'，女人看见'男人扮'，所以也就永远挂在照相馆的玻璃窗里，挂在国民的心中"②。无论是旧语还是流风，民众创造了形式不一的民俗文化形态，反过来，形式不一的民俗文化形态，也就自然成为民众精神和心理存在的载体，成为写作者认知并表现民众精神和心理的可能途径。

　　鲁迅的写作即其思考的一种具体表现，在"国骂"之中揭示下等人被压抑的不满之情，在节烈观念中发现中国文化的男权本质；通过命运的可以禳解凸显出了中国人精神深处的特点，但也同时说明了国民性格的乐观，而阴阳合历的使用则从本质上透露了在旧习惯和风俗的深层牵制之下，现实改革的不易和艰难；迎神赛会就像是乡民精神的发泄和狂欢，而社戏中女吊形象的塑造则最典型地体现了越人可贵的"复仇"精神；华老栓一家买、吃人血馒头的事情让人们心寒于中国民众普遍而透彻骨髓的愚昧和启蒙者与被启蒙者之间可怕的隔膜，而祥林嫂捐门槛的事情让我们痛感到死人的鬼魂对于活人生活的控制，以及在礼教和神鬼文化的多重驾驭之下，中国妇女从他杀到自杀的悲剧生命历程；即使是《阿Q正传》中对阿Q因为自己头上的癞疮疤而忌讳说"光"说"亮"这样的小事的描绘，我们从中也能体会到民众精神上的孱弱以及由此而形成的心理上的欺人与自欺；即使是《故乡》中对经闰土的口而提及的浙江沿海一带孩子们玩的、被称作"观音手""鬼见怕"的贝壳玩具的轻描淡写的一笔，也从一个不经意的层面含蓄而又巧妙地说明了神鬼世界对于人们生活的日常化、细节化渗透特征，生存于这样的世界，我们还可能希望闰土对命运有所反抗或自省吗？杭州西湖的雷峰塔倒了，人们在"西湖十景这下缺了一景"的感叹中还会重修，七斤家的碗破了十八个铜钉还可以

---

　　① 鲁迅：《谚语》，见《鲁迅全集》（第4卷），人民文学出版社1981年版，第542页。

　　② 鲁迅：《论照相之类》，见《鲁迅全集》（第1卷），人民文学出版社1981年版，第187页。

将它再钉好，老例的修补，废墟上的重建，鲁迅如椽的巨笔就这样通过民俗生活内容的巧妙表现，将读者的思考引向了旧与新、改革与复古、启蒙与被启蒙等等民族文化反省和重建的重要区域，并因其"'表现的深切和格式的特别'，颇激动了一部分青年读者的心"①，给后来许多中国作家的写作一种特别的示范：民俗，是民众日常但却极富意味的一种文化生活，借此，在民俗文化与国民精神形成的互动关系考察中，创作者即能够巧妙而生动地揭示民众生活的精神世界，真正写出国民的灵魂，使新文学也实现"表现的深切"，加强表现的力度。

对于鲁迅写作上的民俗表现取向以及表现所产生的示范意义，一位外国朋友曾有过很肯綮的评论。1925 年 6 月 16 日，鲁迅作品的第一位俄文翻译者王希礼在给鲁迅的朋友曹靖华的信中写道：

> 我从前在俄国大学所研究的中国文学，差不多都是古文，描写什么贵族的特殊阶级的生活，对于民众丝毫没有关系；我读了以后，对于中国的国民生活和社会的心灵，还是一点不知道！我现在在中国的新的作品里边，读了鲁迅先生的《呐喊》以后，我很佩服你们中国的这一位很大的真诚的"国民作家"！他是社会心灵的照相师，是民众生活的记录者。
>
> 他的取材——事实都很平常，都是从前的作家所不注意的，待到他描写出来，却十分的深刻生动，一个个人物的个性都活跃在纸上了！他写得又非常诙谐，可是那般痛的泪，已经在那纸的背后透过来了！他不只是一个中国的作家，他是一个世界的作家。②

---

① 鲁迅：《〈中国新文学大系〉小说二集序》，见《鲁迅全集》（第 6 卷），人民文学出版社 1981 年版，第 238 页。

② 王希礼：《一个俄国文学者对于〈呐喊〉的观察》，见《京报副刊·民众文艺》1925 年 6 月 16 日。

（二）貌似无事的悲剧形式发现

鲁迅的创作多悲剧的表现。小说自不用说，在《英译本〈短篇小说选集〉自序》一文中他即明言，说自己短篇小说的写作，就是希望将"上流社会的堕落和下层社会的不幸"展示给读者，而这"上流社会的堕落"和"下层社会的不幸"，照其关于悲剧的名论——所谓悲剧，就是"将人生的有价值的东西毁灭给人看"① ——观之，其实也都是有价值的东西的毁灭。所以写苦女人走投无路，死也不得宽恕的《祝福》也罢，写革命者英勇就义却只能做无知的华老栓给儿子治病的人血馒头的原料，而且华老栓一家的担忧也仅是茶馆中茶客们热热闹闹谈话的谈资的《药》也罢，甚至写阿Q滑稽而又可怜的《阿Q正传》，写爱姑泼辣而又愚妄的《离婚》等等，也便莫不都是一个个不幸生命的悲剧故事写照。即便是杂文的写作，他也往往能够在历史的洞察和现实社会的分析中，发现种种国人生存的悲剧真相。五千年的中国历史，本就是阔人如何享用穷人的血肉所造就的"人肉的筵宴"的历史，古书中记载的殉葬，剥皮，溺水，节烈等等，现实社会时时都在发生的暗杀，哄骗，背叛，凌辱，反抗的无望，精神的隔离和无声的承受，默默地枯黄并死亡等等，太多的不幸，鲁迅因此这样给别人绍介现实的中国——"劳苦大众历来只被最剧烈的压迫和榨取，连识字教育的布施也得不到，惟有默默地身受着宰割和灭亡"②，"我们人人之间各有一道高墙，将各个分离，使大家的心无从相印。……其名目虽然不用了，但那鬼魂却依然存在，并且，变本加厉，连一个人的身体也有了等差，使手对于足也不免视为下等的异类。造化生人，已经非常巧妙，使一个人不会感到别人的肉体上的痛苦了，我们的圣人和圣人之徒却又补了造化之缺，并且使人们不再会

---

① 鲁迅：《再论雷峰塔的倒掉》，见《鲁迅全集》（第1卷），人民文学出版社1981年版，第192—193页。

② 鲁迅：《中国无产阶级革命文学和前驱的血》，见《鲁迅全集》（第4卷），人民文学出版社1981年版，第282页。

感到别人精神上的痛苦"①。

　　不过需要说明的是，鲁迅写作中的悲剧表现，与人们所习惯的西方文学中的悲剧表现是存在着很大的不同的。西方主流传统对于悲剧的理解有着极为丰富的内涵，但概括起来，如下两个基本点却是比较分明的：一、悲剧多是表现英雄或高尚人物的，即如亚里士多德所言"悲剧是对优秀人物的摹仿"或"对于比一般好的人的摹仿"（《诗学》）；二、悲剧人物与命运或者人物与人物之间有着强烈的冲突性，冲突性是悲剧故事发生的关键性要素。和这种认识不同，鲁迅所认可的悲剧却是一些他名之为"几乎无事的悲剧"："这些极平常的，或者简直近于没有事情的悲剧，正如无声的言语一样，非由诗人画出它的形象来，是很不容易觉察的。然而人们灭亡于英雄的特别的悲剧者少，消磨于极平常的，或者简直近于没有事情的悲剧者却多。"② 他的话含着这样几层意思：首先，这种悲剧不是"英雄的悲剧"，而是"极平常的，或者简直近于没有事情的悲剧"；其次，它们的发生很少有剧烈的外在冲突，"几乎无事"，或者"正如无声的语言"；其三，正因为"几乎无事"或者"无声"，所以，也便"很不容易觉察"，"非有诗人画出它的形象。"

　　这是一些新颖而且带有某种颠覆性意味的观念，考察这种观念的形成，鲁迅对于中国古代优秀的文学创作和西方近现代悲剧认知以及创作变化的深刻体认自然是不能不提及的因素。谈到我国优秀的古典小说《红楼梦》的写作时，鲁迅就曾说："《红楼梦》中的小悲剧，是社会上常有的事，作者又是比较的敢于实写的，而那结果也并不坏。"③ 而在他常常论及的作家果戈理、契诃夫、阿尔志跋绥夫、安

---

①　鲁迅：《俄文译本〈阿 Q 正传〉序及著者自序传略》，见《鲁迅全集》（第 7 卷），人民文学出版社 1981 年版，第 81 页。

②　鲁迅：《几乎无事的悲剧》，见《鲁迅全集》（第 6 卷），人民文学出版社 1981 年版，第 371 页。

③　鲁迅：《论睁了眼看》，见《鲁迅全集》（第 1 卷），人民文学出版社 1981 年版，第 239 页。

特莱夫、显克微支、陀思妥耶夫斯基和尼采、叔本华、写《苦闷的象征》的厨川白村以及像工人绥惠略夫等类的作品人物身上，人们也可以感知到一种清晰的西方悲剧写作由英雄、贵族到小人物、平民，再到个人、内心的发展轨迹。上面所引用的一段话，即他在绍介果戈理的小说《死魂灵》时借他人之酒而引发的自己的一些感兴。

但是，若进行更为深入的分析，则可知这种观念的形成，更为紧密地相关于他对中国历史、社会、民众生存现状的洞察和自己创作经验的总结。

在考察漫长的封建历史中人民的悲剧生存情况之时，统治者对于人民的欺辱和压迫固然是不争的事实，但是不为一般人所注意的是，这种欺辱和压迫往往并不以直接的方式进行，其状况即如鲁迅所言："然而古老的东西的可怕就在这里。倘使我们觉得有害，我们便能警觉了，正因为并不觉得有害，我们这才觉不出这致死的毛病来。因为这是'软刀子'"，"中国人倘被别人用钢刀来割，是觉得痛的，还有法子想；倘使软刀子，那可真是'割头不觉死'，一定要完"①。这其实也就是鲁迅一而再，再而三提到的"心治""醉杀"，而"心治""醉杀"之所以能够百试不爽，极为关键的一点即在于民俗文化在其中发挥了非常重要的功用。

民俗文化何以会这样？极为关键的一点即在于它所体现的"数目的力量"。"从来如此"和"人人如此"，在民俗文化存在的历史承继性和社会集体性身上，鲁迅感觉到了个人努力和反抗的无所作为。狂人踢了一脚古久先生的记账本子，便引发了整个周围世界的一片哗然（《狂人日记》）；疯子说了句吹熄长明灯的话，他就成了整个吉光屯的敌人（《长明灯》）；示众的犯人只给看客们提供无意义的看资（《示众》）；孤独的革命者夏瑜充其量也只能成为给民众制造人血馒头的材料（《药》）；祥林嫂捐了门槛依然是大家禁忌的对象（《祝

---

① 鲁迅：《老调子已经唱完》，见《鲁迅全集》（第7卷），人民文学出版社 1981 年版，第 311 页。

福》）；孔乙己的穿长衫但却站着喝酒以及文言夹杂的辩白，总是让店内店外充满快活的笑声（《孔乙己》）……

数目上不成比例的对峙，其所产生的结果，一是个人被大众所淹没，一己的呻吟消失于众声的喧哗；一是处处受敌但是又看不见一个具体的敌人，久陷于无物之阵，当事人不能不感觉身心的疲倦。前者所导致的是归顺以及默默的承受，即如华老栓夫妇、阿Q、闰土、单四嫂子、七斤六斤们，还有无数没有名字而且永不叫唤的中国的百姓。后者所导致的是投降、放弃以及反抗的没有意义，如爱姑、狂人、魏连殳、吕纬甫、子君、涓生、孤独的摩罗诗人们，以及现实、历史中许多的改革者和觉醒者。而时间上的持久性和影响上的日常化、细节化，是民俗文化日常存在的主要特征，也是其所以能够对民众个体实施控制和规范的关键原因。其中持久性让人放松警惕，日常化和细节化则让人防不胜防，二者结合起来，身处于民俗环境或经验的腐蚀和软化之中，即如慢性中毒或者尘土的掩埋一般，民俗事项中的个体，譬如祥林嫂、魏连殳和子君、涓生等，他们没有敌人但是却处处为敌，天长日久之中，努力的愿望或者反抗的精神劲没有了，外在的规范转换为内心的调适，主体与外界的对立消失，戏剧的冲突性从根本上消解，悲剧内心化，战争只发生于人物一己的精神世界，结果，天下太平，人物的痛苦不为他人所知，一切也便"几近于无事"。

"貌似无事"但其实却更为本质，更为普遍，这是鲁迅对于"中国式悲剧"的天才界定。联系鲁迅个人生活的经历，例如大家长子的承担，家道中落的逃异地、走异路的异端生活选择，无爱的婚姻，与许广平的未婚同居等等，一系列事件中由传统和环境所提供的俗信俗规于鲁迅精神的伤害和压力，使我们有充分的理由相信：个人生活与民俗文化的关系，理应是鲁迅写作中"貌似无事的悲剧"出现并得以深刻表现的最为本质的根源。由生活而写作，由写作而理论的总结，鲁迅是个看重自身经验——无论生活还是自己的写作——的人，民俗文化对于他写作的意义，其实也便从此而来。

（三）多样的艺术手法借鉴

对民俗民间文艺于作家写作的积极影响，在其文学史研究及其论及写作的文章之中，鲁迅即给予其极为肯定的评价。《中国小说史略》谓："神话不特为宗教之萌芽，美术所由起，且实为文章之渊源。"①《门外文谈》在对文人创作与民间写作的关系进行了一系列的论述之后，也以为民间文学可以促使已经衰退的民族文学起一个新的变化。

鲁迅的认知源自于他所积淀的丰富民俗民间艺术经验，这种经验升华凝聚，从而在具体的手法和技巧层面，给予鲁迅的创作以积极的影响。

1. 二丑艺术

关于二丑，1933 年 6 月 15 日鲁迅写作过一篇专门的文章《二丑艺术》。在这篇文章里，他介绍说："浙东的有一处的戏班中，有一种角色叫作'二花脸'，译得雅一点，那么，'二丑'就是。他和小丑的不同，是不扮横行无忌的花花公子，也不扮一味仗势欺人的宰相家丁，他所扮演的是保护公子的拳师，或是趋奉公子的清客。总之：身份比小丑高，而性格却比小丑坏。""二丑的本领却不同，他有点上等人模样，也懂得些琴棋书画，也来得行令猜谜，但依靠的是权门，凌蔑的是百姓，有谁被压迫了，他就来冷笑几声，畅快一下，有谁被陷害了，他又去吓唬一下，吆喝几声。不过他的态度又并不常常如此的，大抵一面又回过脸来，向台下的看客指出他公子的缺点，摇着头装起鬼脸道：你看这家伙，这回可要倒霉哩。"② 名曰"二丑艺术"，但是很显然，鲁迅的主要兴趣点却在精神或国民性格的批判，所以，所谓的"二丑艺术"，艺术本身的意味是次要的，而艺术背后

---

① 鲁迅：《中国小说史略·第二篇》，见《鲁迅全集》（第 9 卷），人民文学出版社 1981 年版，第 17 页。

② 鲁迅：《二丑艺术》，见《鲁迅全集》（第 5 卷），人民文学出版社 1981 年版，第 197 页。

的做人方式以及精神内涵的挖掘却是主要的。不过，主要之外次要之中，透过鲁迅的介绍，我们还是在艺术层面可以捕捉到如下的一些信息：首先，二丑艺术是浙东的地方戏——亦即地方民俗民间文艺的一种表演方式；其次，这种艺术的表演实质即在于人物从自己的表演之中脱身出来，于现实的情境中直接面对观众调笑或者戏谑剧中的其他人物。

　　借助于上述信息，我们既可以再次感知到鲁迅对于民俗民间文艺的兴趣，同时也可以生发某种醒悟，从而清楚地发现鲁迅于其创作中对于二丑艺术的积极应用。他的讲演稿《娜拉走后怎样》即有这样的表现，本来是说易卜生的剧本《傀儡之家》的主人公娜拉的，然而说着说着，他却突然从娜拉的言说中跳出来，面对着听讲的女师大的学生调侃道："然而娜拉既然醒了，是很不容易回到梦境的，因此只得走；可是走了之后，有时也免不掉堕落或回来。否则，就得问：她除了觉醒的心以外，还带了什么去？倘只有一条像诸君一样的紫红的绒绳的围巾，那可是无论宽到二尺或三尺，也完全是不中用的。"①而其名著《阿Q正传》于此的表现则更为突出和典型："'别传'呢，阿Q实在未曾有大总统上谕宣付国史馆立'本传'——虽说英国正史上并无'博徒列传'，而文豪迭更司也做过《博徒别传》这一部书，但文豪则可，在我辈却不可的"，——这是小说问题的现实调侃；"先前，我也曾问过赵太爷的儿子茂才先生，谁料博雅如此公，竟也茫然，但据结论说，是因为陈独秀办了《新青年》提倡洋字，所以国粹沦亡，无可稽考了。但我的最后的手段，只有托一个同乡去查阿Q犯事的卷宗，八个月之后才有回信，说案卷里并无与阿Quei的声音相近的人"——这是虚拟事情故作正经的说明。种种的手段和技巧，总之，叙事者在故事的讲述里不断地插科打诨，在严肃主题因为戏谑和调笑而致的轻松表达之中，读者可以充分领略二丑艺术的现代

---

　　① 鲁迅：《娜拉走后怎样》，见《鲁迅全集》（第1卷），人民文学出版社1981年版，第160页。

化使用给鲁迅的写作所带来的特殊审美效果。

对于自己的表现，鲁迅有过一个词语加以称谓，这个词语就是"油滑"。在给历史小说《故事新编》所写的序言中鲁迅曾介绍说："《不周山》便是取了'女娲炼石补天'的神话，动手试作的第一篇。首先，是很认真的，虽然也不过取了弗罗特说，来解释创造——人和文学的缘起。不记得怎么一来，中途停了笔，去看日报了，不幸正看见了谁——现在忘记了名字——的对于汪静之君的《蕙的风》的批评，他说要含泪哀求，请青年不要再写这样的文字。这可怜的阴险使我感到滑稽，当再写小说时，就无论如何，止不住有一个古衣冠的小丈夫，在女娲的两腿之间出现了。这就是从认真陷入了油滑的开端。"他的这段说明有明确的现实针对性，那就是因为不满于成仿吾对他的小说不得要领的批评，所以故意和成仿吾唱反调，成仿吾赞赏，他于是就自我否定说："油滑是创作的大敌，我对于自己很不满。"①

他的自我否定和他的写作实际产生的现实效果并不十分吻合，所以，鲁迅写作中的"油滑"话题也便引发了学术界多年来对于《故事新编》聚讼不一的学术争论。② 在不同的历史时段，学者们对于他写作中的"油滑"问题也给予了褒贬不一的评价，梳理归纳这些研究，我们可以发现对于"油滑"问题的思考，大多数学者的思考主要都集中于"油滑"使用效果好坏的评定，于"油滑"运作时的技巧如诙谐、幽默、反讽等等也间或加以涉及，但对于它作为一种写作方法的经验背景却普遍缺乏具体的说明。在众多的研究中，只有极个别的研究给人以启示，譬如学者钱碧湘1980年发表的一篇名为《古今·取舍·得失——读鲁迅〈故事新编〉札记》的文章，其中即认

① 鲁迅：《故事新编·序言》，见《鲁迅全集》（第2卷），人民文学出版社1981年版，第341页。

② 详情见张梦阳著《中国鲁迅学通史（下卷）》（广东教育出版社2002年版），该书专设一章，即第十五章，取名《"油滑"之处显真谛——〈故事新编〉学史》，以鲁迅历史小说《故事新编》写作中的"油滑"文体为着眼点，对几十年来的《故事新编》研究给予一种极具个性化的梳理。

为鲁迅"油滑"手段的运用类似于中国旧戏剧中的插科打诨，它与旧剧演员在表演过程中突然离开剧情，直接面对观众说一些与眼前的人事关联的话的手法有着本质上的一致性。① 于此话题，著名学者王瑶此后亦有所发展，他将钱碧湘的中国旧剧演员的表演具化为丑角艺术的舞台展现，并强调了这种手段所产生的喜剧和讽刺效果。② 他们的思考虽然拥有初步尝试的意味，但是在许多研究者都集中于从西方影响和现实需求两方面探求鲁迅写作"油滑"问题时，这种尝试却能够结合鲁迅的艺术实践活动，将它与中国旧戏剧的经验加以连接，将问题的思考还置于鲁迅与民间艺术的大的关系背景，梳理二丑艺术对鲁迅创作所施予的具体影响，这种思维路径无疑是很启发人的，顺着这样的思路重新解读鲁迅的各类作品，我们便很快就能发现鲁迅写作的幽默、诙谐、滑稽的喜剧效果表现，确实是连接着他内心深厚的民俗民间艺术经验的。

2. 白描手法

白描手法的成功运用是人们谈论鲁迅写作特别是小说写作时常常提及的一个重要话题。作家孙犁就曾说过："鲁迅的小说，是白描的杰品。研究起来，他的作品，没有过多的风景描写，没有过长的人物对话。不用抽象的代言人物的心理，不琐碎地描写人物的装饰。对话、心理、环境和服装，都紧紧扣在人物的行动性格上，一切描写都在显示人物的形象，绝不分散或掩蔽人物的形象。"③ 他的话极为切合鲁迅创作的实际，翻看鲁迅的作品，我们可以发现，无论是写人——如对孔乙己和祥林嫂等人物的肖像写物，还是写环境——如《秋夜》和《五猖会》等文中的景物描写，他往往能够在寥寥的几笔之中，就活画出人物或环境的神韵和特点。

---

① 钱碧湘：《古今·取舍·得失——读鲁迅〈故事新编〉札记》，见《安徽大学学报》1980 年第 3 期。

② 王瑶：《鲁迅〈故事新编〉散论》，见《鲁迅研究》1981 年第 6 辑。

③ 孙犁：《鲁迅的小说》，见《孙犁文集》（第 4 卷），百花文艺出版社 1981 年版，第 419—420 页。

经济但却表现力十足，鲁迅写作中这种高超的白描功夫曾让许多人赞赏不已。追溯它的来历，人们可以想起他所喜欢的契诃夫，特别是中国优秀的古典讽刺小说《儒林外史》。"敬梓之所描写者即是此曹，既多据自所闻见，而笔又足以达之，故能烛幽索隐，物无遁形，凡官师，名士，山人，间亦有市井细民，皆现身纸上，生态并作，使彼世相，如在目前"①，这是许多研究鲁迅的人都熟悉的一段话，从中可见鲁迅白描手法形成的某种线索。但是，这些线索却并非全部，参照其他材料，我们可以知道，鲁迅写作中白描手法的应用，除了上述的一些经验之外，其与民俗民间文艺的关系也是非常密切——或者干脆说，是更直接的。

"中国旧戏上，没有背景，新年卖给孩子看的花纸上，只有主要的几个人（但现在的花纸却多有背景了），我深信对于我的目的，这方法是适宜的，所以我不去描写风月，对话也绝不说到一大篇。"②这是鲁迅在《我怎么做起小说来？》一文中说的话，它清晰地说明了他的白描手法的来历和出处。为了更好地理解这段话，我们还可以参照他在《无常》《女吊》等文中对于民间戏剧所进行的一些介绍："在许多人期待着恶人的没落的凝望中，他出来了，服饰比画上还简单，不拿铁索，也不带算盘，就是雪白的一条莽汉，粉面朱唇，眉黑如漆，蹙着，不知道是在笑还是在哭"——这是《无常》中的催命鬼活无常的表现；"她将披着的头发向后一抖，人这才看清了脸孔：石灰一样白的圆脸，漆黑的浓眉，乌黑的眼眶猩红的嘴唇"——这是《女吊》中吊死鬼女吊的装扮。两段介绍都体现也说明着鲁迅所强调的白描手法的实质——"'白描'却并没有秘诀。如果要说有，也不

---

① 鲁迅：《中国小说史略·第二十三篇》，见《鲁迅全集》（第9卷），人民文学出版社1981年版，第221页。

② 鲁迅：《我怎么做起小说来？》，见《鲁迅全集》（第4卷），人民文学出版社1981年版，第512页。

过是和障眼法反一调：有真意，去粉饰，少做作，勿卖弄而已"①；"两种有特色的鬼"，或者"单就文艺而言，他们就在戏剧上创造了一个带复仇性的，比别的一切鬼魂更美的，更强的鬼魂"②，在鲁迅字里行间对他们的赞赏里，我们都可以感知到民俗民间文艺对于鲁迅的巨大吸引力，并由此聆听到其在鲁迅写作中所引发的久远的回声。

3. 简洁风格

在纯粹写作的意义上，民俗民间文艺对于鲁迅的影响还体现在表达的简洁风格追求上。"我理避行文的唠叨，只觉得能够将意思传给别人，就宁可什么陪衬拖带也没有"③，或者"忘记是谁说的，总之是，要极省俭地画出一个人的特点，最好是画他的眼睛。我以为这话是极对的，倘若画了全副的头发，即使细到逼真，也毫无意思"④。这是鲁迅自己对于写作的看法，他的精瘦的黑衣人形象（《眉间尺》），"如粉如沙，绝不粘连"的北方的雪的意象，还有匕首、投枪样的杂文的写作，就是他这种看法的具体体现。他的朋友郁达夫因此有评论说："鲁迅的文体简练得像一把匕首，能以寸铁杀人，重要之点，抓住了之后，只消三言两语就可以把主题道破——这是鲁迅作文的秘诀。"⑤

他们话语里都含着对于表达上的简洁的认可，即如《青年必读书》一文的写作。文中所涉及的本来是一个很大的问题，即中外书籍——甚至中西文化的比较问题，但鲁迅的表达却要言不烦，在不到二百字的篇幅里，抓住要害，对于问题进行了非常精当的分析："我看中国书，总觉得就沉静下去，与实人生离开；读外国书——但除了

---

① 鲁迅：《作文秘诀》，见《鲁迅全集》（第 4 卷），人民文学出版社 1981 年版，第 614 页。

② 鲁迅：《女吊》，见《鲁迅全集》（第 2 卷），人民文学出版社 1981 年版，第 614 页。

③ 鲁迅：《我怎么做起小说来?》，见《鲁迅全集》（第 4 卷），人民文学出版社 1981 年版，第 512 页。

④ 同上书，第 513 页。

⑤ 郁达夫：《中国新文学大系散文二集·导言》，上海良友图书公司 1935 年版。

印度——时，就与人生接触，想做点事。中国书虽有劝人入世的话，也多是僵尸的乐观；外国书即使是颓唐和厌世的，但却是活人的颓唐和厌世。我以为要少——或者竟不——看中国书，多看外国书。少看中国书，其结果是不能作文而已。但现在青年最要紧的是'行'，不是'言'。只要是活人，不能作文算什么大事。"① 从原因分析到具体的意见，进行中西书籍或文化对比的长篇论文甚或专著有许多，但是分析如此到位且给人留下如此深刻印象的文字却并不多，何以如此呢？识见之外，我以为鲁迅表述的净省精简也是一个非常重要的原因。

鲁迅写作的简洁特点，本质上源自于他的为人。他是一个生活上非常素朴做起事来却非常干练的人，所以，在平日的穿衣、吃饭、行事以及思维之中，他本就有简洁对待之习惯。加之他的写作，原本就有着非常直接和迫切的启蒙动机，所以，繁复的装饰，婉转的抒情，以及所谓的"幽远静穆"意境追求，本身便为他所不齿，——"这是一个多么迫切的时代"，在不同的场合，他多次这样强调，他的强调凸显了他所感觉到的写作环境的狭窄困紧，而这样的环境，表现上的简洁自然也便成了他所能选择而且觉得适合的风格追求。

除此而外，民俗文化的影响也是一个很重要的原因。社戏中女吊形象出场时"开门见山"式的镇场效果设计和无常形象设计上的简洁便当，还有无常的行事方式——"无论贵贱，无论贫富，其时都是'一双空手见阎王'，有怨的得伸，有罪的就得罚"，干净利落，赏罚分明，不夹杂半点的拖泥带水，这原本就是深深吸引过鲁迅并为其所欣赏的。这欣赏起初也只是感性而模糊的，但是随着鲁迅的成熟，特别是当他着眼于新文学的建设，将民俗民间文艺看成是革新中国文学可资利用的一种极为重要的资源之时，与他个人的性情、写作的动机相结合，这种原本感性、模糊的欣赏，也就逐渐清晰为种种知性的经

---

① 鲁迅：《青年必读书目》，见《鲁迅全集》（第3卷），人民文学出版社1981年版，第12页。

验，具化于他写作的各个层面，对他实际的写作产生这样或那样的影响。譬如白描手法，他自己就说过，其来自于中国旧戏和新年卖给孩子看的花纸。一切原本都是一个孩子无意识的记忆，然而时间的沉淀，当鲁迅立足于写作的视点对其进行重新反刍时，那种"没有背景"，"只有主要的几个人"的简洁明快的表现方式，因为其所蕴涵的刚健、清新品质，完全异质于他所深恶的"粉饰太厚"，以"欺和瞒"为其本性的中国旧文人的写作，所以自然也就对他形成方法上的启示，使他"深信对于我的目的，这方法是适宜的"；还有炼语。这是一个很适宜描述鲁迅语言表现特色的词语，但同时它也是鲁迅写作运用得极为纯熟的表现技巧。鲁迅的写作多警语奇句，单是文章的标题，即如《为了忘却的纪念》《以脚报国》《革命咖啡店》《捣鬼心传》等等，就让人每每在过目之后还久久难忘，深为其拟制的机敏和智慧感叹不已。其警语奇句的获得，"炼语"是很重要的手段，但"炼语"却并非空穴来风，论及它的出处，鲁迅即言："方言土语里，很有些意味深长的话，我们那里叫'炼话'，用起来是很有意思的，恰如文言的用古典，听者也觉得趣味津津。各就各处的方言，将语法和词汇，更加提炼，使它发达上去的，就是专化。这于文学，是很有益处的。"① 方言土语是民俗文化的话语存在形态，是民俗文化的一种重要构成，所以，鲁迅的话显见了"炼语"与民俗文化的深层渊源关系。

（四）　地方色彩和民族特性的形成

"十里不同风，百里不同俗"，地域不同，民俗不同，不同地区作家的创作在民俗文化表现上也便必然会出现某些差异，譬如南人和北人，京派和海派，荷花淀派和山药蛋派等。

和许多作家对于故乡的态度不同，鲁迅对于自己家乡绍兴的态度

---

① 　鲁迅：《门外文谈》，见《鲁迅全集》（第6卷），人民文学出版社1981年版，第97页。

极富意味。一方面，在现实的行为层面，因为少年时期家道中落所致的世人的冷漠和中伤，加之留学归来时革命党人施予的失望和不快，所以，"逃异地，走异路"，生命的大部分时间里他都选择了对于故乡的远离；另一方面，在自己的精神世界里，他却始终摆不脱心理上对于故乡的记忆或心理的眷顾，一次一次地用文字，绍介并常常将读者带到他的家乡。他的绍介有吸引，有蛊惑，就像《朝花夕拾·小引》并《社戏》《无常》《女吊》等文的叙述；但更多的是不满，是批判，一如《呐喊·自序》并《药》《祝福》等小说的描绘。无论是吸引、蛊惑还是不满、批判，书写中的频频涉指，其本身便说明了绍兴对于鲁迅的重要性。

　　绍兴背景或"绍兴经验"，鲁迅对于故乡的记忆由此成了人们理解鲁迅写作的一种路径,① 鲁迅的写作，不管偏重虚构的小说写作，还是基本写实的散文、杂文写作，因此都显现着鲜明的绍兴生活痕迹：物象，人事，见闻，感受，等等。种种痕迹之中，最为突出而且富有意味的内容，便是鲁迅对于丰富多彩的民俗文化形态和功用的生动表现：或是风景故迹，或是街道屋舍；或是穿衣吃饭，或是舟车旅行；或是四时节庆，或是年终祭祀；或是鬼神崇拜，或是寡妇禁忌；或是言语称谓，或是心理避讳；或是习俗惯例，或是炼话硬语；或是目连社戏，或是孩子游玩……诸多形态，百般功用，无论其直接以绍兴标示，还是婉转以 S 城代指，甚或化名为未庄、鲁镇等等，在翻阅文章之时扑面而来的浓郁绍兴风味，还是使大家能够至为分明地感觉到了故乡记忆——特别是绍兴独特的民俗文化内容——给鲁迅的写作所带来的鲜明的地方色彩。

　　对于鲁迅创作中的这一审美特点，在党派意识还没有改变自己敏锐的判断之前，苏雪林女士曾发表过极为精当的个人评价。她说：

---

　　① 此论点的理解可看下述几篇文章：《民间的迷妄与"狂欢"——鲁迅乡土小说研究之二》（范家进，见《华东师范大学学报》1998 年第 5 期），《论鲁迅小说创作的乡土性》（张建生，见《兰州大学学报》1999 年第 3 期），《"为有源头活水来"——鲁迅对浙东民间文化的感兴体悟》（陈方竞，见《鲁迅研究月刊》1991 年第 9 期）。

"鲁迅的《呐喊》和《彷徨》十分之六七为他本乡绍兴的故事。其他则无非鲁镇未庄，咸亨酒店，茂源酒店；其人物则无非红鼻子老拱，蓝皮阿五，单四嫂子，王九妈，七斤，七斤嫂，八一嫂，闰土，豆腐西施，阿Q，赵太爷，祥林嫂；其事则无非单四嫂子死了儿子而悲伤，华老栓买人血馒头替儿子治痨病，孔乙己偷书而被打断腿，七斤家族闻宣统复辟而躲起的一场辫子风波，闰土以生活压迫而变成麻木呆钝，豆腐西施趁火打劫……而已。他使这些头脑简单的乡下人或世故深沉的土劣，像活动影片似的在我们面前行动着；他把他们的喜怒哀乐，他们的愚蠢或奸诈的谈吐，可恨或可笑的举动，惟妙惟肖地刻画着。其技巧之超卓，真可谓'传神阿堵'、'神妙欲到秋毫颠'了。自从他创造了这一派文学以后，表现'地方色彩'（Local color）变成新文学界口头禅。"①

　　别人如此评价，鲁迅自己也未尝不感到这是一种值得推广的经验。1933年在给一位青年画家写的信里，鲁迅即言："广东的山水，风俗，知道的人并不多，如取作题材，多表现地方色彩，一定更有意思，先生何妨试作几幅呢。"② 1934年，在另外一封信里，谈到地方色彩和作品的艺术美感之间的关系，他又提示对方："先生何不取汕头的风景，动植，风俗等等，作为题材试试呢。地方色彩，也更能增加画的美与力。"③ 他给塞先艾、萧军、萧红等人写作的介绍，也是着意突出他们在日常风俗的描绘中所显示的地方色彩或乡土价值。

　　不过，这种简单的地方色彩以及由此而形成的乡土意味虽然为许多人所瞩目，但是联系鲁迅创作实际，特别是深入到他有关地域性创作的深层思考，则可以发现地域色彩或者乡土色彩这些特征，不仅不

---

　　①　苏雪林：《〈阿Q正传〉及鲁迅创作的艺术》，见《国闻周报》第11卷第44期，1934年11月5日。
　　②　鲁迅：《331026 致罗清桢》，见《鲁迅全集》（第12卷），人民文学出版社1981年版，第245页。
　　③　鲁迅：《331226 致罗清桢》，见《鲁迅全集》（第12卷），人民文学出版社1981年版，第308页。

是鲁迅民俗文化表现的全部，而且也不为鲁迅自己所特别在意。范家进先生曾指出："每个地方以至每个村庄的生活情形、日常风习与日常风物都几乎存在着一些独特的东西（当然也不是没有共同的东西），甚至留下了'十里不同风，百里不同俗'之类的谚语，倘是志在表现乡村特殊性的作家确实可以在这些方面大做文章，而且作出很精彩的文章（废名、沈从文都不乏这方面的优秀之作）"，"鲁迅的乡土小说出现不久就有人据这些独特的风景和风物特征称他为'风俗画家'，其后的批评者也往往免不了将'地方特色'、'地方色彩'之类作为他小说独创性的一个重要方面，但令人诧异的是，鲁迅本人对此似乎并不是有意追求的"①。

　　范先生所陈述的是一种很重要但却往往被人忽略的事实。证明这事实的，有鲁迅自己的陈述，更有他的作品。1934 年 11 月 14 日，在《答〈戏〉周刊编者信》中，针对编者提出，而剧本作者、演员并读者所关心的"未庄在哪里"和"阿 Q 该说什么话"两个问题，立足于不同的思考点，鲁迅分别谈了自己的意见。回答"未庄在哪里"时，他说："《阿 Q》的编者已经决定：在绍兴。我是绍兴人，所写的背景又是绍兴居多，对于这决定，大概是谁都同意的。但是，我的一切小说中，指明着某处的却少得很。中国人几乎都是爱故乡，奚落别处的大英雄，阿 Q 也很有这脾气。那时我想，假如写一篇暴露小说，指定事情是出在某处的罢，那么，某处人恨得不共戴天，非某处人却无异隔岸观火，彼此都不反省，一般人咬牙切齿，一般人却飘飘然，不但作品的意义和作用完全失掉了，还由此生出无聊的枝节来，大家争一通闲气"；而在回答"阿 Q 该说什么话"时，他先是将问题巧妙地引到"《阿 Q》是演给哪里的人们看"，而后回答道："我以为现在的办法，只好编一种对话都是比较的容易了解的剧本，倘在学校之类这些地方扮演，可以无须改动，如果到某一省县，某一乡村里面去，

---

　　① 范家进：《民间的迷妄与"狂欢"——鲁迅乡土小说研究之二》，见《华东师范大学学报》1998 年第 5 期。

那么，这本子就算是一个底本，将其中的说白都改为当地的土话，不但语言，就是背景，人名，也都可以变换，使看客觉得切实。譬如罢，这演剧之处并非水村，那么，航船可以化为大车，七斤也可以叫作'小辫儿'的。"两方面综合起来，他总结说："上面所说那样的苦心，并非我怕得罪人，目的是在消灭各种无聊的副作用，使作品的力量较能集中，发挥得更强烈。果戈理作《巡按使》，使演员直接对看客道：'你们笑自己！'（奇怪的是中国的译本，却将这极要紧的一句删去了。）我的方法是在使读者摸不着在写自己以外的谁，一下子就推诿掉，变成了旁观者，而疑心到像是写自己，又像是写一切人，由此开出反省的道路。但我看历来的批评家，是没有一个注意到这一点的。"①

借此我们可以醒悟，鲁迅创作之时关注的问题原来最重要的还是如何使自己的作品发挥更大的社会功用，所以无论是对象的选择，还是语言的使用，他都希冀能尽可能地扩大作品的接受面，使自己的写作能影响更多的人。虽然不是直接的意见，但是创作越是具体，越是特殊，便越有可能产生不必要的副作用，减弱作品本应具有的影响力，正是在这样特出而且深刻的思考层面，我们可以隐隐感觉到他对于创作的地方色彩或地方性心怀的某种警惕。

非常明显，在民俗文化内容的表现上，鲁迅虽然不排斥地方色彩，相反，因为他意识深处积淀的"绍兴经验"，所以地方色彩反倒成了他创作极为重要也非常吸引读者的一种要素，但是，诚如范家进先生所言，这只是一种"无意的结果"，而在更为主动的层面，于地方色彩之外，我们能够发现鲁迅创作中民俗文化表现所产生的更为深层的价值。

这价值主要有两种：一是在地方色彩的形成之外，民俗文化作为民众自身的一种文化形态，其在与作为中心、主流文化的官方和文人

---

① 鲁迅：《答〈戏〉周刊编者信》，见《鲁迅全集》（第6卷），人民文学出版社1981年版。

文化两大传统的长期对峙之中，所显示出来的作为一种边缘、非主流的小传统而具有的魅力和作用。鲁迅的许多作品，如小说《药》《风波》《故乡》，散文《五猖会》《女吊》《无常》，还有杂文《运命》《论"他妈的！"》《二丑艺术》以及许多学术著作、书信的写作里，我们都可以看到，民俗文化不仅是他作品中各种人物的道德律令，是他们用于解释和描述自己世界和生活的依据，而且更是他们从艰辛的劳作中得以脱身，于生活的片断余裕之中放松精神、表现智慧、获取生的乐趣的极为重要的方式。"农人耕稼，岁几无休时，递得余闲，则有报赛，举酒自劳，洁牲酬神，精神体质，两愉悦也"①，这是鲁迅早期立足于人道和现代立场对于乡土文化审视之后所得的结论，他后来的写作对此有过修正，但是，修正归修正，无论是对于正统文化的批判还是对于下层民众本质上的同情，民俗文化在鲁迅写作中体现出的，依然是一种多样复杂的价值追求。《朝花夕拾》写作中的那种不能去除的心理"蛊惑"自是不用说，单是闰土的神鬼偶像崇拜，其中虽然有对他不觉悟的不满、悲哀，但是，在叙述者于闰土生存的各种不幸的强调和对他依旧没有改变的善良、厚朴精神美点的发掘中，我们可以感觉到作者对于精神上始终有所"敬畏"的一种活人方式的尊重。作品的结尾，曾有一段话说："我所谓希望，不也是我自己手制的偶像吗？只是他的愿望切近，我的愿望茫远罢了"，话语中即存有某一程度的认同和理解。

　　二是披过地方色彩的外衣，在民间文化与主流、中心的大传统文化的共谋同构关系之中，借助于地方色彩的展示，鲁迅在自己的创作中凸显了民俗文化作为蛮性文化的遗留，特别是封建正统文化的日常代理或中介之时，对于民众精神——也即国民性格形成所产生的重要作用。在这一点上，鲁迅的书写往往具有着某种象征或寓言的味道。表面上看，文章所写的是某一个具体地方或具体人的事情，如 S 城人

---

　　① 鲁迅：《破恶声论》，见《鲁迅全集》（第 8 卷），人民文学出版社 1981 年版，第 29 页。

对于新事物的种种妙解和照相时的种种忌讳讲究，雷峰塔倒掉之后游客的感叹和当地人的破坏，阿 Q 的忌讳和攀亲，华老栓的买人血馒头，祥林嫂的捐门槛，爱姑的敬畏大人，闰土的鬼神崇拜等，但是具体事项的描绘之后，鲁迅实际所要表现的，却是超越这种具体的更为广大和普遍的民众精神问题：迷信对于科学的掺杂，中国人意识深处的"十景病"，弱者的自我欺骗，人民的茫然的自私和蒙昧，鬼神对于国民精神的控制，等等。具体而概括、个别而普遍，鲁迅的创作由此总是能在不经意之中显现某种不断拓展的意义生成空间：从地方或乡土出发，但同时并不止步于地方或乡土色彩的展现，在此之外，借助于民俗文化的民间特性和传统属性揭示，他将民俗文化表现的价值扩展至更为广大的国民精神认知和现实中国批判的范围中去了。

借助于地域而又超越地域，很明显，鲁迅是把他笔下具体的地域作为中国的一部分或一个代表而看待的，所以，在具体的写作中，虽然从写作的个性原则出发，他强调了民俗文化表现的地方色彩所具有的审美功用，但是，联系到促使他弃医从文的"幻灯片事件"，联系到他在《随感录·三十六》中所言的话："现在许多人有大恐惧；我也有大恐惧。许多人所怕的，是'中国人'这名目要消灭；我所怕的，是中国人要从'世界人'中挤出"①，还有前述的他关于《阿 Q》剧本地点、背景和语言的意见，我们就可以明白，他的创作，作为一种特殊语境下话语的交流和沟通，原本是有着一种清晰的世界对象的，换句话说，也就是他的创作，更像是一种世界注视下的中国活动。缘此，虽然是一种纯属个人的作为，但是他作品中的某一地方，其实是可以扩展为整个中国的；而他的地方或乡土特性，在世界文学的大语境中观照，也便成了另一种个性——即民族特性。

"现在的世界，环境不同，艺术上也必须有地方色彩，庶不至于

---

① 鲁迅：《随感录·三十六》，见《鲁迅全集》（第 1 卷），人民文学出版社 1981 年版，第 307 页。

千篇一律"①，或者如前所述，"有地方色彩的，倒容易成为世界的，即为别国所注意"，不同的表达，但是大体一致的意见，在中国几千年超稳定的自主封闭环境打破之后，众多民族参与的世界文学的对话，民族自己的个性——小而言之是地方色彩，大而言之是民族特性——在鲁迅看来，也就自然成了中国作家参与对话的必要前提。因为从根本的意义上讲，有效的对话不能仅仅是一种单向度的聆听，而且也还应该是一种积极的发言或参与，所以，参与者要获得别人的尊重，也便必须首先发出自己独特的声音，给别人以启示或者启发。"有地方色彩的，倒容易成为世界的"，这句话只有在这样的意义上，是容易理解同时也显现出它独自的价值的。

　　个性化追求背后的世界性对话的参与欲望，从写作的根源上潜在制约了鲁迅具体的写作实践，鲁迅在民俗文化表现中体现出的民族特性由此彰显出了它的意义和价值。举例如阿Q形象的塑造。在这一形象的塑造中，鲁迅运用了极为丰富的民俗文化材料，如对于疾病的忌讳，姓氏的攀亲和亵渎，对于和尚尼姑的偏见，违反规矩的求婚，民间戏曲、黄色小调和猥亵语的影响，对于文字和官的敬畏，鬼神观念和轮回意识等等，这些材料给予这一人物鲜明的民族特色，使他成为一个栩栩如生的国民典型。鲁迅这样写，他人亦作如是观，一俟《阿Q正传》发表，周作人即发表文章，于阿Q形象的民族特性给予积极的评价："阿Q这人是中国一切的'谱'——新名词称作传统——的结晶，没有自己的意志而以社会的因袭的惯例为其意志的人，所以在现实社会里不存在而到处存在的。"并将鲁迅的写作与别国的优秀作家比较说："果戈理的小说《死魂灵》里的主人公契契诃夫（今译乞乞可夫）也是如此，我们不能寻到一个旅行者收买死农奴的契契诃夫，但在种种投机的实业中可以见到契契诃夫的影子，如克鲁泡特金所说。不过其间有这一点差别：契契诃夫是一个'不朽的万国的类

---

　　① 鲁迅：《340108 致何白涛》，见《鲁迅全集》（第12卷），人民文学出版社1981年版，第317页。

型'，阿 Q 却是一个民族的类型。他像神话里的'众赐'（Pandora）
一样，承受了噩梦似的四千年来的经验所造成的一切'谱'上的规
则，包含对于生命幸福名誉道德各种意见，提炼精粹，凝为个体，所
以实在是一幅中国人品性的'混合照相'。"① 茅盾其后也先后做文章
评论说："但是我读这篇小说的时候，总觉得阿 Q 这人很是面熟。是
呵，他是中国人品性的结晶呀！我读了这四章，忍不住想起俄国龚伽
洛夫（今译刚察洛夫）的 Oblomov 了！""总之，阿 Q 是'乏'的中
国人的结晶。"② 不约而同，他们都注意到了阿 Q 身上所体现的国民
精神共性以及这种鲜明的民族特性所具有的世界意义，可见民族特性
的强调，原本是当时语境中中国一代知识分子共同的心愿。

　　而这样的心愿和追求还可以放到更大的空间去看待。在谈到鲁迅
写作的特点和意义时，日本学者伊藤虎丸曾说过这样两段话："鲁迅
不仅是代表中国文学的作家，而且在世界文学中，也是和印度的泰戈
尔（1861—1941）并驾齐驱，同处代表亚洲近代文学的位置上。他
的描写生活在中国农村最底层的赤贫农民的灵魂，并且成为代表作的
《阿 Q 正传》，很早就被译成各国语言，并作为亚洲近代文学的代表
作而扬名于世界。在我国近代文学中，要找出像鲁迅那样的具有民族
性、乡土性同时又具有世界性的国民文学并不容易。"③ 他的话揭示
了鲁迅作为一个中国作家在世界文坛所处的位置，并说明他的写作，
本质上是一种国民文学，而其特点或价值就在于其既具有"民族性"
"乡土性"，又同时兼具"世界性"，这是一般民族或乡土作家不太容
易做到的。其从更大也更深远的地方，启示了我们对鲁迅民俗文化表
现的文学意义的思考。也许，只有这样跳出去，做更多的比较，我们
才能真正明白鲁迅以及写作的意义。

---

① 周作人：《"阿 Q 正传"》，见《晨报副刊》1922 年 3 月 19 日。
② 方璧（茅盾）：《鲁迅论》，见《小说月报》第 18 卷 11 期，1927 年 11 月 10 日。
③ 伊藤虎丸：《鲁迅与日本民治文学》，见《鲁迅与日本人——亚洲的近代与"个"
的思想》，河北教育出版社 2000 年版，第 4 页。

第七章　鲁迅创作民俗文化表现的历史影响

鲁迅无疑是"五四"一代作家中最具影响力的一位写作者，之所以这样说，一方面是因为他本身的努力和成绩。"表现的深切和格式的特别"①，他的话不仅适用于前期小说写作的评价，而且也可以用之于他整个的写作；另一方面则是外在的原因，民族的期待和政治的需要。他离开之后，在人们对他形象的不断神化和偶像化的过程中，他和他的写作的意义，也便被人为地膨胀化。但不管怎样，鲁迅的写作以及人们对这种写作的接受、消化，由此也便成了中国现当代文学甚至中国现当代写作者精神构建的极为重要的一种原料。

李泽厚先生曾经说："可以说，不懂鲁迅，就不懂中国。"② 他的话有具体的语境和较为多样的指涉，但是落实到鲁迅的写作与中国现当代文学历史的关系考察，应该说，还是很符合实际的。

鲁迅作品中的民俗文化表现是他写作中的一种极为重要的现象，它不仅给鲁迅的写作带来了别样的风味和意义，同时，也启示并引导了当时以及其后许多人的写作。从沈从文、吴组缃、汪曾祺、孙犁到贾平凹、阿来，从 20 世纪 20 年代京沪的乡土小说、茅盾的乡村小说、魏金枝、叶紫的左翼乡间风、萧军萧红的东北写作到沙汀的农村

---

① 鲁迅:《〈中国新文学大系〉小说二集序》，见《鲁迅全集》（第 6 卷），人民文学出版社 1981 年版，第 238 页。

② 李泽厚:《略论鲁迅思想的发展》，见《鲁迅研究的历史批判——论鲁迅（二）》，河北教育出版社 2000 年版，第 90 页。

痼疾的严峻解剖、张天翼的讽刺创作到赵树理的农村写作、高晓声的陈奂生系列的创作、寻根文学，一源二分的中国文学的两种流向，不仅营造了中国现当代文学发展过程中特殊的景观，而且在看似不同其实却非常一致的努力和追求之中，显现出了重建民族文化的共同心理动机。

这样的事实启示了一种重新梳理中国现当代文学的可能，缘此，本章我们以鲁迅写作的民俗文化表现为出发点，力求在影响与接受的双重关系考察之中，重建一种观照中国现当代文学历史发展的新路径和新视域。

一 鲁迅民俗文化表现对于后来中国作家创作的影响

一如前述，由于民俗文化存在的多样形态及其所发挥的多样的现实功用，由于不同的创作语境，加之在对民俗文化进行表现之时，鲁迅极为鲜明的个性化写作立场，所以在自己的创作中，对于民俗文化，鲁迅表现出了极为矛盾的态度：同情的理解，积极的肯定，客观的分析，激烈的批判。有的作品——如《故乡》《风波》《社戏》《在酒楼上》，甚至整个的《朝花夕拾》，不同的态度交织在一起，显现出了一种复杂的况味。这种复杂加深了鲁迅作品的主题蕴涵，使他的民俗表现因此显现出了一种含混所致的特殊的魅力，但是这种复杂也造成了人们理解上的困难，特别是对于那些习惯于用好坏分明的思维逻辑思考的人来说，更是造成了一种难以言说的尴尬。

然而，复杂问题细加区分，鲁迅的创作对于民俗文化的态度，还是可以概括为这样两种基本的类型：一种是批判的。作者主要是立足于现代人类文化学视点，从文化批判和思想启蒙的双重立场出发，将民俗文化看成是一种"过去时代的遗留物"，——具体有两层含义，一是原始、蛮性的遗留物，如巫术，鬼神崇拜，生殖信仰和吃人习俗等等；一是封建传统的遗留物，如等级观念，对妇女的轻视，科举功名，孝顺和贞节等等，从而发掘其作为一种精神的负累，对于国民品格的形成所具有的腐蚀和危害作用；一种则是同情的理解甚至肯定的。作者主要是立足于民族文化重建这一根本的目的，将民俗文化，特别是富有地方色彩的民俗活动和民俗民间文艺，看成是一种和主流正统的传统文化相异的文化形态，在它的异质性以及淳朴、清新、刚健的品性上，揭示了其对于民众精神重建和新文化发展所具有的精神养料和经验资源作用。

无论是哪一种，他的态度的形成都连接着他个人非常强烈的民族振兴的诉求欲望，而这一欲望恰好吻合了近现代以来中国知识分子整体的一种重建民族国家和文化的潜在动机，所以不管是单一、分明的批判，还是复杂、含混的肯定，我们可以看到，后来的写作者，正是在批判、反省和理解、肯定这样两条路线上，衔接了鲁迅对于民俗文化的主题表现，从两个不同的面向，示范了民俗文化与作家创作之间发生关系的种种可能，从而在乡土、民族和世界的复杂对话之中，以中华民族独特的"个"的声音，对日益现代化的世界进行了一种自己的表达。

（一）同情一路的影响

其中第一条路线以沈从文、汪曾祺、贾平凹和阿来的创作为代表，他们的创作对于民俗文化基本上采取了一种肯定、理解甚至颂扬的态度。因为对于乡村、土地、农民和地域风俗的特别关注，所以，这一路作家的创作，人多以"乡土文学"名称。

沈从文先生是这一路创作的开路人，谈到自己的写作时，他曾说："鲁迅先生起始以乡村回忆做题材的小说正受广大读者欢迎，我的学习用笔，因之获得不少勇气和信心。"① 他的话说明了其写作的来源。

---

① 沈从文：《〈沈从文小说选集〉题记》，见《沈从文全集》（第16卷），北岳文艺出版社2002年版，第374页。

　　和鲁迅一样，这一路作家的写作都表现出了对于民俗文化的浓厚兴趣。沈从文的湘西小说和散文的写作自是不用特别说明，单是小说《边城》，其中就既有个性鲜明的民俗风物刻画，像白塔，渡船，老酒，礼金，边寨特殊的建筑、服饰、人情、风俗等等；又有魅力十足的民俗事项书写，如对歌、提亲、赛龙舟、放滩，等等，其独特的湘西民俗风情的展示，是其创作为人所喜爱的一个极为重要的原因。汪曾祺在西南联大时曾师从过沈从文，他的写作本就很受沈从文的影响，加之在民俗文化与写作的关系上，因为写作之前的兴趣和积淀，所以在认识上，他便似乎比一般作家更为自觉。他曾说："我是很爱看风俗画。十六、七世纪的荷兰画派的画，日本的浮世绘，中国的货郎图、踏歌图……我都爱看。讲风俗的书，《荆楚岁时记》《东京梦华录》《一岁货声》……我都爱看。我也爱看竹枝词。我以为风俗是一个民族集体创作的生活抒情诗。我的小说里有些风俗画成分，是很自然的。"① 他的话清楚地说明了他和鲁迅一样的兴趣爱好，也使人们明白了他的写作的民俗文化来源。贾平凹和阿来的写作，一个以自己的家乡陕南商州地区人们的生活为写作对象，一个则主要表现自己的出生地四川西北部阿坝藏族地区藏民的文化、历史，虽然是极为不同的作家，但是两个人的写作都保持了对于地域民俗文化的浓厚兴趣，从新文学整体的历史脉络来看，他们的写作，都是可以归结到由鲁迅启示而生发的沈从文地域乡土文学的写作一路的。

　　在民俗文化的表现上，在下述两点上这一路作家与鲁迅保持了某种延续性：一是地域特性的强调。沈从文的湘西，汪曾祺的高邮，贾平凹的商州，阿来的阿坝，当然这一数字还可以扩展，如蹇先艾的贵州，鲁彦的浙东，萧军萧红的东北，甚至老舍的老北平，张爱玲的孤岛上海等等，在作家的民俗文化表现中，一如鲁迅的鲁镇标识，写作的地域性得到了格外重视；二是民俗文化审视时的当下动机。这些作

---

① 汪曾祺：《〈大淖记事〉是怎样写出来的》，见《汪曾祺文集》（文论卷），江苏文艺出版社 1994 年版，第 234—235 页。

家的民俗文化表现，大都以挖掘地域民俗文化材料中的优良、异质内涵为主导方向，这样的取向容易招致人们的批评，以为他们的创作太过拘于具体经验的限制，且简单化了民俗文化在现代生活中的复杂功用，特别是原始蛮性文化和封建正统文化对于民众精神构建的负累作用，所以，本质上是一种落后的、甚至反现代的文化的复古或保守主义表现。这类批评看似有理实际上却存有一定的问题。事实上，仔细体味这些作家的作品，并将其创作所显现的一些意向和整个中国新文学的发展联系起来作整体思考的时候，我们便可以发现，和鲁迅一样，在处理地域民俗文化内容的时候，这些作家的创作也保持了一种对于对象的主体间离，说得清楚一点，就是他们对于乡村风俗文化的观照，也是立足于国家民族的现代化发展而表达他们对于民族文化以及国民精神重建的思考的。沈从文对于都市文化圈的失望和忧虑于"最近二十年来当地农民性格灵魂被时代大力压扁曲屈"因而渐渐失去"原有的素朴所表现的式样"[①] 而起的精神的返乡，汪曾祺深感于时代惨然的破坏而对于角落人生所蕴藏的善良和梦想的咏叹，贾平凹疲倦于城市的寻觅而对于原野乡俗及其素民自然健美人生的向往，阿来不满于大文化对小文化的同化而进行的民族精神原点的历史追溯，不同的起因和着眼点，但基本一致的动机和思维模式，他们的创作都以各自的方式，表现或者说响应了鲁迅曾发出的呼吁。在对民族文化的反省中，因为失意于困顿的文人或主流文化，还因为对于功利、虚伪、欺诈的都市文化或现代商业文化的不满，所以对边缘、非主流但却纯朴的民间文化，他们遂寄予了格外的期望。

（二）批判一路的影响

第二条路线可以以 20 世纪 20 年代的乡土文学、茅盾的乡村小说、赵树理的农村写作和高晓声的陈奂生系列的创作等为代表。20

---

① 沈从文：《长河·题记》，见《沈从文文集》（第 7 卷），人民文学出版社 1983 年版，第 4 页。

世纪的京沪乡土文学的许多作者，本自经历过鲁迅直接的指导或者因为心仪鲁迅的乡土写作因而私淑为鲁迅的弟子。许钦文是乡党、学生，台静农是后学，王鲁彦更是被鲁迅戏称为"'吾家'彦弟"①，即使是当时远在上海的许杰，杨义先生也以为："许杰先生喜欢鲁迅和契诃夫，其后期的一些作品寄辛辣的讽刺于浑厚的写实之中，颇有鲁迅、契诃夫之风。"② 缘此之故，苏雪林 1934 年即有文章作评说："自从他（指鲁迅）创造了这一派文学之后，表现'地方色彩'（Local color）变成新文学界口头禅，乡土文学家也彬彬辈出，至今尚成为文坛一派势力。"③ 而其他人的写作，如茅盾的乡土小说，赵树理的农村写作，高晓声的陈奂生系列，从某一角度而言，也都留有鲁迅创作鲜明的痕迹。

在民俗文化的表现上，这一路的作家与鲁迅的一致性主要表现在：第一，对于民俗文化的负面功用多所揭示。从科学、人道和个人主义等现代价值立场出发，鲁迅在其创作中对民俗文化的表现，格外着意于它们于民众精神的腐蚀、危害一面。承继鲁迅的取向，我们可以看到，无论是蹇先艾的《水葬》所展示的"老远的贵州"乡间习俗的冷酷，还是鲁彦的《菊英的出嫁》所描写的冥婚合葬的愚昧；无论是茅盾的农村三部曲所叙述的讲究规矩所造成的老一代农民的胆小怕事，还是赵树理的《小二黑结婚》所描绘的迷信意识造成的二诸葛和三仙姑的可恨可笑，这一路的作家在自己的创作中对于民俗文化的观照，虽然偶尔也流露出某些故园之思的意味，但更为常见的态度却是对于民俗——特别是陋俗身上所寄植的原始文化的野蛮残酷和封建礼教文化的虚伪落后内涵的揭示和批判。

---

① 鲁迅：《〈敏捷的译者〉附记》，见《鲁迅全集》（第 8 卷），人民文学出版社 1981 年版，第 429 页。

② 杨义：《中国现代小说史》（第 1 卷），人民文学出版社 1986 年版，第 515 页。

③ 苏雪林：《〈阿 Q 正传〉及鲁迅创作的艺术》，见《国闻周报》第 11 卷第 44 期，1934 年 11 月 5 日。

和第一路的作家因对以城市为代表的现代文明的不满故而特别倾心于地方民俗文化的正面、积极价值的表现不同，第二路的作家则大都是一些积极接受现代文明及其理念的写作者，当他们用科学、人道等先进的现代观念（这种观念组成较为复杂，混同了进化论、现代人类学和阶级论等思想，并因作者个人的不同而体现出不同的侧重）审视地方民俗文化的生活表现之时，其身上所附着的迷信、非人、落后的文化内涵便引发了他们格外的注意，所以他们也就在自己的创作中对于地方民俗材料的负面、消极价值较多表现。即如鲁彦的《菊英的出嫁》一文的写作，作者通过一个富商之家为死去的女儿隆重举行冥婚的古旧习俗的叙写所要展示的，并不仅仅是活人对死人的眷恋，父母对孩子的温情，相反，在层层的铺垫渲染和精心的描绘之中，作者想告诉人们的意思，却是原始信仰在中国民间的根深蒂固、封建宗法控制下的农村的落后和愚昧，以及富人和穷人之间极为悬殊的贫富差距。

第二，极为明显的否定态度。和主要着意于民俗文化负面功用揭示的创作动机相一致，在对待民俗文化的态度上，与鲁迅一样，这一路的作家也便多半表现出了一种有意识的批判否定态度。

鲁迅从事创作的目的，其自言说在于揭示民众精神的各种疾病并引起疗救的注意。然而，民众因何而病？在以一个医生的职业习惯苦苦思索这个问题时，他发现了作为"旧规矩""坏习惯"的民俗文化在其中所发挥的作用，缘此，无论是对于不人道的"贞节观"，还是对于奇异古怪的中药引子，甚至《祝福》中对于年末岁尾充满喜庆色彩的节日祝福，《风波》中对于江南水乡表面看起来醇厚的乡风乡俗，他也便一律施予其价值的否决，叙描中显见鲜明的批判否定态度。

谈到《呐喊》《彷徨》的意义价值之时，王富仁先生曾经说："《呐喊》和《彷徨》首先是中国反封建思想的一面镜子，它深刻地表现了中国必须有一场深刻而广泛的思想革命，这个革命的主要任务是清除封建思想在以农民群众为中心的广大社会群众中的根深蒂固的影响。"① 时过境迁，重新品味这段话时，它过于政治化的词语可能很容易使人对其不以为然，然而，将这段话以及王富仁先生的整个思考放在鲁迅研究的历史中做通盘思考时，我们则会明白，他的话其实提示了我们理解鲁迅的一个新的而且是极为重要的视域，那就是鲁迅的创作，主要是他进行思想革命的一种手段，所以从思想革命或思想启蒙的立场出发，理解鲁迅以及鲁迅的创作，这是鲁迅研究回到鲁迅本身的关键所在。意欲进行现实改革的人，"倘不深入民众的大层中，于他们的风俗习惯，加以研究，解剖，分别好坏，立存废的标准，而于存于废，都慎选施行的办法，则无论怎样的改革，都将为习惯的岩石压碎，或者只在表面上浮游一些时"②，正是在这样的思想革命的立场上，鲁迅对于民俗文化的否定态度，也便自然很好理解了。

　　鲁迅创作所体现的思想启蒙或者思想革命意识，随着中国革命形势的发展，在后来作家的创作中虽然有所减弱，但是，无论是立足于早期的国民性反省，还是后来的对封建迷信思想的批判，因为意识到了封建思想根深蒂固地存在于民众生活的现实，所以，在坚持以现代眼光或先进阶级意识对民俗文化进行审视并揭示其于现代文明或时代的背离属性之时，鲁迅写作的这一路径却在第二路作家的写作中得以延续。无论是乡土文学作家对于家乡野蛮封闭状况的显示，还是茅盾对于老一代农民保守心理的揭示，无论是赵树理对于农村落后分子迷信思想的批判，还是高晓声对于旧鬼魂在新人物身上复活的担忧，因为共同的思想革命动机，所以，在对民俗文化表现之时，我们可以看到，这一路作家的写作都体现出了一种和鲁迅一致的对于民俗文化的批判否定态度。

---

① 王富仁：《〈呐喊〉〈彷徨〉综论》，见《鲁迅研究的历史批判——论鲁迅（二）》，河北教育出版社 2000 年版，第 206 页。
② 鲁迅：《习惯与改革》，见《鲁迅全集》（第 4 卷），人民文学出版社 1981 年版，第 224 页。

二　后来中国作家的接受及其鲁迅写作的资源再生意义

　　无论是肯定还是否定，无论良性内涵的揭示还是负面功用的批判，在后来许多作家的创作中，我们都能够感觉到，在民俗文化的表现上，他们的创作可以说都是某一面向上对鲁迅的回应与继承。沈从文一路的创作立足于民俗文化作为一种与官方、文人以及都市文化对立的异质性，而将其看成是一种疗治现代文明病的良药或个体实现精神返乡的途径，所以不惜笔墨，发扬光大其于民族文化重建所具有的正面积极意义；京沪乡土文学至赵树理一路的写作则承继了鲁迅国民性批判或反传统、反封建的主题，注意到了民俗文化身上所蕴藏的原始文化的野蛮愚昧成分或封建迷信意识，故而将其作为危害民众精神的文化毒品，给其以价值的否定。

（一）顺应的接受

　　而且值得肯定的是，无论是批判还是颂扬，和鲁迅一样，这两路的作家在其写作中都表现出了对于民俗文化内容的积极的主体措置。他们很少以纯粹的民俗学眼光去审视笔下的民俗文化生活，而是更多也更为经常地将其与作品人物的精神世界构成和作者的写作追求加以连接，从而在思想和审美两个层面，凸显出民俗文化对于作家写作的价值和意义，并因而使其写作于内在的质地和品性上显现出了浓郁的民族风味。塞先艾写的水葬所要揭示的是老远贵州原始习俗的残酷，鲁彦写的菊英的婚礼所要展示的是民众的愚昧和穷人富人生活之间的反差，沈从文、汪曾祺和贾平凹、阿来等所展示的形态各异的民俗生活文化内容，其兴趣更非仅仅表现一种异域或怪异的文化情调，而是借助于文字的书写，力求从中寻觅或者构建一种远离都市与工业的健康自然的乡村或边地人生，为民族文化和精神的振兴，在西方道路之外，别寻一种发展的可能。

奇异的山川自然，独特的风俗人情，默默生存的老中国的儿女，地域色彩中所蕴含的一个民族极富个性特点的审美追求，以及与此追求相一致的作家艺术表现的特征，这是在与世界的对话中，鲁迅写作的民俗文化表现所体现出的价值。中国现当代文学的发展不断为现实的事务所干扰，许多时候中国本土作家的创作并没有自觉参与世界对话的意识，但是，在总体的不自觉之外，上述两路作家却从不同的面向上承继了鲁迅创作的作风，相较于纯然的对于西方的模仿和跟随，他们通过对民俗文化的审美表现，构建了中国文学在现当代发展中的民族形态，以其鲜明的民族特色显示了民族个我自我构建的可能性，为民族文学的世界化做出了自己的贡献，表现出了更富建设性的意义，所以他们的努力应该被人尊重。

（二）主体的变异

不过，顺应的继承只是鲁迅民俗文化表现对后来作家创作产生影响的一个方面，另一方面，我们也能够发现，在后来作家对于鲁迅的实际接受中，由于主客观各方面因素的影响，顺应的继承之外，事实上还表现出了非常鲜明的主体变异特征。在对民俗文化的表现上，我们知道虽然鲁迅有时也将民俗文化作为一种与封建正统文化异质的文化形态而对其价值给予特殊的强调，但是在整体上，更多情况下他却是将民俗文化当作是一种基本上由"旧习惯""坏经验"构成的与封建正统文化保持了某种内在一致性的存在而给其以激烈的批判的。与鲁迅不同，沈从文一路作家虽然有时对于一些违背人性的陋俗恶风给以批评否定，但是相对而言，他们却将民俗文化主要看作是纯朴民众或乡土人生的一种健康自然的精神活动而施之于理解、同情甚至歌颂、赞美的。很显然，他们弱化了鲁迅写作对于民俗文化的批判性和整体的否定特色，而将民俗文化的表现由主要对腐朽僵硬的习惯德范的描写转至主要对自然优美的民风民情的刻画上，从而将鲁迅创作中本来较为次要且表现比较隐蔽的一面发扬光大，创造了民俗文化表现的别样景致；相对而言，从乡土文学到赵树理一路的作家，他们的创作则较多地继承了鲁迅对于民俗文化的批判否定态度，但是在继承之中，由于他们更多的将民俗文化等同于封建迷信活动和意识，没有从个体的觉醒这一方面深入挖掘民俗文化与民众精神形成的关系，所以，他们的写作，同样弱化了鲁迅写作的批判力度，在主题的开掘上失去了鲁迅作品一以贯之的复杂和深刻。

（三）后来作家的问题和鲁迅的意义

此外，更为重要的是，在进行民俗文化的价值审视之时，鲁迅的创作显见了一种非常突出的面对世界进行发言的现代意味。"我想，现在的世界，环境不同，艺术上也必须有地方色彩，庶不至于千篇一律"①，或者"现在的文学也一样，有地方色彩的，倒容易成为世界的，即为别国所注意。打出世界上去，即于中国之活动有利。可惜中国的青年艺术家，大抵不以为然"②，不同的表达，但是意思却极其一致，鲁迅的主张就是在个性与世界的关系结构中具体体现民俗文化的价值。然而遗憾的是，1934 年鲁迅的"可惜"到现在还常常是一种可惜，鲁迅之后，许多作家的创作在对待民俗文化的问题上，受制于我们国家曾经长期外在于世界发展大潮的生存处境影响，不仅未能表现出一种积极面向世界进行对话的姿态，而且往往不自觉地背向了世界发展的大潮，在一己低头的玩味自赏之中，使作家创作对于民俗文化的表现表面化为一种奇风异俗的展示。茫然于外在的要求和状况，打不出去，也就只能缩回来，使自己的创作成为一种自娱自乐的自慰活动。

还有，就是在鲁迅的创作中，我们可以发现，他对于民俗文化的表现，往往是将民众个体放置在社会和传统之间，在个人与群体、个人与传统多重关系的设置之中，使具体的民俗文化意象与个

---

① 鲁迅：《340108 致何白涛》，见《鲁迅全集》（第 12 卷），人民文学出版社 1981 年版，第 317 页。

② 鲁迅：《340419 致陈烟桥》，见《鲁迅全集》（第 12 卷），人民文学出版社 1981 年版，第 391 页。

人的关系成为一种象征性结构，体现出多样而丰富的意义内涵。即如小说《风波》最后对于打破的碗又用十八个铜钉钉好的事情的交代。钉碗是一种过去民间常见的技艺，属于民俗文化的范畴。在对这件事的交代之中，鲁迅不仅曲折地写出了七斤一家生活的艰窘和省俭，而且也暗示了在中国民间，特别是在那些偏僻边缘的地方，旧习惯的不易打破。旧例的新补，或者"改革一斤，反动十两"，将《风波》中打破又补好的满是补丁的碗和鲁迅的这些话连接起来，并且照应于文中九斤老太不绝于耳的"一代不如一代"的感叹和天真活泼的六斤新近裹了脚之后一瘸一拐在乡场上走路的情形，我们自会清楚这只碗所具有的分量，并且借此感受到鲁迅创作所特有的魅力。而与鲁迅相比较，其后作家对于民俗文化的表现，我们可以看到，大都却将其仅仅看作是人物存活的文化环境或背景，即使偶尔作为推动故事发展或完善人物性格的事件，如《边城》中大佬二佬的唱歌求婚和《小二黑结婚》中二诸葛对于皇历的迷信和三仙姑的装神弄鬼，人物与具体民俗文化事项之间的关系虽然极其分明但也比较单一，难以给人复杂的审美感受和认知启示。

　　综合上面的分析，可以得出这样的结论：鲁迅创作对于民俗文化的表现，既影响了中国现当代许多作家的创作，给他们提供了种种的经验和启示，同时，也成了一种还没有得到充分利用的资源。这种情况一方面说明了鲁迅以及创作的丰富和深刻，说明了鲁迅的不易学习，另一方面也反衬了鲁迅之后中国作家在民俗文化表现上的努力不够，揭示了鲁迅在当下以及将来再生的可能。作家的生命在于他能够为后人所记忆，而记忆的前提即是他的创作能够源源不断地给别人的写作提供启示和创造的可能，正是在这种意义上，日本学者伊藤虎丸的一段话应该引起我们特别的重视："鲁迅在后来的中国虽然被偶像化了，但这也绝不意味着鲁迅提出的方向在中国成为主流，并且已经被实现。鲁迅的'个人主义'，即使现在，对于中国人来说也仍旧是一个当代性问题。"①

　　鲁迅逝世后，郁达夫曾作纪念文章说："没有伟大的人物出现的民族，是世界上最可怜的生物之群；有了伟大的人物，而不知拥护，爱戴，崇仰的国家，是没有希望的奴隶之邦。"② 民族的危难，家国生存的危机，他的这段话说得很沉痛。如今，民族生存的环境已然今非昔比，但是，活用他的话的精神，积极有效地挖掘而不是冷漠毁损鲁迅所遗留给我们的精神和写作财富，这应该是所有意欲有所作为的中国当下作家所应有的态度。

---

　　① 伊藤虎丸：《结束语　鲁迅对现代的启示》，见《鲁迅与日本人——亚洲的近代与"个"的思想》，河北教育出版社 2000 年版，第 172 页。
　　② 郁达夫：《怀鲁迅》，见《文学》月刊第 7 卷第 5 期，1936 年 11 月。

第八章　鲁迅民俗文化思考和表现的
他者视域及域外反响

　　1934 年 4 月 19 日，在给青年木刻家陈烟桥的一封信中，鲁迅曾说了一段意味深长的话。他讲："我的主张杂入静物，风景，各地方的风俗，街头风景，就是为此。现在的文学也一样，有地方色彩的，倒容易成为世界的，即为别国所注意。打到世界去，即于中国之活动有利。可惜中国的青年艺术家，大抵不以为然。"① 对于这段话，以前人们多将它提炼成"越是民族的，便越是世界的"这样一种意见，但这种意见并不能涵盖鲁迅原话的含义。鲁迅原话中的"地方色彩"并不完全等同于"民族的"，而且二者之间，也并非是"越是……便越是……"的简单、绝对的对应关系，鲁迅只是讲，有地方色彩的"倒容易成为世界的，即为别国所注意。打到世界去，即于中国之活动有利"。何以"倒容易成为"？鲁迅并没有具体说明，但在他反复的"世界"一词的运用中所要强调的真正意图，仔细体会，应该是告诫人们——特别是文艺青年——民俗文化思考和表现之时自觉的"世界视域"建构的必要性。因缘于此，在第七章讨论了鲁迅的民俗文化表现对于中国作家的影响之后，这一章我们主要讨论鲁迅的民俗文化思考和表现的世界意义。对于这一章话题的讨论，我们可以从两个方面具体展开：

---

　　① 鲁迅：《340419 致陈烟桥》，见《鲁迅全集》（第 12 卷），人民文学出版社 1981 年版，第 391 页。

一　鲁迅民俗文化、文学关系思考和表现的他者视域

从发生学意义上审视鲁迅写作行为的人，多半会提到他在日本仙台医专留学时所遭遇到的"幻灯片"事件。对于写作者鲁迅而言，这是一件具有重要转向功用的意义事件。通过幻灯片的观看，他发现了一种颇为荒诞的关系存在：日俄两国打仗，战争在中国的土地上进行。一个中国人被抓住和要砍头，据说是因为他做了俄国人的间谍，而许多的中国人在围观，在兴奋。于周围日本同学的欢呼声中，国人的表现让鲁迅感觉到了疼痛，他由此反省说："这一学年没有完毕，我已经到了东京了，因为从那一回以后，我觉得医学并非一件紧要事情，凡是愚弱的国民，即使体格如何健全，如何茁壮，也只能做毫无意义的示众的材料和看客，病死多少是不必以为不幸的。所以我们的第一要著，是在改变他们的精神，而善于改变精神的是，我那时以为当然要推文艺，于是想提倡文艺运动了。"① 他的由医学向文学的转向由此发生，而且事后追想，我们亦能够在这件事的发生之中看到，鲁迅文化思考和写作的他者视域——亦即从外向内观照视域的确立。

立足于世界发展的新格局，在着手对国民进行"改变精神"工作之时，他者视域的获得，使鲁迅形成了一种粗具轮廓的思想启蒙方案：一方面，积极向西方学习，学习他们先进的思想和文化，以之改造国人的精神，使他们能够适应并置身于时代的发展，成为一个具有世界概念的现代人；一方面，激烈反对传统思想和文化，清算以儒家思想为主的主流传统文化的流毒，别寻传统中的异端和可以再生的资源，从而力争使国民从愚昧中警醒，成为一个独立且具有个体自我意识的现代人。两方面结合，就是他在《文化偏至论》一文中所言的

---

① 鲁迅：《〈呐喊〉自序》，见《鲁迅全集》（第 1 卷），人民文学出版社 1981 年版，第 416—417 页。

"洞达世界之大势，权衡较量，去其偏颇，得其神明，施之国中，翕合无间。外之既不后于世界之思潮，内之仍弗失固有之血脉，取今复古，别立新宗，人生意义，致之深邃，则国人之自觉至，个性张，沙聚之邦，由是转为人国。"①

落实其方案，将这种他者视域或异域眼光具化于民俗文化和自己写作的关系思考，鲁迅遂不断从国外作家的身上发现了种种的启示或启发，通过全新的参照和自觉的学习，给予自己的写作并新文学以异质或陌生的内容。

（一）异域情调

他首先看到了民俗文化的表现所给予作家写作的异域情调显示，并由此强调了翻译和接受过程中对于相关民俗文化了解的必要性。早在 1907 年所写的《摩罗诗力说》一文中，谈及拜伦的写作，他即有言讲："裴伦（即拜伦）一千七百八十八年一月二十二日生于伦敦，十二岁即为诗；长游堪勃力俱大学不成，渐决去英国……漫游，始于波陀牙，东至希腊突厥及小亚细亚，历审其天物之美，民俗之异，成《哈洛尔特游草》（*Childe Harold's Pilgrimage*）二卷，波谲云诡，世为之惊艳。"② 文中于异域风俗的表现所给予读者阅读的惊艳之感甚为感佩。感知而成经验，价值取向上自觉不自觉的内在规约，其后在阅读和翻译外国作品之时，他也便不断强调了"他者视域"存在的必要性。在说明绥甫林娜《一天的工作》翻译的情况时，引原译者《附记》一文中的话，鲁迅介绍说："真实用了农民的土话所写的绥甫林娜的作品，委实很难懂，听说虽在俄国，倘不是精通乡村风俗和土音的人，也还是不能看的。……须到坦波夫或者那里的乡下去，在

---

① 鲁迅：《文化偏至论》，见《鲁迅全集》（第 1 卷），人民文学出版社 1981 年版，第 56 页。

② 鲁迅：《摩罗诗力说》，见《鲁迅全集》（第 1 卷），人民文学出版社 1981 年版，第 75 页。

农民里面过活三四年，那也许能够得到完全的翻译罢。"① 在介绍苏联儿童文学作家班台莱耶夫的童话作品《表》的翻译情况之时，他再次引用日译者的原话，推介说："然而，这原是外国的作品，所以纵使怎样出色，也总只显着外国的特色。我希望读者像游历异国一样，一面鉴赏着这特色，一面怀着涵养广博的智识，和高尚的情操的心情，来读这一本书。"② 俗言讲，"十里不同风，百里不同俗"，民俗文化以及相关的民俗生活的这种不同，地域之间如此，民族和国家之间更为突出。借助于相关的表述，鲁迅清楚地给我们揭示了"他者眼光"审视之下民俗文化文学表现的不同所显现出的特殊功用：这种不同，是一种阻碍，所以翻译介绍相关的文学创作之时，内中自然是横亘了许多的困难；但它同时也是一种诱惑，"生活在别处"，文化和生活的不同所形成的作品中的异域情调，因为它的陌生性或新颖度，自然也便构成了一种特殊的审美吸引力。

（二）反抗之力

他还看到了在和民俗文化的关系纠葛中优异的写作者所具有的"争天抗俗"的特异质素。作为"自尊至者"，拜伦"愤世嫉俗，发为巨震，与对跖之徒争衡"③；挪威作家易卜生"愤世俗之昏迷，悲真理之匿耀，假《社会之敌》以立言，使医生斯托克曼为全书主者，死守真理，以拒愚庸，终获群敌之谥"④；修黎"抗伪俗弊习以成诗，而诗亦受伪俗弊习之夭阏，此十九稘上叶精神界之战士，所为多抱正义而骈陨者也"⑤；莱蒙托夫"思想复类德之哲人勖宾赫尔，知习俗

---

① 鲁迅：《〈一天的工作〉后记》，见《鲁迅全集》（第10卷），人民文学出版社1981年版，第362—363页。

② 鲁迅：《摩罗诗力说》，见《鲁迅全集》（第1卷），人民文学出版社1981年版，第79页。

③ 同上。

④ 同上。

⑤ 同上书，第84—85页。

之道德大原，悉当改革"①。即此，他总结说，摩罗诗人，"故其平生，如狂涛如厉风，举一切伪饰陋习，悉与涤荡，瞻顾前后，素所不知；精神郁勃，莫可抑制，力战而毙，亦必自救其精神；不克厥敌，战则不止。而复率真行诚，物所讳掩，谓世之毁誉褒贬是非善恶，皆缘习俗而非诚，因悉措而不理也。"②他山之石，用以攻玉。当把眼光从常见的空间移置到异质的他者身上之时，不同的观照，给了鲁迅不同的发现：作为精神界战士的摩罗诗人们，大都是一些有意与故常的风俗习惯为敌的人。他们或为俗常的生活所不容，或特立独行，自觉地向故旧的习俗挑战，由此而表现出的个体与庸众甚或社会整体之间的紧张关系，不仅锻造了诗人本体诱人的精神风采，而且也从内在的质地上给了他们写作的潜在推动。觉悟带来指导，跨界的他者或异域经验，鲁迅一生及其写作，由是也便无不成为社会习俗的压制和个体反抗两种主题的生动展示。

（三）对比之用

除此而外，参照别人的经验，以他者眼光反求诸己，鲁迅在有意识的比较中还发现了更为重要的文化和人的问题。早在《摩罗诗力说》写作时期，遍数西国摩罗诗人"争天抗俗"的伟业胜绩之后，以西欧为参照，他即反省检讨说："失者则以孤立自是，不遇校雠，终至堕落而之实利；为时既久，精神沦亡，逮蒙新力一击，即屠然冰泮，莫有起而与之抗。加以旧染既深，辄以习惯之目光，观察一切，凡所然否，谬解为多，此所为呼维新既二十年，而新声迄不起于中国也。"③由此他厉声疾呼："今索诸中国，为精神界之战士者安在？有作至诚之声，致吾人于善美刚健者乎？有作温煦之声，援吾人出荒寒

---

① 鲁迅：《摩罗诗力说》，见《鲁迅全集》（第1卷），人民文学出版社1981年版，第89页。
② 同上书，第81—82页。
③ 同上书，第99页。

者乎?"① 其后,在《从孩子的照相说起》一文里,将同一孩子在中日两家照相馆所拍摄的照片进行比较之时,鲁迅注意到了不同文化理念指导下的人的精神乃至审美差异的存在。他说:"我曾在日本的照相馆里给他照过一张相,满脸顽皮,也真像日本孩子;后来又在中国的照相馆里照了一张相,相类的衣服,然而面貌很拘谨,驯良,是一个地道的中国孩子了。"基于此,他进一步分析说:"照住了驯良和拘谨的一刹那的,是中国孩子相;照住了活泼或顽皮一刹那的,就好像日本孩子相。"② 看出去,换一种眼光,在风俗习惯和具体人的关系表现中,将他者的做法和我们自己的进行比较,发现并呈现中国人和中国文化的问题,由此也便成了鲁迅翻译引进外国作家作品,践行其具体启蒙主张的基本态度。在《〈三浦右卫门的最后〉译者附记》一文中,介绍日本作家菊池宽的小说《三浦右卫门的最后》,谈到了杀人的问题,以日本武士的做法为参照,反观中国文字中所记载的相关内容,鲁迅分析道:"但他们古代的武士,是先蔑视了自己的生命,于是也蔑视他人的生命的,与自己贪生而杀人的人们,的确有一些区别。而我们的杀人者,如张献忠随便杀人,一遭满人的一箭,却钻进刺柴里去了,这是什么缘故呢? 杨太真的遭遇,与这右卫门约略相同,但从当时至今,关于这事的著作虽然多,却并不见和这一篇有相类的命意,这又是什么缘故呢?"终了他感慨道:"我也愿意发掘真实,却又望不见黎明,所以不能不爽然,而于此呈作者真心的赞叹。"③ 而在其后的《〈从灵向肉和从肉向灵〉译者附记》一文中,对照日本作家厨川白村在《从灵向肉和从肉向灵》一文所描写的日本问题的表现,检讨中国目下存在的问题,鲁迅直言其译介之意图:

---

① 鲁迅:《摩罗诗力说》,见《鲁迅全集》(第1卷),人民文学出版社1981年版,第100页。

② 鲁迅:《从孩子的照相说起》,见《鲁迅全集》(第6卷),人民文学出版社1981年版,第81页。

③ 鲁迅:《〈三浦右卫门的最后〉译者附记》,见《鲁迅全集》(第10卷),人民文学出版社1981年版,第229页。

"这也是《出了象牙之塔》里的一篇，主旨是专在指摘他最爱的母国——日本——的缺陷的。但我看除了开首的这一节攻击旅馆制度和第三节攻击馈送仪节的和中国不甚相干外，其余他却多半切中我们现在大家隐蔽着的痼疾，尤其是很自负的所谓精神文明。现在我就再来输入，作为从外国药方贩来的一帖泻药罢。"①

二　鲁迅民俗文化思考和表现的域外反响

民俗文化表现时自觉的他者视域，现代社会文化传播之时必然的世界属性，鲁迅的创作一俟亮相，来自异域的关注随即也便发生。早在 1925 年，俄国翻译家王希礼在给曹靖华的信中就说："我现在在中国的新的作品里边，读了鲁迅先生的《呐喊》以后，我很佩服你们中国的这一位很大的真诚的'国民作家'！他是社会心灵的照相师，是民众生活的记录者！他的取材——事实都很平常，都是从前的作家所不注意的，待到他描写出来，却十分的深刻生动，一个个人物的个性都活跃在纸上了！他写得又非常诙谐，可是那般痛的热泪，已经在那纸的背后透过来了！他不只是中国的作家，他是一个世界的作家！"②"他不只是中国的作家，他是一个世界的作家"，他的断语其后果然就成了事实。20 世纪 20 年代中期，《阿 Q 正传》译成法文，法国大文豪罗曼·罗兰读过之后即作评说："这是充满讽刺的一种写实的艺术。……阿 Q 的苦脸永远地留在记忆中的。"③ 而后来的许多世界著名作家，例如 1994 年诺贝尔文学家获得者、日本作家大江健三郎就多次强调："我这一生都在思考鲁迅，也就是说，在我思索文学的时候，

---

① 鲁迅：《〈从灵向肉和从肉向灵〉译者附记》，见《鲁迅全集》（第 10 卷），人民文学出版社 1981 年版，第 251 页。
② 王希礼：《一个俄国文学研究者对于〈呐喊〉的观察》，《京报副刊》1925 年 6 月 16 日。
③ 柏生：《罗曼·罗兰评鲁迅》，《京报副刊》1926 年 3 月 2 日。

总会想到鲁迅。"① 在此基础上，他进一步认为，"在 20 世纪的亚洲，也就是在这 100 年间的亚洲，最伟大的作家就是鲁迅"，"鲁迅先生是中国作家，属于中国文学，但他也完全属于世界文学"②。

（一）　自身价值的新发现

毫无疑问，随着不断的推介，跨越本土疆界，鲁迅的影响也不断到达更多陌生的地域和人群。这种影响是多方面的，其中民俗文化的文学表现对于关心中国现代文学、文化和社会发展的国外作家及其学者思维的影响即是其中重要的一个方面。

关于这一点，日本学者丸尾常喜一系列的鲁迅创作研究是极为典型的代表。在其鲁迅研究名著《"人"与"鬼"的纠葛》一书中，因缘于对"鲁迅创作所描写出来的中国相之真实性和深刻性的信赖"，以鲁迅成长的家乡环境中的祖先祭祀和《目连戏》表演中的人与鬼之间的复杂精神关系为背景，选取《孔乙己》《阿Q正传》和《祝福》三篇小说中人与鬼关系的多层次意义表现为例证，他希冀"阐明中国传统社会是怎样被鲁迅的小说所表现的"，具体点说，就是"第一，尝试借助历史学、思想史学、宗教学、民俗学等研究成果，哪怕打破一点时空之壁，以此来理解鲁迅所把握的中国传统社会；第二，它作为小说是怎样被把握的，我努力具体地、比较详细地读解鲁迅的小说方法"③。

他的话多少有一点夹缠，通俗地讲，其实也就是：第一，借助于历史学、民俗学等研究成果，看看鲁迅小说中所表现的中国传统社会到底是怎样的一个世界；第二，立足于文学自身，看看鲁迅是怎样用

---

① 刘莉芳、吴琦：《大江健三郎我一生都在思考鲁迅》，《外滩画报》2009 年 2 月 6日。

② 许金龙：《诺贝尔文学奖获得者大江健三郎指出鲁迅是 20 世纪亚洲最伟大作家》，《环球时报》2000 年 6 月 23 日。

③ 丸尾常喜：《"人"与"鬼"的纠葛——鲁迅小说析论》，人民文学出版社 2006 年版，第 245 页。

自己独特的小说手法对中国传统社会进行文学表达的。这两个方面都涉及了民俗文化的文学表现问题，立足于自觉的文艺民俗学立场，将上述两个方面具体化，其基本的思考和研究事实上也便可以简化为这样两种工作：其一，考察鲁迅笔下的民俗文化内容；其二，考察这些民俗文化内容是如何被鲁迅所呈现的。

以著作第三章"国民性与民俗"之"尾声"一节的表现为例，该节以小说"大团圆"的结构模式为讨论的由头，先引出何其芳的论述，然后又参证于鲁迅自己的说明，最后将何其芳的理解和鲁迅的说明置之于中国既有的"幽魂超度剧"的结构传统之中，通过仔细的对比分析，充分说明"《阿Q正传》所用的恰恰是作为审判剧起源的'鬼戏'的构架。正是在这样的意义上可以说，这是一部通过'鬼戏'的构架来探索、解明一个'冤魂'之魂的作品"①。在此基础上，他进一步发挥说："另外，也许应该说，'国民性'之'鬼'与'民俗'之'鬼'的复合体，在鲁迅这里已经被'国民性'这种东西所具有的意味包含了。"② 而且更为重要的是，"对于'历史'来说，'民俗'虽然为长期的历史积聚所支撑，但也包含着历史事项与历史叙述中难以发掘的广阔世界。正如他的自传性回忆录《朝花夕拾》所充分显示的那样，鲁迅也是一位优秀的民俗学者，他对这种'民俗'的关心也植根于他对'国民性'的深切关心。中国传统社会的'鬼'，规定了家庭的祭祀与节日活动，成为人们的幸福感与生死观的基础，是小说与民间演剧中所活跃的'民俗'的基本观念。由'奴隶精神'的体现者阿Q取雇农身份所形成的作品生命力，同时也是鲁迅世界的'国民性'之'鬼'与'民俗'之'鬼'融为一体所生成的生命力。"③ 立足于民俗意象本体，同时又不满足或停留于这种本体，而是将这种本体和自己有关国民性的种种思考联系起来，赋

---

① 丸尾常喜：《"人"与"鬼"的纠葛——鲁迅小说析论》，人民文学出版社 2006 年版，第 164 页。

② 同上书，第 165 页。

③ 同上书，第 166 页。

予其远远超出本体的丰富内涵，丸尾常喜通过他的分析清楚地告诉我们，鲁迅作品的生命力即由此而来。

这是对于鲁迅创作规律的一种新颖发现，经由这样的指示，读者对于鲁迅及其精神世界的构成，不自觉就有了某种得以方便进入的明亮。这更是一种体悟，民族文化之具体意象，只有寄寓了作家主体思想和精神的复杂内涵，让生活现象转化为象征意象，它们才有可能让作家的写作产生出种种的生命力。

（二）世界启示

将这种发现和体悟发散出去，置之于整个东亚甚或整个发展中国家近现代化进程的省察之时，不少研究者还发现了鲁迅的思考及其写作所内含的健康而又辩证的文化建构心态对于中国及其别的国家的启示。日本著名鲁迅研究者竹内好的《鲁迅》等著述关于鲁迅的研究，其突出的特征就是将鲁迅看作是和日本完全异质的"近代"思想和文化的代表，借此批判日本社会和文化的"近代主义"，反思日本所发动的太平洋战争和日本所选择的"近代"之间的关系。而20世纪50年代，联系美国占领军在日本的诸多行为，从"被压迫民族"的屈辱体验入手，一些日本作家和研究者也开始挖掘和认同起了鲁迅作品所表现的被压迫和反抗的主题，借助于对鲁迅作品的解读，清晰出了日本人民内心深藏或者说被遮蔽的一些情愫。日本学者戒能孝通就曾说："最近我读鲁迅的小说，感到非常之有趣。这实在是令人为难的事。……鲁迅写的是中国。那中国是在与我们的社会不同的地方。……但现在完全不同了。……评论的语言从前是他人的语言。但现在却变成我们自己想说的话。……日本变成了鲁迅笔下的中国了。"① 这些思考和研究，都是以鲁迅及其写作作为参照或相反的对比性材料的，或者看它们是寻找批判、反思日本的镜子，或者看它们

---

① 转引自丸山升《鲁迅·革命·历史——丸山升现代中国文学论集》，北京大学出版社2005年版，第347页。

是寻找理解、表达日本的路径。总之，不管怎么样，他们都是将鲁迅
及其写作当成了自己思想形成的某种灵感源。

　　当然，在通过鲁迅及其作品寻找自己思考和写作的灵感或启示一
方面，日本鲁迅研究大家伊藤虎丸的工作无疑是做得最好的。伊藤虎
丸的工作承袭了竹内好鲁迅研究的思路，也希望通过对于鲁迅的研究
反思或者反省日本的近代化问题，但是他的思考在对竹内好承袭之时
同时又深化了竹内好的研究。他讲："竹内好曾经根据鲁迅，反省了
日本的近代。我是从现在的地点出发，在此执拗地向鲁迅探寻同样的
问题。当然，我同竹内好所处的状况已经不同。战后有日本的战败和
中国革命的成功这样的对置起来的构图，而今天在经济高速增长的成
功和'文化大革命'的失败的构图上，日中恢复了邦交。正因为这
看似相反的两种构图，才使我们应该回过头来执着于竹内对于日本近
代的批判，同时，在那以后的三十多年间里，两国人民各自经受的种
种挫折的经验的基础上，我对鲁迅的探寻也就当然不会是一样的。"①

　　以鲁迅作为一个小说家的成长历程为描述对象，在其名著《鲁迅
与日本人》一书中，伊藤分述出四章四个阶段，名之为"鲁迅与日
本明治文学""鲁迅与西方近代的相遇""小说家鲁迅的诞生"和
"鲁迅的小说及其人物形象"，具体论述了作为小说家的鲁迅的形成
及其小说世界的内容构成，通过详细的文本举证和理论分析，其最终
得出了如下的结论：

　　首先，鲁迅的文学在世界文学中，恐怕比日本近代文学的哪个作
家和哪部作品都更具有代表东方近代文学的普遍性。读鲁迅才会感
到，绝不是一个日本完成了"脱亚"，日本的近代也是亚洲近代的一
种类型，并不存在于鲁迅确立的问题框架以外，鲁迅提出的问题，至
今仍然暗示着我们今后文化努力的重要方向。

　　其次，鲁迅在后来的中国虽然被偶像化了，但这也绝不意味着鲁

---

　　①　伊藤虎丸：《序言》，《鲁迅与日本人——亚洲的近代与"个"的思想》，河北教育
出版社 2001 年版，第 10 页。

迅提出的方向在中国成为主流，并且已经被实现。鲁迅的"个人主义"，即使现在，对于中国人来说也仍旧是一个当代性问题。换句话说，鲁迅提示给今天的，是看似迥然不同的日本近代和中国近代共同的问题。

最后，鲁迅从尼采和马克思，特别是从尼采那里汲取了西方近代思想的"神髓"。这种思想以"个"的发现和自觉，内中涉及个体与整体、个人主义和民族主义、古典与现代等诸多话题，它虽然并不是一种和进化论或马克思主义等一样的思想存在，但它却是造就这些思想的精神根据，近代思想、科学、文学及各种制度，在某种意义上讲，都应该说是它的必然的产物，缘此，在引介、学习外来文化的同时，如何唤醒个人的自觉，使主体在异质文化的投射下"内曜"传统的生机并重新确立民族的自信心，鲁迅对于问题的提出，使人觉得不仅对亚洲，而且也对今后世界文化的应有方向提出了某种暗示。

在此基础上，他进一步强调："鲁迅作为文学者和思想家的最大特征是，他是生活在新旧两个时代的人。尽管他深刻地把握到了新思想，但他却并没有把自己摆在'新'的一边，而摆在了'旧'的一侧从而使自己的'旧'和外来的'新'处在相持状态。在鲁迅的内心世界，新与旧、东与西，两种文化尖锐冲突，相互纠缠。他是那样彻底批判了阿Q，却又没有把阿Q置于身外，居高临下地割弃。他自身就活在阿Q的作品世界里。这表明了他内心世界里的这种抗争。鲁迅的'抵抗'，就是执着于民俗＝自己的最落后的部分。他并没有以优秀的民族传统去对抗西方。""以这种抵抗为前提的对民族＝自己最落后部分的彻底批判，和对西方近代的全面接受，其结果是开辟了一条民族传统的全面再生之路，并且由东方产生出超越西方普遍主义的新的普遍主义。"① 并由此推论说："亚洲的近代化课题，首先是如何把造就西方近代的'个的思想'，即个的主体性变为自身的东西的

---

① 伊藤虎丸：《鲁迅与日本人——亚洲的近代与"个"的思想》，河北教育出版社2001年版，第179页。

问题。其次，是以此为出发点，如何创造独立的富有个性的民族文化的问题。我认为，作为一个文学者，鲁迅所做的似乎就是这两项工作。鲁迅的工作向今天的日中两国国民提出了共同的课题，同时也揭示了真正独立的'个'，和一条作为'个'的两国国民的真正沟通之路。"①

在上述的话语中，立论层面虽然个个不同，但伊藤从不同的认知层面所要进行的归纳，却始终是紧扣这样两个基本问题的：其一，鲁迅所提出的问题并未过时，它们依然是当下迫切的现实问题；其二，鲁迅所提出的问题以及因由问题而展开的思考，它们不仅适用于中国自身的描述，而且也完全可以用之于日本甚至整个世界的描述，所以它们是具有着鲜明的普泛或者世界意义的。

（三）　必要的说明

实事求是地说，伊藤及其国外诸多作家和学者对于鲁迅及其写作所进行的种种思考和研究，并没有具体针对或者集中于民俗文化和写作关系的论述，许多人的思考和研究也未能明晰地将鲁迅有关民俗文化的思考和文学表现置之于世界文化的大格局进行价值的挖掘和意义的探讨，这样的状况客观上造成了本章话题正面展开的难度，直接影响了相关论述的可信度。但是，一方面因为上述诸人的思考和研究本身都是整体性的，他们有关鲁迅和创作的认知往往也都有着高度一体化的特征，所以虽然他们的言论常常没有具体涉指鲁迅写作和民俗文化的关系，但是整体意见具体化，自然也是适用于这种关系的理解的；另一方面，虽然不是自觉或有意识的标示，但由于言说者自身不言而喻的他者身份，所以在其有关鲁迅及其文学创作的言说当中，他们往往也都是自觉不自觉地将鲁迅的创作放置在了与自己所在国家的文化和文学关系的思考中，极为自然地将有关鲁迅的思考从中国本土

①　伊藤虎丸：《鲁迅与日本人——亚洲的近代与"个"的思想》，河北教育出版社2001年版，第182页。

扩展到了本土之外，在不断的关系衍生中将有关鲁迅的话题他者化、国际化，使鲁迅及其写作客观上成为一种世界性资源，得以惠泽更多的作者和学者。

正是因为这样的情形，所以虽然有着客观上操作的难度，但是我们还是勉力而为，首先由鲁迅立论，从鲁迅对于外来文化和文学接受过程中所具有的自觉的异域眼光用力，阐明鲁迅的创作特别是他有关民俗文化与文学关系的思考及其文学表现，原本是有着清晰的世界参照意识的，是意图置身于世界文学的平台，而希冀参与到与更多、也更异质的人进行沟通和对话之中去的。因为有了这种清晰的世界参照，所以他及他写作的走出本土，其后能不断对许多异域空间的人——不管是写作者还是研究者——发生影响，自然也就成了可能之事。立足于这种可能，接下来我们将眼光由本土转移到异域，从自己所能接触到的文献材料之中，开始搜寻和了解鲁迅的思考和写作在他人的心目中所引发的反应。具体到民俗文化和鲁迅写作的关系这一话题，我们发现，虽然直接可以征用的材料甚为稀少，但是换种思路，从更为广泛的写作和文化关系的论述着手，许多人的思考和言论应该说还是给了人不少的启示。国外对于鲁迅及其写作的思考和研究，日本作家和学者的用力最为突出。在他们的工作中，人们可以直接地看到对于民俗文化和写作关系的注意，但还可以看到，从民俗文化所体现的民族文化深层的构成出发，他们在相关的论述中，发现了在对待西方文化的介入或者被给予的现代化的态度上，鲁迅及其写作所体现出的和日本非常不一样的思路，——不是完全的接受，不是满足于做一个他者文化学习的好学生，从自我的现实需求出发，将现代的精神引入，在辩证的批判之中，促使其与自身可以再生的本土文化资源结合，从而于文化和精神的根本处，唤醒并内曜国人自强之心力，"外之既不后于世界之思潮，内之仍弗失固有之血脉"，借此，不仅示中国以自主、独立、健康的现代化方向，而且也给东亚甚至所有发展中国家示之以现代化的方向。

　　民间和官方，传统与现代，本土与异域，"个"的经验和普泛的世界示范意义，"息壤"一样可以不断生发的话题建构，从这样的意义上讲，民俗文化视域下鲁迅写作的研究，事实上是一个包含颇为丰富且开掘潜力非常难以具体估测的大的研究话题。我们所做的工作仅仅是一种初步的开始，抛砖引玉，我们希望也期待着有更多的人参与到这种研究中来。

鸣　　谢

本书能够顺利出版，我得感谢各位：

首先要感谢我的硕士生导师陈勤建和王晓明老师，一位让我知道了文艺民俗学，另一位让我更加热爱上了鲁迅。

其次我得感谢我的博士生导师常文昌和赵学勇老师，他们肯定了我的博士论文选题，并对我的博士论文写作和项目研究给予了始终不渝的鼓励。

再次我得感谢我所在学校的科研处和文学与文化传播学院，它们实际资助了此书的出版。

最后我得感谢我的家人和中国社会科学出版社的郭鹏老师，家人给了我研究的生活保障，郭鹏老师策划并精心编校完成了这本书。

出第一本书的时候，我曾说，"一株植物的成长，需要太多的阳光和雨露"，这话我现在想再说一遍。

王元忠

2019 年 3 月 8 日